Kang Hwagil

大仏ホテルの幽霊

カン・ファギル
小山内園子［訳］

白水社
EXLIBRIS

大仏ホテルの幽霊

대불호텔의 유령 (The Haunting of Daebul Hotel)

by 강화길(姜禾吉)

This book is published with the support of
the Literature Translation Institute of Korea (LTI Korea).

目次

装丁　緒方修一

これは小説だ。
小説に過ぎない。

プロローグ

なのに数年前、「ニコラ幼稚園」という小説を書いた時のことだ。それはアンジンという架空の街の、ある有名な幼稚園を舞台にした物語で、保護者たちが我が子をそこへ入園させるために熾烈な競争を繰り広げる、というのが主な内容だった。だから私は、当然のことながら主人公にかなりの苦労をさせた。彼女は、補欠の二番目として受け付けられたミヌという子の母親だった。私は、彼女が努力すればするほど、園の陰惨な秘密を知っていくというふうに話を展開した。読者に、先を気にしてほしかった。果たしてミヌの母親は、どんな選択をすることになるのか。真実を知りながらも、我が子を幼稚園へ入れるのか。あるいは、子どもと一緒にその高い塀の外へと逃れるのか。こんな言い方をしているが、実は「ニコラ幼稚園」は、決して暗かったり憂鬱だったりという小説ではない。おそらく、私が書いてきたものの中では最も明るくて、ユーモアのある作品のはずだ。本当だ。私はこの小説が好きだし、個人的に、とてもかけがえのないものだと思っている。

その後も、アンジンを舞台にしていくつかの小説を書いた。初めての長篇小説『別の人』も、「湖」をはじめとした他のいくつかの短篇も、舞台となっているのはアンジンだ。いや、実は私の小説の登場人物は、みんなアンジンに住んでいる。全羅北道《チョルラブクト》のひっそりした中堅都市。区はたった二つしかなく、さほど大きくない湖が一つあって、一人暮らしの女が多い。女たちは明け方、一人で散歩をしながらよく泣いている。眠りにつくとき、夢は見ない。

小説を書くようになって、いつの頃からか同じ質問をされるようになった。「ひょっとして、アンジンはあなたのふるさとの全州《チョンジュ》がモデルなんですか?」私の答えもいつも同じで、そうかもしれないし、そうでないかもしれない、というものだ。

それは事実だ。

全州を離れたのは二十五歳の時だった。だが、それまでずっとそこだけに住んでいたわけではない。全州で生まれはしたが、その直後の三年は益山《イクサン》、正確には、名称変更前の地名でいう裡里《イリ》に住んでいたし、それから熊浦《ウンポ》で一年を過ごして、また裡里に戻って、淳昌《スンチャン》に半年暮らした。そして全州に移った。そこからはずっと全州だったが、うちはよく引越しをする家だった。おそらく、私が覚えているよりも回数は多いだろうと思う。同じ町に長くいるようになったのは十六歳を過ぎてからだ。そして今、私はソウルにいる。ソウルでまた、どれほど引越しを繰り返したことか。人ひとりの人生にこの程度の移動などいくらでもあるはずで、だから特別な経験だとは思っていない。にもかかわらず、わざわざ今この話を持ち出したのは、とりあえずその頃の体験が、私の物語の空間に影響を及ぼしていると思うからだ。

まさに、アンジン。

アンジンは実在する場所ではない。でも、どこよりも私がよく知っている場所だ。自分が知るすべての場所のさまざまな面をまとめて加工し、新たに作り出した場所。だからアンジンは、私が生きてきたすべての場所であり、完璧に想像の空間だった。

なのに、ニコラ幼稚園は違った。
あそこは実在していた。
あの時の、あの幽霊も。

第一部

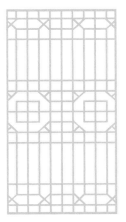

...whatever walked there, walked alone.

——Shirley Jackson, *The Haunting of Hill House*

ここを歩く者はみな、ひとりひっそり歩くしかない。

——シャーリイ・ジャクスン『丘の屋敷』

1

全羅北道《チョルラブクト》裡里《イリ》市にあるチャンヒョン洞の聖堂（韓国では、カトリックの教会を「聖堂」、プロテスタントの教会を「教会」と呼ぶ）の隣には、付属の幼稚園が一つあった。両親は、私と弟の二人ともその幼稚園に通わせた。カトリック信者だったこともあるが、「ニコラ幼稚園」で書いたとおり、その幼稚園は裡里《イリ》でかなり名の知れた教育機関だったからだ。五歳年下の弟が入った頃はそれほどでもなかったようだが、私が入園した時は本当に競争が激しかった。だが、うちの両親は噂を耳にしていただけで、ちゃんと実情がのみ込めていなかった。競争が激しいと言ったって、たかが知れているだろう。それも幼稚園で。とりあえず行ってみよう。行けば何とかなるだろう。そんなふうに思っていたらしい。そして入園の申し込みに出かけた朝、建物の外まで続く人の列にすっかり腰を抜かしてしまった。なんてことだ。裡里市の保護者という保護者がみんなここに集まったかのようだった。当然、私の名前を入園者リストに入れることはできなかった。その年は他の幼稚園に通って、翌年、ようやくチャンヒョン洞幼稚園へ入園した。他の人たちと同じように、両親が入園申し込み日の明け方から列に並んでくれたおかげだった。

私にとってチャンヒョン洞のあの幼稚園が本当によかったかと訊かれたら、どう答えていいか、よくわからない。よかった気もするし、別に普通だった気もする。実のところ、私は早く家に帰って一人でアニメを見たいタイプの子どもで、だから、毎日みんなと一緒にお歌を歌って、おゆうぎをして、というそこの生活が、さほど楽しくはなかった。早く家に帰ってのんびりしたいと思っていたことのほうが多かった気がする。でも、一つだけはっきり覚えていることがある。あの幼稚園で、おしおきの棒で叩かれるということはなかった。お尻を叩かれたり、げんこつで小突かれたり、何かを知らないせいで恥をかかされたりということはなかった。それは確かだ。

ところが、今から私がしようとしているのは、確かさとはかけ離れた話だ。

私が小説に利用したこと、つまり、私に強烈なインスピレーションを与えたものは、その幼稚園の教育目標や実績ではなかった。列を作らなければならないくらい入園の競争が苛烈で、自分の親も、やはりそれに巻き込まれたというエピソードだった。なんだか少し可笑《おか》しくて、ゾワリと感じる題材に思えた。白状すれば、だから当初は、ユーモラスでにぎやかな作品にするつもりなどこれっぽっちもなかった。私は「ニコラ幼稚園」を、とても邪悪な場所にするつもりだった。残忍で、嫌な感情に満ち満ちた小説にするつもりだった。本当に、そういう小説が書きたかった。登場人物が猛烈に競いあう物語。恨みや憎しみ、悪意で沸きかえる物語。私は、復讐がどんなものかを見せつけてやりたかった。なのに、小説は完全に違う方向へと進んでいった。意図とは完全に別の小説になった。そう書き上がった。

もちろん、そんなことは珍しくない。実のところ、小説を書き始める時の私は、ひどく感情的な状態だ。素晴らしい題材を見つけたと興奮している。だが、ひとかたまりになっていた感情と題材を切り離し、整える過程で、自分が本当に取り上げるべき何かと向き合うことになる。問うことになる。私は、何を書こうとしていたのか。何を書くべきなのか。それに答えながらとぼとぼ進むうちに、少しずつ、何かのシルエットが現れ始める。結果、小説はいつも意図とは異なる作品に仕上がる。だから私は、小説が完成すると、当初抱いていた感情や題材から作品がどれほど遠くに来ることができたかをよく確かめる。安心したいからだ。始めた時の気持ちから遠く離れていればいるほど、当初目撃したある状況への感情から遠ざかっていればいるほど、自分が小説を書いたという事実がはっきりするからだ。

しかし、あそこまでまったく別の小説を書いたのは、生まれて初めてだった。意図から遠ざかったというレベルではなかった。足をのせていた地面が、ぐらりと反転した感じというか。「ニコラ幼稚園」は、それまで私が書いてきたスタイル、ストーリー、主題と、かなりかけ離れていた。だが、それよりはるかに意外だったのは、とにもかくにも自分がこの小説を完成させたという事実だった。それがそんなに大したことか？　小説は完成させてこそ、では？

違う。

なぜなら私は、この小説を書けないに違いないと思っていたから。

創作意図の反転、スタイル、そんなことは問題ではなかった。この小説を書かなくてはと思ったその瞬間から、私は、ただの一行も書けなくなった。

そう、ただの一行も。

喩《たと》えではない。言葉の通りだ。私はパソコンの前に固まったままでとても長い間座り続け、でも指一本動かせなかった。はじめはスランプだと思った。でも当時の私は、初めての本さえ出ていない新人作家だったのだ。せいぜい短篇を三、四作発表した程度だった。たかだかそれくらい書いただけでスランプ？　とんでもない話だ。だが机の前に座ると、すぐに頭の中身が押し潰された。

ああ、その時の感じを、どう表現したらいいだろう。

肩と頭が押さえつけられるように痛み、胸がむかむかした。毎晩悪夢にうなされて、食事もほとんど喉を通らなかった。何かを書こうとすると吐き気を催し、冷や汗が出た。誰かに殴りつけられているような感じもしたし、首を絞められているみたいでもあった。不安だった。あまりに不安だった。何だろう……まるで、何かに取り憑かれたようだった。文章を書くのが怖かった。何かが起きそうな気がした。ぞっとするほど汚らしいものに閉じ込められたかのようだった。抜け出せない気がした。永遠にあがき続けて、自分を見失ってしまいそうだった。苦しかった。とても苦しかった。どのくらいそんなふうに過ごしていただろう。一か月？　二か月？　結局、ある日私は覚悟を決めた。これ以上、こうして時間を浪費してはいられない。心の中でつぶやいた。一文字でもいいから書こう。そう、とりあえず書こう。書いてこそ、書き続けられるんだ。もっとも、今振り返ればこんなふうにも思う。私はなぜ、あそこまでして書こうとしたんだろう。いったい、書くというのはどういうことなんだろう。私はなぜ、あんなふうに最後まであきらめられなかったんだろうか？　なぜ？

とにかく、私は最終的に机の前に腰を下ろした。深呼吸をして、キーボードに指をのせた。やっとの思いで、タイトルを打ちこんだ。

「ニコラ幼稚園」。

ああ、陰湿で秘密めいた場所。人々が押しかけ、欲の皮を突っ張らせ！　競争して、嫉妬して、憎んで！　我が子、ひたすら我が子のためなら、どんなことも辞さない人たち！

その時、ある音がした。

はっきりと覚えている。黒板を爪で引っ掻くような耐えがたい騒音が、耳の奥に長く響いていた。そして、私は「像」から弾き飛ばされた。もはや目の前には何もなかった。暗闇と静寂だけだった。一人ぼっちだった。やっとわかった。なんてことだろう。これはスランプじゃない。私は本当に、何かに取り憑かれている。幼い頃に戻ろうとするたびに、当時の感情や記憶を再現して何かを作り出そうとするたびに、本当に、誰かが邪魔をするんだ。私の頭を踏みつけながら、クックッと笑いを漏らして囁くんだ。誰だろう？　いったい誰？　頭の中の音に集中した。私を食い物にしたがっているその感情を、くっきりと感じた。憎悪。怨恨。恨み。声が聞こえた。オマエが書けると思うか？　オマエが？　よくもオマエごときが。いい気になるな。オマエなんて何者でもない。何者でもない。その瞬間に気がついた。ああ、私はこの声を知っている！　何かに取り憑かれたような、この気分。前に進みたいのに体が動かない感覚。誰かに、がっしり取りおさえられたような絶望感。

だいぶ前にも私は、そんなふうにしがみつかれたことがあった。

六歳の頃、ひどく幼かったあの頃、初めてその声を聞いた。オマエは何者でもない。それは私を恨み、憎んでいた。私を踏みにじりたがっていた。どれほど長い間忘れてたんだろう。どれほど油断してたんだろう。それから解放されたと。遠く離れたんだと！　私は愚かにも喜んでいた。だが、あれは私を忘れていなかった。私が幼い頃に戻ろうとした瞬間、また目ざとくしがみついてきたのだ。

もう私には、その声の正体がちゃんとわかっている。

それはまさに、悪意。

そう。まさに悪意だ。

なのに、

果たして、本物だったんだろうか。単に小説がうまく書けなくて、つまらない言い訳をしてたんじゃないだろうか。実際あの時も、そんなふうに思いはした。幼い頃の記憶が本物だと、どうして確信できるだろう。とはいえ、成人してからの記憶は別と言えるだろうか。私は最近の出来事を、果たして丸ごと記憶しているだろうか？　確信が持てるだろうか？　小説を書くときに動員する記憶も、同じじゃないだろうか。果たしてそのすべてを、真実と言えるだろうか。

たとえばこんなことがあった。あの幼稚園の建物の地下には、音楽室があった。夏でも冷気を感じるくらいひんやりした場所だった。丸いドーム型の天井のせいか、歌をうたうと音が大きくわんわんと反響した。そんなとき、まるで建物が生きているような気がした。大きな獣《けもの》のお腹の中に入ったみたいだった。波打つメロディで鬱々とした歌を口ずさむ、赤い煉瓦。あの、鳥肌が立つような冷気と、不安げで秘密めいた旋律は、魅力的だったし恐ろしくもあった。

ところがある日、その音楽室が幼稚園ではなくて、私が卒業した高校の校舎の中だったことに気づいた。私が通っていたのは、キリスト教の宣教師が設立して百年以上の歴史がある高校で、まさにその古い建物の地下に音楽室があったのだった。もう少し正確に描写すれば、音楽室は、宣教師の名前をとったストーン館という建物の隣、大講堂の地下にあった。そして、ストーン館と大講堂の間には、学校の裏庭につながる長い回廊が伸びていた。キリスト教信者の子たちは、夜間自律学習（中高生にほぼ強制的に課される放課後の自習）の前に地下の音楽室に集まって祈りを捧げていて、すると、たくさんの声がその長い回廊を渡って美しく響いた。その声を聞いている記憶の中の私は、いったいなぜかはわからないが、いつもひとりで回廊を歩いている。

なんだって私は、二つの記憶を混同していたのだろう。どうして、よりによって幼い頃私を苦しめた音が、後年の残像と混ざったのだろう。悪意が、本当に幼い頃初めて登場したものなら、その頃の私にしがみついているのなら、音楽室を思い出す時の私は放っておくべきじゃないだろうか。あれは十七歳にもなってからの経験なのだから。ああ、ひょっとしたら悪意は、幼い頃から私の一部になってしまっているのだろうか。だから、記憶を切り分けられないのだろうか。もしそうでもないとしたら、このすべては、私の勘違いや言い訳ということか。しばらく悩んだが、何の答えも得られなかった。自分の記憶は信用できないという事実を確認しただけだ。

だから、これからする話も、私が間違いなく経験したことだと確信があるとは言いがたい。

2

チャンヒョン洞幼稚園の入園に失敗した、まさにその年。一九九一年で、私は六歳だった。母は私を近所の幼稚園に入れた。ミミ幼稚園？　ナナ幼稚園？　まあ、そんな名前だったと思う。私をその幼稚園に通わせることに、母はあまり乗り気ではなかった。チャンヒョン洞幼稚園でないからということもあるが、もう一つ、別の理由があった。幼稚園の隣の古い敵産家屋（日本の植民地支配下で建設された日本風の家屋）に、ある「ペテン師」が住んでいたからだ。

その人は、自分が朝鮮王朝最後の皇女、李文鎔《イ・ムンヨン》だと主張していた。ひとまずハッキリさせておくと、その「ペテン師」は、晩年の十二年を全州《チョンジュ》の慶基殿《キョンギジョン》*で過ごした文鎔翁主《オンジュ》（王の側室から生まれた王女）とは別人だ。そして「ペテン師」という言葉は、もっぱらうちの母が使っていた表現だ。さて、これをどこからどう説明しようか。そうだ。母の幼い頃に遡ってみよう。

母は一九五八年生まれの、生粋の裡里っ子だ。中学生の頃、母には大親友が一人いた。その彼女が十六歳で仁川《インチョン》に引越すまで、二人は毎日のようにくっついて歩いていた。今からその人のことを「おばさん」と呼ぼうと思う。

おばさん。私の、ボエおばさん。

母とボエおばさんは、中学校の入学式の日に同じクラスになるやいなや、互いに惹かれあった。二人で一緒にいるといつも楽しくて、気が楽だった。似ている点など一つもなかった。母は長身の痩せぎすで、少しきつい印象があった。おばさんはぽっちゃりしていて、母より背が低かった。真面目で口数の少ない母とは違って、おばさんはおしゃべりで気さくだった。愛嬌もあった。いつもにこにこ人に接していた。

おばさんは裡里の出身ではなかった。彼女は十三歳のとき仁川から裡里に引越してきた。つまり、おばさんが裡里に住んでいたのは、実はほんの二年余りだった。おばさんの父親はとてもいい人だったが、実の父親ではなかった。きょうだいはいなかった。母親と新しい父親、そしておばさんだけだった。おばさんの実の父親は中国の出身で、つまり、今でいう華僑の一人だった。そのため、実の父親が亡くなって三年後に母親が新しい父親と再婚するまで、おばさんの名前は「キム・ボエ」ではなく、「ルェ・ボエ」だった。

学校で、そのことを知っている人はいなかった。母だけが知っていた。そして、母だけが知っているおばさんの秘密がもう一つあった。まあ、これは秘密ではないのかもしれない。おばさんはいつもごく自然に、その話を口にしていたから。単に、母がおばさんの気持ちを少しだけよく理解できていた、としておこう。

おばさんは、自分の母親のことをフルネームで呼んでいた。

「まったく、うちのパク・ジウンほどあたしに意地悪な人はいないってば」

＊　朝鮮王朝を建国した太祖・李成桂《イ・ソンゲ》を祀るため、一四一〇年に創建された史跡。広大な敷地が市民の憩いの場ともなっている。

その冗談には、ある種の疲労感と愛情が複雑に絡みあっていた。実際、パク・ジウンは娘にひどく冷たかった。ボエおばさんは運動も上手だったし勉強もよくできたが、パク・ジウンは一度も褒めたことがなかった。いつもこう言うだけだった。

「たかだかその程度で偉そうにするのはおよし」

ボエおばさんは、パク・ジウンの前でいつも萎縮していた。何かをもっとうまくやらなくては、という思いに苦しんでいた。だからこそ、人には親切に、気さくにふるまった。自分がしてほしいと思うかたちで、人に接した。おかげでボエおばさんは、どこへ行っても愛される人になった。皮肉な話だった。一番愛してほしかった人は、当の彼女に関心を向けてくれなかったのだから。パク・ジウンは、ひたすら自分のことばかりに関心が向いていた。何の縁もゆかりもない裡里に越してきたのも、パク・ジウンが言い張ったからだった。再婚してすぐ、彼女は新たな出発をしたがっていた。中国人の妻として暮らしていた過去を消したがっていた。もし、娘が思春期にさしかかっていると気づいていたら、子どもには安定した環境が必要だと知っていたら、そんな選択はしなかったはずだ。うーん。いや。知っていたとしても、おそらくパク・ジウンは押し切ったのだろう。何のためらいもなしに引越しの荷造りにとりかかったのだろう。自分のことのほうが、ずっと大事だったから。だからある日、パク・ジウンは新しい夫と娘に、引越しを宣言した。一家は仁川を離れて、かなり遠い全羅道の小都市へとやってきた。彼女ははりきって下宿屋を始めた。当時、ボエおばさんはせいぜい十四歳くらいだったが、それでも、パク・ジウンが無茶をしていることを簡単に見抜いた。パク・ジウンはさして家事が得意なわけではなかったのだ。それに、他人にまったく関心を持たない人間が、他人を食べさせて世話をする下宿屋をやるだなんて！　娘の懸念は的中した。一家が裡里で暮らしていた二年のあいだに、パク・ジウンの下宿屋はとてもゆっくりと傾いていったから。結局パク・ジウンは、再度娘と新しい夫に宣言した。

「ここの人たちはずいぶんと好き嫌いが激しいね。やってられないよ。また仁川に戻ろう」

ボエおばさんの新しい父親は当時、いわゆる日雇い労働者だった。とても健康で楽観的な人だった。妻をよくわかっていた。そういう男だった。彼は一瞬考えると、おとなしく「わかった」と返事をした。そうやって、かれらはまた仁川に帰ることになったのだ。

新しい父親は、ボエおばさんが二十歳になった年に膵臓がんで亡くなった。急性だった。がんの診断を受ける前日まで、友達と元気に酒を飲んでいた。あまりに健康すぎたからだろうか。がんも、身体のあちこちに勢いよく広がっていった。彼は半年と持ちこたえることができず、パク・ジウンはこれといった看病もできなかった。

なのに、弔問客にはこう言った。

「男らのせいで、あたしの人生はすっかりメチャクチャだよ」

その日以来、ボエおばさんは、しばらくパク・ジウンと口をきかなかった。

その、アクの強さ。

身勝手さ。

偽悪。

うんざりだった。

パク・ジウンは今、アルツハイマーを患っている。

＊

そして、まさにそうだったからこそ、母とボエおばさんは親しくならざるを得なかったのだろうと、私は思っている。パク・ジウンは驚くほど私の母方の祖母、つまり、母の母親と似ていたから。ボエおばさんの多くのことが、母には理解できたのだろう。だから、幸いだったと思う。二人にとって、お互いが存在していたことが。

＊

ボエおばさんが仁川に戻ってから、二人は週に一度、手紙のやりとりをした。それは結構長く続いた。高校に上がる頃には二週に一度に減ったものの、母が就職し、おばさんが大学に進んでからも手紙は行き来していた。たまには電話で話もした。会おうという話にもなったし、実際、たまに会った。仁川で、裡里で、また別の場所で。だが、月日が経つにつれ連絡はまばらになり、手紙を送ったり会ったりするのも、やはり続いたかと思えばなくなることが繰り返され……途絶えた。

しかし、母はボエおばさんを忘れなかった。おばさんと共に過ごした時間について、しょっちゅう私に聞かせてくれた。二人は毎朝、通りで待ち合わせをしてそろって登校し、放課後はマンガ喫茶に行き、週末はお弁当を持って公園に出かけた。ときどきバスに乗って全州の慶基殿まで遠出もした。話を聞いていて、当時の母は幸せだったんだろうなと思った。嫉妬もした。二人の友情はとても深く、信頼は厚いように見えたから。私にはそんな友達がいなかった。

むくれると、母は照れくさそうに笑って、よくこう言った。

「だから、他に友達ができなかったのよ」

事実だった。母は他の友達の話をしたことがなかった。母の友情は、ボエおばさんがすっかり持ち去っていた。だから、二人は再会しないわけにはいかなかったのだ。唯一、というのは、ずっと記憶し続ける、ということだから。

二人は五十二歳になった年に再会を果たした。母の結婚で連絡が途絶えていたから、ほぼ二十五年ぶりだった。ちなみに、そのいきさつはなかなかドラマチックだった。ボエおばさんが、新しい父親のかなり遠縁の親戚の葬式に出かけて、そこで、中学一年生の頃の同級生、チョン・ミオクとばったり会った。聞けば、彼女は、その親戚の一番下の弟と夫婦だった。チョン・ミオクは、ボエおばさんにとても面白い話をしてくれた。自分が夫と結婚することになったのは、他でもないパク・ジウンの下宿屋のおかげだと言うのだ。どういうことかと訊くと、こういう話だった。亡くなったその親戚は月賦販売のセールスマンをしていて、全羅道へ来るたびにパク・ジウンの下宿屋に宿を取り、町の人にあれこれ売りつけていた。そのうち、なぜかチョン・ミオクの両親ととても親しくなって、ボエおばさんの家が引越してからも縁は続いた。当のボエおばさん一家は、以来その親戚とはほとんど行き来はなかったのに。やがて月日が流れ、数年後に親戚の一番下の弟とチョン・ミオクの縁談がまとまったのだ。なんてことだろう、ボエおばさんは、世間は狭いと改めて実感した。そして、ただの一度も忘れたことのない大親友を思った。その瞬間、何かを感じた。つまり、ぶるっと身震いがくる、何か戦慄のようなもの。直感的にわかった。つまり、いつもみたいに「ヨンソはヨンソでうまくやってるって……」と、やりすごしてしまってはいけないことを、だ。そうしておばさんは、本能的にその瞬間をしっかりとたぐりよせた。絶対に逃すまいと思った。おばさんはチョン・ミオクの手を握りしめると、息せき切って尋ねた。

「ちょっとちょっと、ミオク、じゃああんた、ひょっとしてヨンソの電話番号知ってる？　ヨンソがどこに住んでるかわかる？」

残念ながらチョン・ミオクはヨンソ——つまり、私の母——の連絡先を知らなかった。母の友達といえばただもうボエおばさんだけだったから、当たり前のことではあるが。代わりにチョン・ミオクは、別の人の連絡先を教えてくれた。自分の中学時代の親友、キム・ミジンの連絡先だった。それが、えんえん続く連絡網の始まりだった。キム・ミジンはミンジュの電話番号を教え、ミンジュはスヨンの番号を教え、スヨンはジェインの連絡先を教えてくれた。ボエおばさんはそんなふうにひたすら同級生の番号を訊いて回り、ついに自分の大親友の電話番号を突き止めた。その日のうちに電話をかけた。私の母、パク・ヨンソ。五十二歳になるまで、たった一人の友達だけを記憶に刻んでいた相手に。まもなく、二人は全州で会った。その次は仁川で会った。会い続けた。

今もずっと、会い続けている。

＊

小説家としてデビューしたばかりだったその年の夏、母とボエおばさんの会食についていったことがある。その時初めて仁川のチャイナタウンに行った。そして初めて、ボエおばさんにも会った。私たちは覧清楼《ランチョン》という有名な中華料理店でコースを食べた。実際、覧清楼に行くと聞いていなければ、私はその場に出かけてなかったはずだ。母と母の旧友が会う席に、どうして自分がのこのこ割り込む必要があるだろう。でも、覧清楼の料理を食べてみたかった。テレビによく出ている料理家、イ・チョンファが社長をしているレストランだった。彼女は幼い頃、アメリカに移民するのを断念してまで韓国に留まり、中華料理店を継いだことで知られていた。面白いのは、ありとあらゆる山海の珍味で有名なレストランを経営しながら、一番の得意料理は他でもない、白砂糖がいっぱいつまった中華風ホットク＊だという点だった。私はそのエピソードを改めて愉快に思い、喜んだ。中華風ホットクの大ファンだったからだ。フライパンにぺちゃんこに押し付けて焼く韓国のホットクとは違って、中華風のものは熱々のかまどで焼く。すると、かまどの中でボールみたいに丸く膨らんで、生地に火が通る。私はよく、焼きたてのホットクを受け取ると、すぐにパンッと手の平でつぶしたものだった。サクサクしたパンがぺちゃんこになって、中に入った砂糖といっしょくたになる。それをひと切れずつつま

＊　十九世紀末に移り住んだ華僑が広めた、日本の「おやき」のようなおやつ。現在韓国の屋台で売られているのは、シナモン入りの黒砂糖を生地で包んで焼いたもの。

んで食べるのが好きだった。なんと、あのホットクが一番の得意料理とは。本当に気になった。だが、イ・チョンファは店で中華風ホットクを出していなかった。あの温かくて甘い食べ物は、ある人の夢を受け継いで作っているだけのものだから、と言葉を添えるだけで。イ・チョンファはそういう人だった。言葉に神秘的な味つけができるというか。さらには覧清楼の料理のコツについて、こんなことも言っていた。

「当然、コツはございます。わたくしどもの店の地下室に、こっそり保管してあるんですよ」

とにかくその日、私はイ・チョンファを見た。いや、見たというレベルではなかった。あの日あの時コースを食べているのが私たちだけだったからか、あるいは人手が足りなかったからか、そうでもなければ私たちが気に入ったからかどうかはわからないが、料理が出来上がるたびに、イ・チョンファが直接私たちの席に運んできてくれた。おまけに料理について一つひとつ説明までしてくれた！なんと。私は芸能人を見るような気分で、ややぼーっとしていた。他方、母とおばさんはイ・チョンファに無関心だった。二人はお互いにのみ神経を集中させていた。そして母は、その日にかぎって私にやたらと質問を振った。来る前は何してたの？　小説は結構書けた？　最近はどんなことが面白いの？　そうやって質問攻めにされると私が不機嫌になることを、母が知らないはずがなかった。なのにあの日は、まるでそうするつもりだったかのように、ずっとあれこれ質問し続けた。ボエおばさんの手前、私は母に苛つくことができなかった。

今ならわかる。母は、自分の子どもを親友に見せたかったのだろう。どんな外見か、何の仕事をしているか、性格はどうか……。私としては非常に迷惑な話だったが、母には大切なことだった。面白いのは、ボエおばさんも同じ思いを抱いていたことだ。その日、ボエおばさんは自分の息子、つまりジンを連れてこようとしていた。ところが、よりによってその時、彼に急な用事、「上司からの呼び出し」が入ったため、私たちは三人だけで会うことになったのだ。私は、二人が食事をし、ウーロン茶を飲みながら昔話をするのを静かに見守っていた。聞いていた通り、ボエおばさんはやさしくて冗談がうまかった。そして、本当に自分の母親、パク・ジウンの欠点をよく見ていた。

その日、おばさんはこんな話をした。

「あたしは、いつだってパク・ジウンを信じてたのよ。まったく。彼女が言うことは全部正しいと思ってたの。だから、あの話を固く信じてた。学校に通ってた頃、パク・ジウンは、毎日一等ばかりとってたって話。ヨンソ、あんたも覚えてるでしょ。パク・ジウンがあたしの通信簿を見るたびに、チッ、チッって舌打ちしてたこと。そういうのはみんな、あたしがパク・ジウンより劣っているせいだと思ってた。おまけにパク・ジウンは、英語も達者だったって言ってたし。ところが知っての通り、あたしの英語は……ボロボロでしょ。だから、パク・ジウンがいつも可哀想だった。そんなに勉強がよくできたのに、頭がよかったのに、実の父さんとつきあったせいで無駄になっちゃったんだ。パク・ジウンは、どこかに就職したり、大学に進んだりするべきだったのに、父さんのせいで結婚してしまった。だから悪いと思ったし気の毒だったのよ。自分の存在が、すごく申し訳なかった。知っての通り、あたしにはきょうだいがいないでしょ。新しい父さんと暮らしてるのに子どもを持たなかった理由も、そのへんにあるんじゃないかって思ってた。実際、パク・ジウンはそういうことも言ってたからね。もうこれ以上、子どもに足を引っ張られたくないって。あれはいつだったかな。うーん。たぶん、あたしが十七歳くらいの時だったと思う。確かに、また子どもを産むって歳でもなかったし。だけどね。後から新しい父さんに聞いたんだけど、なんと、新しい父さんは子どもができない体だったの。パク・ジウンは、本当はもう一人子どもを産みたがってたのに、新しい父さんが不妊だってわかって一晩中泣いたんだって。ヨンソ、これってホント、笑える話じゃない？　あたしはそれを、新しい父さんが亡くなる数日前に直接聞いたわけ。その時ハッとした。ひょっとしてパク・ジウンの話は、全部本当じゃないのかもしれない。やっぱりその時からだったと思うわ。あたしがパク・ジウンから精神的に自立したのは。あら……それにしても、おいしいお料理を前にして、すっかり何の話をしてるんだか。あたしも歳ね。あんたの娘が見てる前で、恥ずかしい」

その日、覧清楼での食事代は母が払った。ボエおばさんは結構うろたえていた。そこは仁川で、つまり、母に食事をおごられるなど、おばさんにはあってはならないことだった。そもそも覧清楼を予約したのもおばさんなら、コースにしようと言ったのもおばさんだった。しかし、母の勢いをそぐことはできなかった。母はおばさんをじっと見て、こう言ったのだ。

「一度くらい、あんたのふるさとで、ご馳走したかったのよ」

するとおばさんの表情が変わった。喜びと悲しみで複雑に歪んだ、文字通り、何と言ったらいいかわからない顔に。おばさんが声を震わせて言った。

「そんなのダメよ。こんなことされたら、あたしどうしたらいいの」

母はおばさんの手を握って答えた。

「あんたってば。あたしにとってあんたが、どれほど大切な人か」

今も変わらず、あのフレーズを覚えている。忘れない。

ボエおばさんの実の父は中国の出身だったから、韓国人として暮らすことができなかった。だから一九五八年に、ボエおばさんは〈外国人〉として生まれた。おばさんの故郷は中国ということになった。でも生まれ育ったのは仁川だ。仁川っ子だった。

母が言った「あんたのふるさと」とは、まさにそういう意味だった。

＊

さて、そろそろ例の「ペテン師」の話をしてみようか。いや。もうちょっと時間が必要だ。こっちの話からにしよう。二人にお互いが存在していた季節、つまり、ボエおばさんと母がくっついて回っていた、一九七一年のある冬の朝、二人は担任に呼び出された。彼は、風呂敷包みを一つと手紙一通を二人に差し出した。そしてある住所を伝えて、放課後にちょっとそこまで行ってきてほしいと言った。

「よほどのことがなければ僕が行くんだが、どうも時間が合わなくてね」

そう言って、交通費といくらかおやつ代をよこした。母とボエおばさんは何のことかすぐにピンときた。二人は交通費だけ受け取った。

当時、裡里で知らない人はなかった。左翼活動をしていた義弟から生活費を受け取ったという理由で、全州刑務所に収監中だったある老婆が、自分は高宗《コジョン》皇帝*1の隠し子であると主張していた件をだ。彼女は出所後、裡里で暮らしていた。名前は、李文鎔《イ・ムンヨン》。

全州李《イ》氏*2の一族は、彼女の存在を認めなかった。とりあえず、証拠がなかった。出生記録もなかったし、高宗皇帝もやはり生前、そうした娘の存在に言及したことはなかった。他の皇室史料をいくら探しても、彼女と、彼女の母親の廉尚宮《ヨムサングン》（尚宮は朝鮮王朝時代の女官の称号の一つ）の痕跡はまるで見つからなかった。一族は、彼女が嘘をついていると主張した。だが信じる者もいた。彼女の主張は、事実関係が食い違っている部分もあったが、おおむね一貫していた。高宗を知る人々が、彼女と高宗がよく似ていると証言したりもした。廉尚宮の存在を覚えているという人も現れた。だが、それだけでは不十分だった。一族では言い争いが続いた。一族の中にも、李文鎔を信じる者が徐々に増えていった。母とおばさんの担任はまさにその一人だった。彼女が本当に翁主なのか嘘つきなのか、母とおばさんが中学に上がった頃も、真偽の見極めは続いていた。そして、担任が二人によこした住所が、まさにその文鎔翁主の家だった。

放課後になると、二人はすぐに尾根村へ向かうバスに乗りこんだ。裡里の人たちは、街はずれのバラック村をそう呼んでいた。尾根村。バスの座席に座って急な坂を上りながら、母は興奮していた。翁主、皇女、皇族。それらの単語は魔法とも似ていた。翁主に会いに行くなんて！　世間に認めてもらえない皇族と会うなんて！　かつて母は、ボエおばさんと一緒にイングリッド・バーグマン主演の映画『追想』*3を見て、しばらく夢中になった。実際、それは母の一番好きな映画になった。私が結婚する前、「独身として」最後に全州に里帰りした日、母と一緒に深夜その映画を見た。私は最後まで見たが、母は途中で眠ってしまった。だが翌日、母は言った。「何度見てもすごくいいわ。そう思わない？」

しかし、魔法は翁主の家を訪ねる途中で、非常にゆっくりと力を失っていった。母がイメージしていた翁主の家はいかにも十四歳の想像らしく、多少神秘的な雰囲気がする場所だった。もちろん、母も翁主の家が華やかだろうとは思っていなかった。その尾根村は市内の最も外れで、ほとんど崩れかけたバラックでいっぱいだったから。それでも、世間に認めてもらえない孤独な女性がひとり暮らしをする場所とくれば、どこか違うはずだと思っていた。しかし、彼女の家は山の中腹にある、ありふれたバラックだった。何かの非凡さが刻みつけられた空間ではなくて、村の誰もが住んでいる、無数のバラックの一つ。何より母の幻想を打ち砕いたのは、こともあろうに翁主の外見だった。母はとても漠然と、翁主は美しいはずと期待していた。ああ、イングリッド・バーグマン。彼女が母に、あまりにも大きな幻想を植え付けていた。翁主は平凡なおばあさんだった。小柄で、背中が少し曲がっていて、白い韓服（韓国の民族服）を着ていた。髪を後ろでまとめてかんざしを挿していたが、髪の量はそれほど多くなかった。頬骨がぽんと突き出し、顔は少し丸くてのっぺりしていた。華奢でもなければ美しくもないその老人があまりにもしっくりこなくて、門の前まで出てきた彼女に、母は挨拶一つまともにできずにもじもじしていた。気まずかったのは翁主も同じだった。彼女は、突然やってきた少女た

＊1　朝鮮王朝第二十六代の王であり、一八九七年に国号を大韓帝国とあらため、初代皇帝となった。
＊2　本貫（先祖発祥の地）が全州にある「李」一族のこと。朝鮮王朝と大韓帝国を統治した。
＊3　最後のロシア皇帝ニコライ二世とその家族は、一九一八年に銃殺された。だが四女のアナスタシア皇女については生存説が消えず、アナスタシア皇女を名乗る人物も相次いで登場。『追想』はこのアナスタシア伝説をベースにした一九五六年公開のアメリカ映画。

ちに警戒のまなざしを向けた。その時だった。ボエおばさんが明るい声で挨拶をしながら、風呂敷包みと手紙を差し出した。そして付け加えた。

「おばあさん、すごく寒いでしょ？　どうぞお戻りください」

ボエおばさんはそう言うとフッと短く息を吸いこみ、体を震わせた。ようやく母は、ボエおばさんがかなり寒がっていることに気がついた。翁主はそんなボエおばさんをしばらく見てから、二人の目の前で手紙を開いた。長い文面ではないようだった。翁主はすぐに手紙を畳んだ。そして、母とボエおばさんに中に入るように言った。

その瞬間、すーっと消えたはずの魔法が、再びよみがえった気がした。もしかしたら先生の手紙には、私たちについて特別なことが書かれていたんじゃないだろうか。そうだ、選ばれておつかいを頼まれたのは私とボエだけじゃないか。ひょっとすると、私たちだけが叶えられる頼み事をする気かもしれない。その時、翁主が愛想のない口調で二人に言った。

「何か、ちょっと食べておゆき」

ボエおばさんがうれしそうな笑顔で言った。

「わあ、本当にいいんですか？」

翁主がうなずいた。かすかに表情がゆるんでいた。だから二人は部屋の中に足を踏み入れた。一間しかない部屋に置かれた所帯道具は、ひどく少なかった。螺鈿《らでん》がすべて剝がれ落ちてしまった黒いたんすと、きちんと畳まれた布団。ドアのそばにかかった数枚の服。貧しいというよりは簡素な印象だった。翁主は、温かい麦茶とふかしたサツマイモ二つを母とボエおばさんによこした。それから布団を隣に置きかえて、そこに座るようにと言った。

「こっちのほうが、暖かいよ」

本当にそうだった。布団が敷かれた床は二人の全身、特に、ボエおばさんの身体を温めるのに十分だった。母とおばさんは、あたふたとサツマイモを食べて麦茶を飲んだ。翁主はふたりの隣に座ると、担任がよこした風呂敷包みを開いた。そして母は、担任のお使いが何だったのか、手紙の中身がどんなものだったかを察した。風呂敷包みから滑るように現れたのは青緑色の反物だったのだ。母は、その美しい色に目を奪われた。

翁主が針仕事の内職で生計を立てているという話は聞いたことがあったが、実際に見るのはもちろん初めてだった。母はとても驚いた。翁主の針仕事の腕前は、本当に見事だったのだ。目の詰まった布地に、か細い針がきちんきちんと丁寧に刺しこまれていくたびに、母は慎重に息を吐き出した。なんだろう、世界の何かが、少しずつ完成しつつあるという感じがした。実際そうだった。古びた服が新品に変わり、ハギレでしかなかったものが小さな袖に変わった。母の目の前で、何かが作り上げられていた。美しかった。途中、ふと顔をボエおばさんのほうに向けた。母は、友達が自分と同じ感情を味わっていることを知った。ボエおばさんも、やはり恍惚とした表情で翁主の針仕事をぼーっと見つめていたのだ。母はそっとほほえみかけた。そして、何も言わなかった。その瞬間が少しでも長く続けばいいと思った。二人は翁主の指先をじっと見つめ、翁主は自分のすべきことをする、その瞬間が。

尾根をすっかり下り終える頃、雪が舞い始めた。わあ、ボエおばさんが感嘆の声を上げて雪片を手のひらで受けた。そして母に言った。

「あのね、ヨンソ。あの方、本物だと思うな」

「うん。そんな感じだね」

母の答えに、おばさんはほほえみながら、また手のひらを広げて雪片を受けた。さっきよりずっと大きな一ひらが、はらりと手に舞い降りた。おばさんがまた言った。

「なんか、ちょっと……高貴な感じがする、っていうか」

「高貴?」

「うん」

寒かった。でも、空気が澄んで清々《すがすが》しかった。心地よい感覚が、母の心に魔法のように流れ込んだ。母は翁主の背筋を伸ばした姿勢を思い浮かべた。針仕事をしているあいだじゅう、彼女は一度も姿勢を崩さなかった。その状態で服を作っていた。ひょっとしたら、彼女はずっとそんなふうに生きてきたのかもしれなかった。どんなことがあろうが一度も挫けず、強い心で、一つの場所で耐えぬいてきたのかもしれなかった。ようやく母は、ボエおばさんの言葉を理解できた。そう、それがまさに高貴だった。何かを台無しにするのではなく、何かを作り出すこと。まっすぐ、揺らぎのない姿勢で、ためらわずにずっと、事にあたること。母は翁主の言葉が信用されるようにと、つまり、世間のみんなが彼女の「高貴」を見抜いてくれるようにと願った。


ぼたん雪が降り始めた。

母の願いは半分だけ叶った。全州李氏の一族が李文鎔を最後まで認めなかったため、彼女は正式に「翁主」の称号を受けることはできなかった。だが、全州市が彼女を皇族として扱い、慶基殿に住めるようにした。文鎔翁主はそこで十二年を過ごした。彼女は、私が生まれて一年後の一九八七年にこの世を去った。

この前、母は一人で慶基殿に出かけた。私が結婚してから、母はそんなふうにしょっちゅう一人で散歩をしている。ちょうどその時、ボエおばさんから電話が入った。慶基殿にいると伝えるとおばさんは喜び、「写真を撮って送って」と言った。母は、韓屋(韓国の伝統建築様式で建てられた家)の屋根がよく見えるよう、丁寧にアングルをねらって写真を撮影した。それからまたボエおばさんと電話で話し、文鎔翁主の話をした。あの方は、晩年をここで過ごして亡くなったのだと。ボエおばさんは、お使いを頼んだ担任の先生のことは記憶していたが、あの日二人が尾根村までお使いに行ったことはほとんど覚えていなかった。ああ、そう、そうだったわねえ。あの日、雪がたくさん降ってなかった？　だったでしょ？そう言って、昔をほんの一瞬振り返るだけだった。

ところで、

自分は朝鮮最後の皇女だと主張する人物が、裡里にもう一人いたのだ。他でもない、「ペテン師」。

驚くことに、彼女の名前もやはり「イ・ムンヨン」だった。母は偽名に違いないと言った。母は信じていた。自分が会った人が本当の翁主なのであって、その「ペテン師」は偽物だと。

今思うと、母が「ペテン師」を気に入らなかった理由は、おそらく彼女が母の大切な思い出、あの冬の日の風景の破壊者だったからなのだろう。万が一「ペテン師」が本物の文鎔翁主なら、それまで母が信じてきたことは無意味になるから。三人が一つの部屋で、静かに座っていた時間。そのやさしさ。信じる心。誰かがうまくいくことを頼った真心。幼い日の思い出。それらすべてが。

とにかく、母にとっては幸いなことに、「ペテン師」を支持する人はいなかった。慶基殿に住んでいた文鎔翁主は、少なくとも自分の誕生秘話やそれまでの暮らしぶりを自分なりに率直に打ち明け、人々を説得しようとしていた。その話に誇張や間違ったところはあったかもしれないが、まったくの嘘とも思えなかった。だから、李氏一族はああでもないこうでもないと意見が割れ、最終的にその一部の支持を得ることができたのだ。だが「ペテン師」のほうは、自分が本物で慶基殿の文鎔翁主が偽物だという主張を繰り返すだけだった。

何より彼女は、文鎔翁主が慶基殿に住むようになってから名乗り出た人物だった。母が一番怒っていたのはその点だった。あの「ペテン師」は、何を考えているか見え見えの人間だと言った。母は言った。高貴さがまったくない人間だと。そういう人間、我が子に決して真似してほしくない人間が、ミミ幼稚園だかナナ幼稚園だか、とにかく、私が通う幼稚園の隣に住んでいたのだった。文鎔翁主は死んだのだから、もう自分を認めてくれと主張しながら。

そうして私は、とても興奮していた。

あの母にしてこの娘あり、だった。認めてもらえない皇族。隠し子の娘。そういうエピソードは、幼い私を魅了するのに十分だった。私はラプンツェルやシンデレラ、白雪姫のお話を擦りきれるほど読んでいる子どもだった。一度でいいから、その人に会ってみたいと思った。私にとっては「ペテン師」ではなかった。人に言えない秘密を抱えた人、無念を晴らしてあげなければいけない人だった。本当に、そう思っていた。ひょっとしたらこの人が本物で、慶基殿の文鎔翁主が偽物かもしれないでしょ？　そう思っている子どもは私だけではなかったらしい。自分たちの幼稚園の隣に「翁主」が住んでいるという話は子どもたちの間に広まって、おかげであらゆる噂が出回っていた。あの、さまざまな声。さまざまな囁き。あの人が本物の翁主なんだって？　翁主と公主《コンジュ》（王の正室である王妃が生んだ王女）の違いってなに？　まったく、ホンモノの翁主は死んだんだって。違うよ、あの人が嘘をついてたんだ。幼稚園の隣に住んでいる人が本当の翁主なの。なんであんたが知ってるわけ。二人は、おんなじ牢屋で大きくなったんだって。ほんと？　うん。幼稚園の隣にいる翁主が、何か悪いことをして、慶基殿の文鎔翁主に弱みを握られたの。弱みって何？　わかんない。とにかく、うちのママがそう言ったんだもん。違うって。本当は、二人は双子なの。だけど、二人ともその出生の秘密を知らなくて、お互いを憎んでるんだって。本当に？　うん、本当。違う違う。二人は同じふるさとの友達なんだって。どっちも皇女のフリしてて、頭がおかしくなっちゃったの！　二人とも、自分が本物だって本当に信じちゃったんだって。じゃあアレ知ってる？　あのおうちの下はお墓なんだよ。共同墓地！　昔、日本人が朝鮮人を殺して、あの下に全部埋めたんだって。ほんと？　うん。だから、その恨みが、あそこの翁主にのりうつったんだって。それで、ああやって暮らしてるんだって。だから、あのおうちに行ったらだめって言われた。

　絶対、だめ。

　けれど私は、暇さえあればその家に行く方法について、考えをめぐらせていた。思えば、あれは私なりの遊びだったのだろう。幼稚園生活は、とりたてて面白くなかったから。何より、その人を忘れる暇がなかったことが大きかった。幼稚園バスから降りると、その古い敵産家屋はすぐ目に飛び込んできた。いつも門が少しだけ開いていた。まるで、どうぞいらっしゃいと言うように、私を待っているかのように。丸一日忘れていても、その光景を目にしたとたん体がカッと熱くなった。彼女に会いたかった。

でも、私の願いはかなり早くに潰《つい》えた。幼稚園に通い始めて一つの季節が過ぎた頃、彼女が亡くなったのだ。その知らせを聞いたのも、やはり幼稚園で、だった。子どもたちの噂というのは、どうしてああ大人顔負けに早くて容赦ないのだろう。部屋で死体が見つかったという話だった。死んでからすでに三日が過ぎたタイミングだったともいう。その知らせを聞いて、私は悲しんだ。あの人を褒めたたえたかった。どれほど孤独だったことか。いや、嘘だ。私はそんないい子ではなかった。母からは、嘘つきや利己的な人間になってはいけないと言われていたが、私はとっくにそういう子どもだった。わからない。そう生きずにすむことは可能なのだろうか。そういうことを問うのは非道徳的だろうか。最低の真似なのだろうか。そう？　あの時私は、最低の真似をした。その場所を、見たいと思った。孤独な女の人が干からびて死んだ、そのみすぼらしい家を、だ。悲劇の場所は、いったいどんなふうだろう。誰も見つけ出せなかった神秘的な雰囲気に満ち満ちているはずだ。見たい。それを感じたい。いや、それも真実ではない。正直言ってわからない。いったいあの時、私はなぜ、ああだったんだろう。なぜ、あの家に入り込んだのだろう。

幼い頃を振り返るたび、必死にその理由を探ろうとした。だが、はっきりした理由は見つからなかった。実のところ理由なんてなかったのかもしれない。私はただそうしたくなって、望むままに行動したただけ。それにどんな立派な理由があるだろうか。意味づけしたがるのは、大人になった現在の願望でしかない。そうしてこそようやく、あの日の出来事について、もう少し確信が得られるから。自分の行動には意味があったと信じられるから。言ったはずだ。この全部の話を、私でさえすべては信じられないと。

ともかく、私はあの日、幼稚園の休み時間にこっそり外へ抜け出した。開いた門の隙間に体を滑り込ませた。すると、庭を挟んで向こうに、やっぱり少しだけ開いた引き戸が見えた。振り返った。誰もいなかった。私は引き戸の前へと近づいた。靴を脱いで、板の間に上がった。

……後悔してるんだろうか？

目の前の部屋に入った。つながった部屋が、襖で二つに仕切られていた。つまり、一つの大きな部屋がある格好だった。今思えば妙な話だ。まったく無職の老人が、どうしてあんな家に一人で住めたのだろう。いくら古い昔の家だからといって、決して規模は小さくなかった。ひょっとして、これも記憶違いなんだろうか？

生活用品をすっかり片付け終えた部屋は、がらんとしていた。その人の痕跡は少しも見つからなかった。私は部屋の中央にじっと立っていた。何も見えなかったし、感じることもできなかった。その時、襖の向こうからある音がした。あれを、どう表現したらいいだろうか。耳の中に突き刺さってくる音。いや、何かを引っ掻くような音。歌声。何千という人間の声が、いっぺんに頭上から降りそそいだ。鳥肌が立った。これ以上この家にいてはいけないとわかった。なのに、声は私をあちらこちらに突き飛ばした。どこへ行く！　どこへ行く気だ？　とっさに、もう一つの部屋へつながる襖の前に体を寄せた。オマエも一度されてみろ。やりきれない思いで生きてみろ。寂しく生きてみろ。襖の隙間から向こうの部屋の奥が見えた。目を押し当てた。つきあたりに納戸があって、今度もまた扉が少しだけ開いていた。私はそこへ向かった。開けろ、開けてみろ！　扉を押し開けた。

納戸の中は暗かった。何も見えなかった。しかし、やがて闇に目が慣れていった。あちこちをじっくりと見回した。からっぽだった。ところが……下の方に何かあった。私は首をかがめて覗き込んだ。**見えるか。**見えるか。**見ろ。**見ろ！　とっとと見ろ！

見えた。

踵《かかと》が一つ、納戸の隅にぺったりくっついていた。右足で、踵から足首まで糸のように細く長い傷が走っていた。そこから血がにじんでいた。甲には太い血管が浮き出ていた。黒いシミがびっしりとあった。私はその足を茫然と見下ろした。どれくらい経っただろうか。突然踵が、身をくねらせるようにゆっくりと動き始めた。背筋がゾワッとした。なんで？　どうして動くの？　どうしてくねくねするの？　私を見るために。私を、しっかりつかまえるために。

足はあっというまに向きを変えた。爪が全部剝がれ落ちたひとつの足が、こちらを向いていた。私は身体をガタガタ震わせながら後ずさりした。「その人」は、私に近づこうとするかのように踵を持ち上げた。同時に、頭上で大きな音がした。

ドン！

ドン！

ドン！

悲鳴も出なかった。気がつけば私は逃げ出していた。音が私を追いかけてきたからだ。ドン。ドン。ドン。ドン。ドン。ドン。ドン。ドン。ドン。ドン。ドン。ドン。ドン。私は廊下で一度転び、急いで起き上がった。泣きながら庭を走り、門の外へと駆け出した。怖かった。その音に込もったおどろおどろしい感情が、身の毛もよだつような悲鳴が、あまりにも怖かった。

……後悔してるんだろうか？

今は、あれがどんな感情かわかる。言葉にできる。決して晴れることのない恨み。そして、目に見える何かをメチャクチャにして、消し去ってしまいたいと願う心。

悪意。

幼稚園に戻ると、自由時間はとっくに終わっていた。私は息を殺して子どもたちの間にまぎれ込んだ。先生たちは、私がどこかへ消えてまた戻ってきたことに気づいていないようだった。家に帰る頃、一人の先生が私を見て、こう驚いただけだ。

「あら、この子、足どうしたんだろう?」

右の踵がひどく擦りむけて、血がにじんでいた。

3

翌年、私はチャンヒョン洞幼稚園に入園した。そしてあの事故が起きた。終業式の日だった。幼稚園の玄関は、よくある役所の建物のようにぱあっと開けた構造で、その日私は、玄関の片方の壁に寄りかかっていた。そこからは外の景色がよく見えた。両親は、十歩ほど離れたところで園長先生のシスターと話していた。両親は園長先生と話しながらもしょっちゅう振り返り、私がちゃんといるか確認していた。父は言った。最後に見た時、私は玄関の向こうに手を振っていたと。

「友達を見つけたみたいにな」

よくわからない。私の記憶にあるのは次のようなものだ。芝生の運動場、子どもたち、聖マリア像、聖堂につながる小道、塀の上に止まっていた一羽のスズメ。そして、大きなガラスの両端を持ってやってくる、おじさん二人。

かれらは、私が立っているのとは反対側の壁にガラスを立てかけて、外へ出ていった。後で知ったことだが、そのガラスは二階の窓に新たにはめこまれる予定だった。他のものを取りに行くために、いっときその場所に置いたのだという。私は、自分の背丈よりはるかに高いそのガラスに圧倒された。

そして私の記憶では、明らかにガラスに向かって手を振った。その向こうに、何かいたからだ。こういう言い方が変に聞こえることはわかっている。でも絶対に何かいた。見えなかったけど本当にいた。そして、導かれるようにガラスに近づきながら、こう思っていた。

「手を伸ばしたら、つかまえられるかも」

それは、誰かの声のようでもあった。

「つかまえなくちゃ」

自分の手はガラスを通過するはず、つまり、私はそれをつかみ取れるはずだと。

「だから、つかまえなくちゃいけない。つかまえなくちゃ」

私は手を伸ばした。

「そうだ、つかまえろ!」

いつだったか、父はあの時を思い返して、こう言っていた。

「今でもよくわからないよ。本当に妙だった。ガラスは、間違いなく壁に立てかけられてたんだ。子どもが多少触ったからって、あんなに大きなガラスが、突然反対側に倒れてくるはずがないだろ?」

なのに、倒れてきた。

私が手を触れた瞬間、ガラスは大きく揺れたかと思うと、こちら側に倒れてきた。私は後ずさりして本能的に体をすくめた。そして地面に突っ伏した。頭と肩、骨盤を強く打ちつけた。体の上にガラスが覆いかぶさるのを感じた。ガッシャン、と砕ける音がした。耳の奥が痛かった。その光景を、両親はこんなふうに言っていた。どれほどびっくりしたのか、私は目をぎゅっとつむったまま、体をちぢこめて、地面にじっと倒れていたと。少しもみじろぎもせずに、じっと。

慌てて身をすくませたおかげか、ケガはなかった。手足やお腹、胸にガラスの破片を浴びたが、手の甲に少し引っかき傷ができた以外は特に何もなかった。だが、両親が本当に気を揉んだのはその後だった。地面に倒れた私を慎重に抱き起こした父に、私はすぐに言ったのだ。

「パパ、音が聞こえない」

*

何かに取り憑かれている気分。前に進みたいのに、体が動かない感じ。誰かに捕えられたような感じ。ありったけの力で押さえつけて、私を消してしまおうとする、まさに、それら。

*

聴力は二日後に元に戻った。両親は安堵の息をついた。耳の中にガラスの破片が入ったわけでもなく、すべての検査結果が正常だったのに、私が、ずっと音が聞こえないと言い続けていたから。母はずいぶん泣いた。そして、私があまりに長い時間を静寂の中で過ごしていると思ったのか、何日も休むことなく話しかけてきた。もっとも、親の思いとは違って、私にとって二日という時間はただ静かだったわけではない。むしろ騒々しかった。現実の人の声が聞こえなかっただけだ。

途方もなくたくさんの音がしていた。ガラス窓が割れた音。敵産家屋の納戸の前で聞こえた音。幼稚園の子どもたちの声。あれは、記憶だったのだろうか。それとも、本当に誰かの声だったのだろうか。ずっと耳でぐるぐるしていた。声はある瞬間独り言となったかと思うと、誰かとのやりとりにもなった。やがて私に話しかけるようになった。いや、本当は最初から、どの声も私に向かって話しかけていた。オマエは愚かだ。失敗ばかりだ。マヌケめ。生意気にも、よりによってここへ、のこのこやってくるとはな。オマエはいつもそうだ。これからだってそうに違いない。チビめ、引っかかったな。引っかかった。しめしめ、とっとと立つんだ！　真ん中に。みんなに見えるように、ちゃんと立て！　とっとと吐け。過ちを認めて土下座しろ。無残で無様な思いをしろ。いいか。これからもオマエは、そんなふうに生きるだろう。こっちがいる限り、永遠に。成し遂げたこと、もう少しで成し遂げられそうなこと、どうせみんなダメになる。それはオマエのものじゃない。オマエは全部、取り上げられる。いい気味だ。いい気味。だから過ちを犯しちゃいけなかったのに。恨みを買うべきじゃなかったのに。全部オマエのせいだ。チビめが。本当にオマエのせいなんだよ。ああやって警告したのに。ざまみやがれ。ざまあみろ。ああ、いい気分だ。とてもいい！　いい、いい、いい、いい、いい、いい、いい、いい、いい、いい、いい、

このアマめ。オマエは何者でもないんだ。

何の役にも、立ちはしないんだ。

＊

歳を取るにつれ、妙な声を聞くことは少なくなっていった。事故は他にも何度かあった。突然ベッドの脚が折れてマットレスが沈みこんだ。下駄箱が前に倒れてきて下敷きになった。ちょっと足を踏み外しただけなのに派手に転んで膝をすっかり擦り剝き、何日か歩けなかった。扇風機の風にあたろうと横に寝そべって頬杖をついたら、突然肩が外れた。でも、成長とともにそういうことは次第に減った。中学に上がる頃にはほぼ何も起きなくなっていたし、二十歳を過ぎてからは、かつて自分にそんなことがあったという事実が、まるで夢みたいに感じられた。

でも、私の中には何かが残っていた。到底耐えられないある種の感情が、ずっと沸き立っていた。私は悩んだ末に医師のもとを訪ねた。「ニコラ幼稚園」を書くかなり前のことだ。先生は、私が恐れを抱いていると言った。不安障害があると説明した。誰かに傷つけられるかもしれないと思う、ややもすると被害妄想に発展しかねない心。それが私にあった。「ニコラ幼稚園」を書こうと決めた頃、つまり再び声が聞こえ始めた頃、私はまた病院へ行った。そしてこう訴えた。

「最近、どうしても耐えられないんです。怒りがこみあげてきて、誰にでも歯向かいたくなります。物事を理詰めではっきりさせるとか、白黒つけたいとかじゃありません。ただ、感情的に耐えられないんです。何かをやたらに叩いて、叫び声を上げて、誰かを思いきり殴りつけたくなります。実は今まで、しょっちゅうそういうことがありました。でも先生、そんなことはできませんよね。しちゃいけないじゃないですか。だから我慢して、我慢して、我慢しながら膿んでいたんです。もしかしたら、だから小説を書いていたのかもしれません。少なくとも自分の設定した空間の中なら、いくらでも自由でいられますから。一方で、感情を整理してこそ続けられることでもあります。強烈な感情それ自体は、決して小説になりえないんです。でも、だからってすべての怒りや憎悪が消えるわけではありませんでした。ひょっとしたら、あの声の預言は当たっていたのかもしれません。オマエはメチャクチャだって。大したことないって！ だからそれ以上聞こえなくなったのかもしれません。あの声の言う通りになったから。逃げたいんです。どこでもいいから。前は、物語の中に逃げこむことができました。でも今は物語の中に入れません。作り事の世界を想像すればするほど、だんだん声が大きくなっていくんです。そういう自分に、どうにかして耐えなくちゃなりません。深夜になるたびに、川のあたりをぐるぐる回って泣いています。あまりにも多くの恨みが私の中にたまっているようで、耐えがたいんです。それは私の心じゃありません。でも、私の心です。あの映画を知ってますか？ 長い髪をした幽霊が出るビデオを見ると、みんなが死んでいく話。幽霊の憎悪が伝染する話です。だから深夜に出かけています。通りに人がいないので。私の心を、誰にも伝染《うつ》さずにいられるので。少なくとも深夜は、そういう幽霊にならなくていられますから」

先生は私に薬を処方した。良くはならなかった。小説も書けなかった。感情ばかりが激しく揺さぶられた。ほら、いわんこっちゃない。どうだ？ 結局こうなったろうが？ 私は再び病院に行った。

先生は、感情を受け流せと言った。

「でないと、誰かをその感情のはけ口にしたくなりますよ」

怨恨。

誰かをはけ口にするべく、生まれた心。

やはり快方には向かわなかった。一晩中声に悩まされた。結局私は、朝が来るまでひたすら川べりを歩いた。泣いた。幼い頃のことを何度も反芻した。像から弾き飛ばされると、また駆け寄って飛びこんだ。耐えられなかった。

なんでよ?

どうして?

ただあそこに行ったという、それだけの理由で恨みを買ったのだろうか。ただそれだけの理由で?

その悪意に向かって唾を吐きつけてやりたかった。そっくりそのまま言い返したかった。

このクソめ。みんな、ぶっ殺してやる。

私にできないはずがあるだろうか。そうだ。私は、昇る太陽を見つめて歯を食いしばった。そうだ。私も恨みを抱けばいい。おまえらに。まさに、おまえに。禍々しいあの声を、そっくり返してやる。

なんとかして小説を書く。必ず書く。ものすごく邪悪に書く。残忍で、嫌な感情に満ち満ちた物語を書くんだ。さんざん恨んでやる。だから、私もやっぱり悪意で返してやろう。私もおまえたちのことを、おまえを、いくらでも殺してやろう。その声を、一つ残らず引きちぎってやろう。

家に帰ってから、私は処方された薬を飲まなかった。代わりに考えた。どうしたら書けるか。悪意を引きちぎってしまうことができるか。声を抑え込めるか。恨みを、もっと大きな恨みでやり返すことができるか。勝てるか。そして心に決めた。ただの一度も会ったことがない人。母にとってはペテン師で、誰かにとっては双子で、また別の誰かにとっては本物だった人。墓の上に住んでいた人。自らを文鎔翁主《ムンヨンオンジュ》と呼んでいた人。もう私は真実に関心がなかった。そもそも、誰が真実に関心を持つだろう？　大事なのは物語だけ。その物語が真実を語っていると信じるだけのことだ。意味づけするだけだ。そうしてこそようやく、楽になれるから。読みたい物語が読めるから。私は、自分の見たいものを見ることにした。自分の小説に、彼女を生き返らせることに決めた。そう、アンジンに連れてこよう。そうしてそれらに、同じように言ってやるのだ。おまえらは、私に何の影響も及ぼすことはできない。何者でもない。そこまで考えて、喜びに指先がじんじんと痺れた。心臓が激しく打ち付けた。そう。私だってやり返すんだ。

そうやって、悪にすがって怒りを抱いた。ふと、こんなことを思った。

私は悪意の餌食になったんだろうか、それとも、もともと私が悪意を抱いていたのだろうか。

最初の一行を書いた。

「悪意こそ、すべてだ」

まさにその時だった。ジンから電話が入った。

4

一八八三年、仁川の済物浦港《チェムルポ》が開港場とされ、*西洋の外交官、宣教師、商人など、多くの人々が朝鮮へやってくるようになった。当時、仁川から漢城《ハンソン》（ソウルの旧名）まで行くには、歩きか牛車や馬車に乗るしかなかった。少なくとも十二時間はかかる道のりだったから、人々はよく仁川に一泊し、翌日移動した。鼻の利く貿易商の堀久太郎がそれに目をつけ、済物浦港周辺に木造二階建ての建物を建設して宿を始めた。近くにこれといった宿泊施設がなかったため、彼の宿を訪れる者は多かった。盛況に気をよくした堀久太郎は一八八八年、木造の建物の隣に、赤煉瓦造り三階建ての洋館を新築した。それがダイブツ、つまり大仏《テブル》ホテルだ。

「君が言ってるニコラ幼稚園って、大仏ホテルと、少し似てるんだよ」

そう言うと、ジンは氷でいっぱいのアメリカーノをごくごく飲んだ。ずいぶんと冷える日なのに、寒くないらしかった。私は、熱いラテを注文しながら口をつけてもいなかった。かわりに、すぐさま携帯で大仏ホテルを検索した。妙だった。大仏ホテルは一九七八年に撤去されていて、残っているのは跡地だけというのだ。私と同い年のジンがホテルを見たことがあるはずはなかった。少しイラッとした。

「何よ、あんた、見たこともないんじゃない」

すると彼は、そうくると思った、とでもいうように笑顔を浮かべて、残りのコーヒーをずずと啜った。彼の私への態度は、大体がこんな感じだった。私が無遠慮な言い方をして感情的にふるまい、私がそうしようがしまいが、彼は一貫してやさしかった。

縁というのはとても不思議だ。今思えば、本当に。あの時私たちは友人で、おそらくずっとそういう関係が続くはずだった。いや、もう少し掘り下げると、私たちはそもそもどんな縁を結ぶこともないはずだった。しかし、偶然は常に何かのきっかけを生みだし、きっかけは人と人の関係をある種のスタート地点へ、あるいはゴールへと、一気に運び去る。

あの夏、覧清楼での食事が終わって帰ろうという頃にジンが現れた。私と母を送るため、車で来たと言った。上司からやっと解放されて来ることができたと言っていたが、明らかに嘘だった。正直、私は最初から、その「上司からの呼び出し」を信じていなかった。私でも参加するのは気が重い席だった。彼が違うはずがあるだろうか？　なのに、あたふたと駆けつけてきた彼を見ているうちに妙な

＊　鎖国政策をとっていた朝鮮に対し、日本が不平等条約である「日朝修好条規」締結を強要。仁川、釜山《プサン》、元山《ウォンサン》の三つの港が開港地とされた。

気分になった。自分が少し……恥ずかしい人間になった気がするというか。私は、その大柄で純朴そうな印象の男をしげしげと眺めながら頭をひねった。嘘までついて遠慮した席に、なぜわざわざ出てきたんだろう？　後になって彼から事情を聴いたが、それはボエおばさんが送ったメールのせいだった。

「ちょっと、あんた。友達の娘さんは、ちゃんと来てくれてるよ」

そして、さらにメールが続いた。

「帰り、ちょっとお願いよ」

まったく、母さんたちったら。

とにかく、家でのんびりゲームをしていたジンは、そのメールが入るなり気分が台無しになった。不愉快だった。予定があるとはっきり言ったのに。彼は出かけたくなかった。いったい何をお願いするっていうんだよ。返信しなかった。ただもう早くその気分が収まってほしかった。あー、母さん。母さん。母さんさあ。カンベンしてよ。だが、その時たまたま、部屋の隅に放りっぱなしになっていた本のタイトルが目に入った。ボエおばさんへの言い訳に使っていた、まさにあの上司——その日呼び出しはなかったものの、実際に週末、ちょいちょいジンを呼び出していた人物——に勧められて、いやいや読んでいた本だ。本当に、恐ろしいほどつまらない本だった。タイトルは『正しい人生を送るということ』。

一瞬ジンは吹き出した。いらだちがスーッと消えていくのを感じた。繰り返しになるが、人の心というのは本当に不思議なものだ。簡単に揺さぶられて、簡単に変わる。彼の変化は、その本のタイトルを見た時に訪れた。ジンは相変わらず母親のメールを面倒に思っていたが、同時に少し後ろめたくも感じた。だよな、母さんの古い友達って話だし。母さんのために、自分がその程度してやってもいいだろう、別に。そのお友達とやらを、バスターミナルまで送って差し上げるとするか。だからジンは車を引っ張って、のこのこ出てきたのだった。

私たちの縁は、そんなふうにして始まった。ターミナルに行く道すがらの短いやりとりで、なんとなく馬が合う気はした。実際は大した内容じゃなかった。芸能人の話。している仕事。趣味。行ったことのある旅行先。

それから、私たちはたまに二人で会うようになった。やっぱり深い意味はなかった。似たような会話を繰り返した。芸能人。趣味。旅行先。あっ、私たちだけの話題もあることはあった。つまり、母親たちの話。多少風変わりで、少女のような、自分たちの母親について。そのせいか、私たちの会話は若干熱を帯びた調子で、よくこんなふうに終わりもした。「あの二人はただの友達じゃないよ。類は友を呼ぶって言葉は、ダテにあるわけじゃないんだって」

とにかく、そうやって三年ほどが過ぎ、私たちは互いにとって一番の親友になった。やはり「類は友を呼ぶ」だ。少なくとも私には。いやはや。私にも、本当に親友ができてしまったのだ。

だから、ある時からは怖くなった。彼が私に好意を持っていると気づいてからは、なおさらそうだった。私は、彼の想いを感じるのが好きだった。それは、闇にとらわれていた当時、唯一感じとれる好意だったから。私を傷つけようとしない心。やさしい心。終始変わらない、大きな影法師。いや、正直に言おう。彼の想いが心地よかったのは、私もやっぱり、いつの頃からか彼を好きになっていたからだ。でも、そばにいてくれるいい人を、失いたくはなかった。彼は私の一番の親友で、その友情はあまりにも大切すぎた。一方で私は愛に懐疑的だった。果たして愛なんてものはあるのだろうか？いっときの感情でしかないのでは？　単に安定したくて、安心したいばっかりに、一瞬の淡い感情をあまりにも深く受け止めて、取り返しのつかない関係に巻き込まれること。それが恋愛じゃないんだろうか？　つまり、そんな危うげなことは、そもそも始めてはいけないんじゃないか。

だから私は、自分の心のうちを彼に見せないように最善を尽くした。彼がそれとなく示す想いを、露骨に無視した。だから私たちは、自分たちについて話したことがなかった。いつも他人のことを話していた。母親、翁主、皇女、パク・ジウン……あと、私の小説の登場人物。陰惨な秘密を知ることになる女性。その女性が下すことになる、ある種の選択について。

あの日もだった。私たちは、ひたすらニコラ幼稚園と大仏ホテルのことばかり話していた。そもそも二つの建物のどこが似てるのと私が質問すると、彼はおもむろに説明を始めた。正確に言えば、私が描写するニコラ幼稚園の風景や雰囲気が、大仏ホテルの跡地やその周辺の風景と重なるのだと言った。仁川郵便局、日本郵船株式会社、日本第一銀行、沓洞《タプドン》聖堂などの近代建築で構成された、仁川市中区の風景のことだ。

彼は付け加えた。たぶん、実際にその街に行けば、なんで自分がそんなことを言うかわかるはずだと。そして言った。

「どう？　一度行ってみる？」

少し戸惑った。もちろん行ってみたかった。とても興味をひかれたから。近くに生活史展示館もあると知って、ますます行きたくなった。そこには、植民地時代から現在に至るまでの生活用品が展示されているということだった。私は記憶の中の音楽室を思い出して、静かに興奮した。大仏ホテルの跡地と周りの風景、そして昔の品々を見れば、ニコラ幼稚園の像に近づけそうな気がした。直接目にすれば、それ以上誰にも邪魔されずにすむ気がした。最初の文章の続きが書けそうに思えた。でも……思い違いじゃないだろうか？　すると、本当に声が聞こえた。そう、間違い。オマエはいつも過ちばかりだ。今度こそ、すべてを失うはず。大切な人を失くしてしまうはず。不安に襲われて、心が沈んだ。だが、平気な気もした。何を心配することがある。どうせ私たちは他人のことばかり話しているのに。何も起きようがないのに。頭の中でつぶやいた。大事なのは自分の恨みだ。それを晴らすこと。それが叶うなら、何だってできる。やってみよう。一か八かやってみよう。私はジンに答えた。

「そうだね、行ってみる。一度、この目で見てみる」

だからその週の木曜の朝、仁川に向かう地下鉄一号線の電車に乗った。そんなふうにして、私は大仏ホテルへ行くことになったのだ。

＊

だが、私を出迎えたのは過去の時代の面影ではなく、灰色の鉄の柵と、それに囲まれた荒涼とした空き地だった。肌寒い天気のせいか余計に寂《さび》れて見えた。おまけに鉄フェンスの入り口には、いかにも頑丈そうな大きな錠前が下がり、案内板が貼られていた。

「展示館への建て替え工事予定のため、工事終了まで立ち入りを禁じます」

私は柵の合間から建物の跡地をのぞきこんだ。廃墟だった。もし「大仏ホテル跡地」と書いた案内板がなければ、史跡だということにもまったく気づかなかっただろう。その史跡だって、まったくお粗末な代物だった。赤煉瓦の山がいくつかあって終わり。パッとしなかった。そのうえ、雑草があちこちに生い茂っていて、建物の構造や様子を推測することも難しかった。建築に造詣が深いならともかく、私のような門外漢には、目の前の光景は打ち捨てられた墓と変わらなかった。期待していたようなことは起こらなかった。つまり、記憶のつかえがスッととれて、何かしらの場面が浮かんでくるとか、あるいは、インスピレーションを刺激される、驚くばかりの風景を目にするとかはなかった。ずいぶん長い間その場をうろついていたが、私には何の奇跡も訪れなかった。

「あー、これほどとは思わなかったな。もう少し調べてからくればよかった」

ジンが隣で私の顔色を窺いながら言った。申し訳なさそうだった。私は苛立ちさえ表に出さなかった。近くの生活史展示館にちょっと行ってみようと彼が水を向けた。ひょっとしたら、そこには役に立つ資料があるかもしれないと。でも私はあきらめきれずに、柵の隙間をずっと凝視していた。ほーら。オマエのやることは何から何までこの調子、このザマだ。結局こうなるんじゃないか。

何が？

いったい何のこと？

その時だった。柵の隙間を、誰かが通り過ぎていくのが見えた。えっ？　私は柵の前に近づいた。中をしげしげとのぞきこんだ。まさか。一人の女が、ホテル跡地の真ん中に立っていた。はっきり立入禁止と書かれているのに、どうやって入ったんだろう？　関係者のようには見えなかった。緑のジャケットに膝下までのベージュのスカートをはいて、髪を一本に結んでいた。ほっそりしていたが、それほど長身ではなかった。唇がとても赤く、ややぼってりしていた。でも、私にわかるのはせいぜいそこまでだった。つばの大きな帽子をかぶっているせいで、それ以上顔が見えなかったのだ。

「あの人、あそこで何してるんだろう？」

私がそう言うと、ジンが隣で聞き返した。

「何？」

「あそこ見て。人がいる。どうやって入ったんだろう？」

彼が鉄の柵に近づいた。

「どこ？」

「あそこにいるじゃない」

私は向こうを指さした。その瞬間、誰もいないことに気がついた。狐につままれたような気分で呆然と立ち尽くした。隣で彼が、どうしたのかと訊いてきた。

「ちゃんとあそこにいたのに……」

「誰が？」

「女の人がいたの。本当だってば。緑のジャケットを着てたんだって」

「緑？」

「うん。本当に。違うかな？　私の見間違い？」

混乱した。寒気《さむけ》がした。ギョッとしたし、恥ずかしくなった。ひょっとしたら私は狂ってしまったんじゃないか。ほーら。だと思った。こうなると思った。もしかすると、今私が見て、聞いて、経験しているすべては、どれも私の想像なんじゃないか。私が私を騙してるんじゃないか。だったら目覚めなくてはいけない。目覚めなくては。そう、今からでも正気に戻ればいい。それでいい。目を覚ませ。早く覚ませ。その時、私の横でジンが呟いた。

「おかしいな」

「私もわかってるって、おかしいってことぐらい」

「違う、違う、そういう意味じゃなく……」

私は彼を見つめた。ボエおばさんによく似た横顔が目に入った。笑っていないのに、いつもほほえみが浮かんでいる、穏やかな表情。だが、あの日、あの時の彼の表情は暗かった。何のことかと尋ねると、すぐに彼は、大したことじゃないとでも言うように軽く息を吸って、言葉を続けた。

「最近になって突然、母方のばあちゃんが、そんな話をずいぶんするんだよね」

「母方?」


ああ、パク・ジウン。


私は訊いた。

「どんな話なの?」

彼は首を振って、気にしなくていいと言った。

「ただの偶然だよ。ばあちゃんの話は、いつもそういう感じだし」

「何それ、そうやって話を途中でやめないでくれる？ 早く教えてよ。どんな話なの」

私は急かした。彼が困った顔で私を見ると、不安げな声で言った。

「……コ・ヨンジュは、緑のジャケットが、とてもよく似合ってたって」

私は、ついさっき目撃した女を脳裏に浮かべた。緑のジャケット姿の、すらりとした女。彼女は確かに目の前にいた。ひょっとしたら、これは夢ではないのかも。そうだ。これは夢じゃない。決して夢じゃない。

彼が、深呼吸をして続けた。

「一九五五年に、大仏ホテルで、ある女の人が死んだそうなんだ」

ああ、それはいったい。

彼が話し終える前に、私はせがんでいた。今すぐおばあさんに会わせてと。今、会いに行こうと。彼は当惑した目で私を一瞬見て、サッと視線を逸らした。少し驚いた。ジンのそんな表情は初めてだった。二人が一緒にいるとき、常に私のほうがイライラしていて不安定だった。ところが、母方の祖母の話が出るやいなや、彼はこれまで見せたことのない強張った表情で、私の視線を避けたのだ。そうされた途端、それまでジンから家族の話をまともに聞いていないという事実に遅ればせながら気づき、ハッとした。もちろん、母親たちの話はしていた。私たちが友人になるきっかけだったから。でもそこまでだった。ジンが自分の家族をどう思っているのか、どんな考えを抱いているか、ちゃんと聞いたことがなかった。もちろん、彼が自分の家族について、私にすべて打ち明けなければならない理由はなかった。私だってやっぱり、自分の本音を彼に見せないよう、かなりの努力をしていたのだから。でも、彼が困った表情で私を避けてためらう瞬間、私は気づかざるをえなかった。私たちって、本当にただの友人ってだけなんだ。いや、ひょっとしたらそれよりはるかに遠い関係なのかもしれない。ああ、本当に私たちって、中身のある話を、ただの一度もしてないんだな。

だからあきらめるべきだと思った。彼の家族の中に入っていくことを。例のくだらない小説を書くからといって、ジンを振り回すのは止めるべきだろうと思った。そう、何の必要があるだろう。すべて無意味だ。ところがその時、ジンが、何かを決心したかのように強いまなざしで私を見つめた。私はある種の予感に襲われた。仁川にやって来る前に私に絡みついていた、あの感情。彼と永遠に会えなくなる出来事が起きるかもしれないという、深い不安。


ああ。

そうなるだろうさ。


彼がほほえみながら言った。

「全部作り話かもしれないよ。うちのばあちゃんは、君が知っているよりずっと変わり者だからね」

……気がつけば、返事をしていた。

「関係ない」

本当に。すべて平気。平気なはず。

彼が笑顔になった。私が知っているジンの顔に戻っていた。私は彼の後をついていった。一緒にパク・ジウンの家に行った。

物語は、そんなふうに始まった。

*

だから、まずは一九一八年まで時代を遡ったほうがいいだろう。その年、堀一族は大仏ホテルを中国人の頼《ライ》徳《デ》原《ユェン》に売却した。長く続く経営難のためだった。一八九九年に京仁線（京城と仁川を結ぶ朝鮮半島初の鉄道）が開通して、人々はわざわざ仁川に一泊する必要がなくなったのだ。以降、大仏ホテルは中華楼、つまり、中華料理店に様変わりした。建物の二階の出入口の上にかかっていた、かの有名な金看板は中華楼のシンボルだった。特にそこが人の目を引いたのは、看板が大きくて豪華だったこともあるが、何よりもその下に、当時としてはかなり広いバルコニーがあったからだ。現在、その金看板は行方不明で、どこに行ったかわからない。それに、おそらく探し出せたとしても、かつてのような勇壮さを感じることは難しいだろう。とはいえ当時は違った。客は、金看板の真下のバルコニーに座って煙草をくゆらせたり、お茶を飲んだりしながら会話を楽しんだ。外を眺めながらゆとりを堪能した。輝かしい好況の時だった。

しかし、温かな肉のスープの香りや、炒めた野菜から立ちのぼっていた湯気、人々のざわめき、三階ホールの片隅で聞こえていたさりげないピアノの音色も、一九五〇年、朝鮮戦争をきっかけに次第に薄れていった。中国人たちは、暮らしにくくなったこの地から次第に去っていった。頼一族もそうだった。一族のほとんどがアメリカに移民した。そんなある日、つまり一九五五年の九月二日。かつて済物浦港と呼ばれていた場所、仁川港に、白人の女が一人到着する。

*

さあ、いよいよコ・ヨンジュについて話す番だ。緑のジャケットがよく似合っていた女。彼女は、中華楼の三階に住み込んで宿泊業に携わっていた「フロント係」であり、一九五五年当時、二十歳だった。仁川っ子で、当然ながら、最初から中華楼に住んでいたわけではない。彼女は、宣教師たちの身の回りの世話をするために雇われた働き手の娘だった。正確に言えば、彼女の父親は正規の雇われ人ではなく、雇われ人がまた別に雇い入れた小間使いに近かった。英語の実力が今一つだったのだ。宣教師に正式に雇ってもらうおうと必死に英語を勉強したが、さっぱり実力が伸びなかった。それでも世情に通じた人物だったので、娘のコ・ヨンジュを宣教師たちが建てた学校に入学させた。つまりコ・ヨンジュは、雇われ人の次女と同じ学校に通うことができた。父親は、何を夢見て女の子に勉強をさせたのだろう？　何を望んでいたのだろう？　わからない。彼女が学校に入学した翌年、父親は突然、この世を去ってしまったから。

父親が亡くなって家が傾き、コ・ヨンジュは家族と離れ離れになった。母親と末の弟は、長兄夫婦が住むソウルに向かった。コ・ヨンジュは一緒に行かなかった。長兄のお荷物になるわけにはいかないと思った。そういう決定を下す大きな助けとなったのが、宣教師たちの配慮だった。かれらは、コ・ヨンジュが自分たちの宿舎で寝起きをして勉強できるようにしてくれた。当時、彼女はたったの十二歳だった。無力で、悲しくて、一人ぼっちだった。だが三年ほどすると、たくさんのことが変わった。親恋しさに泣かなくなったし、境遇を悲観して怯えることもなくなった。彼女は地に足の着いた生き方をした。一生懸命英語の勉強に取り組み、宣教師たちの心をつかんだ。もちろん、英語がうまくなったのには別の理由もあった。目標がはっきりしていたのだ。

彼女は、アメリカに行きたかった。

噂があった。宣教師たちは、帰国する時に「最も優れた学生」を連れて行くと。彼女は、誰かの好意が消えれば、それと一緒に放り出されかねない自分の境遇から抜け出したかったし、そのためにはこの国を去るべきだと考えていた。宣教師を介して知った国、アメリカ。神の国、アメリカ。平等で豊かな国、アメリカ。アメリカ。アメリカ。ああ、アメリカンドリーム。そこにたどり着けば、誰の世話にもならずに生きられると信じていたのだ。ああ、美しきアメリカンドリーム。彼女はただもうこの国を去るために勉強し、宣教師たちに気に入られようと努力した。

そして、失敗した。

問題は、宣教師たちが誰かを連れて行きはしたことだった。雇われ人の次女だった。実のところ、それはそもそも織り込み済みの話だった。つまり現実的な筋書きがあった。雇われ人はかなり前から、娘の留学を念頭において宣教師たちと話をしていた。それは一種の取引だった。アメリカに行ったら、住居の問題は教会が解決するが、留学費用は雇われ人が持つ。勤め先は宣教師が探すが、代わりに手数料を支払う、まあ、そういう条件。雇われ人一家には、娘をアメリカに送って、それを足掛かりに移民をするという計画があった。一方、コ・ヨンジュが信じていた筋書きは、「一番優れた学生」という表現一つきりだった。

宣教師たちが本国に帰る日、かれらのうちの一人がコ・ヨンジュにそっと近づいて、残念そうに言った。

「次の機会があればいいですね。あなたがどれほどアメリカを愛しているか、私にはわかっていますよ。あなたには、アメリカ人になってほしい」

コ・ヨンジュは答えた。

「ええ、ぜひ機会があったらいいのですが。わたしはアメリカが大好きなんです」

すると宣教師は、コ・ヨンジュの肩に手を置いてこう付け加えた。

「身元を保証してくれる人がいればいいのです。アメリカ人なら、なおさらいいでしょう」

「そうなんですか?」

「ええ」

「本当ですか?」

「そうですとも」

そして彼は、あたたかな笑顔を浮かべて自分の住所を差し出した。身元保証。その言葉はコ・ヨンジュを完全に虜《とりこ》にした。つまり、私を信じるに値する人間だと言ってくれる人を見つければ、そんなアメリカ人を見つければ、アメリカに行けるってこと? 心臓が高鳴るのを感じた。当時、韓国人にとって移民は夢のまた夢だった。特に若い娘が一人で移民法の壁を乗り越えることはほぼ不可能だった。ところが、助けを求められる人ができたのだ。おまけに彼は、いつでも手紙をよこしなさいと住所までくれた。なんということだろう、これは奇跡だ。ドアが一つ閉じれば別のドアが開くと言うけれど、あの言葉は本当だった。

だが、コ・ヨンジュよ。

その宣教師が特に弱い心の持ち主だったと彼女が知っていたら、何が変わっていただろうか。つまり、それが単に彼女をなだめるための形式的な挨拶だと知っていたなら。彼女にさんざん未練を持たせることが、彼が残した最後の思いやりだったと、コ・ヨンジュが知っていたら。知っていたなら。

ともかく、宣教師たちが去ってから、コ・ヨンジュは学校を出ていかなければならなくなった。彼女は中華楼に向かった。二か月後に戦争が起きると知っていたら、そのために弟が学徒兵に召集されて戦死し、母や長兄夫婦とも連絡が絶たれると知っていたら、そんな選択はしなかっただろう。だがコ・ヨンジュは、三年間自力で暮らしていたと思ったら突然現れて世話になる、無分別な妹にはなりたくないと考えていた十五歳の女の子は、そうした。中華料理店で、西洋人の通訳をすることを受け入れた。実際、当時としては悪くない選択だった。中華楼はたえず人が押し寄せる有名なレストランだった。解放後*に売り上げが落ちたとはいえ、中華楼は相変わらず中華楼だった。でなければ、なぜかれらがコ・ヨンジュを雇い入れるだろう。余裕があったのだ。世の中は変わり始めていた。西洋人はそれほど多くはなかったが、とりあえずたまには来ていたし、中華料理に好意を示していた。頼一族はかれらにいい印象を与えたがっていた。まあ、ひょっとするとかれらは、すでにその時点から移

＊　一九四五年八月十五日の、日本の植民地支配からの「解放」以降を指す。

民の準備に取り掛かっていたのかもしれない。今すぐではないが少しずつ、新たな舞台を整えるかのように。

余裕たっぷりなときに存在するのは、常にその時どきの判断のみだ。何であっても耐えられる気がするし、いくらでも試練を克服できそうに思う。その年の六月になるまで、誰もがそうだった。コ・ヨンジュ、頼一族の人々、中華楼に出入りしていた多くの客たち。かれらがどうして知りえただろう、そのすべての希望が、すっかり砕け散ってしまうことを。

*

ここまで聴くあいだ、私は全力で集中していた。面白かった。コ・ヨンジュと中華楼のいきさつは、これまで聞いたことのない話だった。しかし、集中せざるを得なかった別の理由もある。パク・ジウン、つまり、ジンの母方の祖母の話は、あまりにもとりとめがなかった。彼女は、一九五〇年代の中華楼の話をしていたかと思うと、突然一九一八年の堀一族の没落について語り始め、かと思えば突然コ・ヨンジュの境遇をえんえんと並べ立てたりした。ある部分では過剰にのめり込み、別の部分はさらりと流した。すべての人物に客観的な態度をとっているふうではあったが、全部承知しているという権力を振りかざして楽しんでいる気もした。この人はこうで、あの人はああでと言いながら。さらには時期や年度が合わない場合もあり、果たしてそれが一九五〇年代の話なのか疑わしい場面もあった。でも、一番混乱させられたのは、この物語にもう一人の話者が存在していることだった。それが、ジンの母方の祖父。

ルェ・イハン。

彼は頼一族の一員で、中華楼の管理にあたっていた。一族が移民する時、彼は一緒に行かなかった。一九五五年の段階でも中華楼に残っていた。つまり、パク・ジウンは、前夫ルェ・イハンから聞いた話を自分の語りで私たちに話してもいた。だから、どこまでがパク・ジウンが直接目撃した話でどこからがルェ・イハンから聞いた話か、区別がつかなかった。

本当に問題が始まったのは、家に帰って話を整理し始めてからだ。前後がつながらない内容が多く、一つの出来事として関連づけるのが容易ではなかったのだ。この話を信じるべき？　私は、なぜまとめようとしているんだろう？　この物語が「ニコラ幼稚園」と、どんな関係がある？　でも、私はずっとその物語にしがみついていた。そうしていたかった。少なくとも、パク・ジウンの話をまとめているあいだは怪しい声に埋もれることがなかったから。それは私のものではなくパク・ジウンの像で、悪意に満ちた恨みも、その世界までは侵犯することができなかった。もっともパク・ジウンの話を理解するには、私の想像力が必要だった。恣意的な解釈なしには、人物に入り込むのが難しかった。だが、自分がその人たちすべてを理解できたとは、言いたくない。私は今も、その人たちのことがわからない。ひょっとしたら、わからないから余計、物語をまとめることにしがみついたのかもしれない。少しでも理解しようと、何とかして実体を感じ取ろうと。物語のまた別の登場人物、チ・ヨンヒョンを語り手にしてまでも。

それが私にできる最善だったことを、まずは伝えておきたい。

第二部

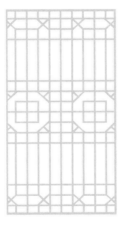

"...go away, Eleanor,
we don't want you any more,
not in *our* Hill House,
go away, Eleanor,
you can't stay *here*..."
——Shirley Jackson, *The Haunting of Hill House*

「出ていけ、エレーナ。
おまえなんか、もう必要じゃない。
わたしたちの〈丘の屋敷〉にはいてほしくない。
出ていけ、エレーナ。
おまえはここにいることはできない」
——シャーリイ・ジャクスン『丘の屋敷』

1

かれらには、はっきりした目的地があるように見えた。特に男のほうがそうだった。突き出た鷲鼻にボサボサの髭が目立つ白人で、船から降りた時点で、すでに一枚の紙を手にしていた。おそらく地図なんだろう。かなり信頼できる情報らしかった。確信に満ちた目で紙と港の周りを交互に眺めると、迷うことなく歩き出したから。あたしはちょっとびっくりした。たとえこの街に数限りなく来てたって、彼にとってここは外国のはず。いつかは立ち去る場所で、留まる場所ではなかった。なのに……何があの人をあんなふうに堂々と、余裕ありげにさせているのだろう。

ひょっとしたら、あたしの見立て違いかもしれない。そう、単にあたしの気のせいかも。仁川のこの港町で暮らすようになってもう五年も経つっていうのに、あたしは相変わらず、どこにもなじめないでいた。市場で、街で、港で、それに、おばさんの家で。いたる所になじめなくて、居心地が悪かった。だから、あの男の威風堂々とした足取りや、ゆとりのある表情には驚かされるばかりだった。

それで、だったんだろうか。

あたしは彼の後を追った。すぐに大きな通りを挟んでかれらに追いついた。ゆっくりとついていった。コ・ヨンジュが知ったら、きっとあまりいい顔はしないだろう。彼女はいつも言っていた。仁川港に着いた外国人のことは、気にしなくていいと。かれらは常に行き先が決まっていると。定宿に泊まるとか、汽車に乗ってまっすぐソウルに向かうという意味だった。それはあたしへの助言だった。つまり、言葉も通じない外国人を相手にして時間を無駄遣いせずに、不慣れに見える韓国人の沖荷役や旅行者に近づけと。この二か月、ヨンジュと一緒に仕事をしていて、あたしはその言いつけを破ったことはなかった。だけどあたしは知っていた。ヨンジュが客引きする時は、いつもまず、外国人に目を向けていることを。

そういうときのヨンジュは、まるで何かに取り憑かれているみたいだった。つまり、何かに魅了されているって感じだった。そう、「魅了」。小さい頃、隣の家の子に教わった単語だ。あの子は言っていた。「魅了されるから」、仕方ない状況のなか、仕方なく行動してしまうんだと。かなり長い間、その単語を覚えていた。もちろん、あの子が教えてくれた言葉はそれだけじゃない。対等、中断、平等、愛……こんな表現もあった。「魅力的」。それと、「麗しい」。あの子はそういう言葉を平気で使っていたし、ためらいもせずにあたしに教えてくれた。思えばあの子も、やっぱり魅了されてたんだろう。あたしを教えることに。達成感を感じられたはずだから。それまでとは別の人になったみたいで、いい気分だったんだろう。

あの子はもう、この世にいない。

その時、男がいきなりこっちに顔を向けた。あたしはビクッとして立ち止まった。幸い、彼が見ていたのはあたしじゃなかった。彼は、あたしの後ろに広がっている港を指さして、隣の同行者にあれやこれやと大声を張り上げていた。その人もやっぱり白人だった。自然にそちらに目がいった。女は、男の言葉にさして反応を見せなかった。軽く肯くだけで、笑っているようでもあったし無表情にも見えた。とにかく、男とはずいぶん違う雰囲気だった。快活さがなかった。まなざしは警戒心でいっぱいだし、多少神経質そうだった。ああ、あたしには身に覚えのある表情だった。自分が踏みしめているその場所に、溶け込めないでいる顔。親しみがわいて、フッと笑ってしまった。見かけだってまるで違うし、言葉も通じない、ましてあの人はお偉い外国人なのに、どこがそんなに似てると思えたんだろう。実際、女とあたしはまるで違った。彼女は黒ぶち眼鏡で少し太めだった。歳はわからない。三十代？　四十代？　若くは見えなかった。結婚はしているらしい。きっと、あの男が夫なんだろう。うん。子どももいそう。腰から尻にかけての体の曲線が、立て続けに四人子どもを産んだ親戚のおばさんに、よく似ていたから。でも、髪の量はおばさんよりあの女のほうがずっと多い。あたしよりも多そうだった。くねくねした茶色い髪を一つに結い上げていたが、その形が独特だった。どうしたらあんなふうに、くるんと髪を巻けるんだろう？　ほんの一瞬、彼女と同じ髪型になった自分を想像してみた。ぱつんと切り揃えたおかっぱ頭の代わりに、長くて柔らかい髪のあたし。髪がツヤでピカピカしてるあたし。華やかに髪を波打たせたあたし……不釣り合いなことこの上なかった。ふと、その髪型がとても似合う人が頭に浮かんだ。

ヨンジュ。

彼女も、長く波打った髪を、よくひとまとめにしてお団子に結い上げていた。もちろんあの女とは見た目が違うけど、なんだろう、雰囲気が妙に似ていた。一瞬一瞬どこかに向けた視線が、その都度険しくなるところ。そっと唇を噛んで深刻な表情を浮かべるところ。何かに挑みかかるような顔つきで、彼方を見つめるところ……。

そうしているうちに、本当にあの女に親しみがわいてきて、思わずかれらのほうにグッと近づいてしまった。同時に、女がパッと横を向いた。彼女と目が合った。あたしはひどく驚いて棒立ちになった。彼女が訝しげにあたしをじろじろ見た。うなじがカッと熱くなった。あっ、どうしよう？　気を悪くした？　怒った？　なんとか自然な状況にするべきだった。あたしは大急ぎで声をかけた。

「ハーイ」

女があたしをじっと見つめて言った。

「Hi」

すると男も振り返った。どうした、という顔つきだった。うなじの熱があっという間に全身に広がった。心の中で地団駄を踏んだ。ああ、この後どうすればいい？　焦って鼓動が早くなった。その一方で、ある種の開き直りがぐいっと喉までせり上がってきた。どうもこうもあるか。こうなった以上、何か話しかけなきゃ。できないことないって。

実際、それがあたしの仕事だった。一晩泊まれる場所を探す見知らぬ人たちに、声をかけること。暖かい寝床と食事を提供すると、さりげなくかれらの手を引っぱること。つまり中華楼、いや、大仏ホテルに連れていくこと。

あたしは、大急ぎで言葉をつづけた。

「アー　ユー　ルッキング　フォー　ホテル？　アイ　ウッド　ライク　トゥー　イントロデュース　ユー」

女が男に何か言った。男が答えた。その言葉は聴きとれなかった。残念だけど、これがあたしの英語力の限界だった。いや。これは実力ですらなかった。万が一のためにヨンジュが教えてくれた言葉を、適当に丸暗記しただけ。あたしはいつも韓国人だけを相手にしていた。世間知らずの沖荷役。貧乏な旅行客。休める場所が必要な、正体不明の人たち。かれらと長話をすることなんてなかった。かつて堀一家が大成功を収めた理由は何だったろう。大仏ホテルは、港のすぐそこなのだ。目と鼻の先の距離だった。あてどなく港でうろつく土地勘のない人たちを、ホテルまで引っ張って行くのは簡単なことだった。この道でいいのか、ちゃんと着くのか、なんとなくそう思い始める頃、大仏ホテルの高い煙突が目に飛び込んでくるから。

「Ｎｏ！」

男が断固とした口調で言った。あたしは男の言葉を理解して、ほほえみを浮かべつつ大急ぎで後ずさった。ちらっと女の表情を窺った。彼女は、男のそんな態度にもさして不満そうではなかった。無表情だった。不思議だった。その瞬間、彼女に感じていた親しみが、すーっと消えたのだ。

だね、どうしようもないさ。

ダメでもともと、というのはこういうのを言うんだな。あたしは回れ右した。とはいえ、声はかけたことだし。これ以上努力する必要はない。無駄に好奇心を持つ必要もない。そう。これ以上魅了されないでいよう。これで十分。でも後味が悪くて、あたしは港に向かってぶらぶらしながら、一人つぶやいた。

「お客がいないから、こんなことまでしちゃうんだよ」

本当に、もう何日も、一人も、客を見つけられずにいた。そしてとっくに午後三時を回っていた。あたしは溜息をつき、がらんとした通りを一人で歩いた。そしてふと、立ち止まった。

あの二人、どこに行くつもりなんだろう？

ひょっとして？

あたしは素早く体の向きを変えた。かれらが進む方向には大仏ホテルがあった。かれらを目で追った。少し遠ざかってはいたが、二人は相変わらず、あたしの視界にとどまっていた。またゆっくりと後をつけた。男が、紙切れを持ったほうの手で前方のどこかを指さしていた。その指先をたどってあたしは顔を上げた。日本風の瓦が乗った、大仏ホテルの屋根が見えた。

うわあ。

いったいどういうこと?

それ以上深くは考えなかった。通りをつっきって路地へ入った。二人よりあたしが先に大仏ホテルに到着していなければいけなかった。あたしが、あの人たちを連れてきたと言わなければいけなかった。あの人たちの考えや判断は、まったく重要じゃなかった。

コ・ヨンジュ。

あたしにとって重要なのは、彼女だけだった。

水たまりを飛び越えた。ふくらはぎに冷たい泥水が跳ねた。ホテルの建物の裏手が見えてきた。さらにスピードを上げて、裏口の階段を速足で駆け上がった。ドアを力いっぱい引くと、すぐに脂っこくて香ばしい香りが広がった。

ドアの脇で生ごみを片付けていたルェ・イハンが、あたしをきつい目で睨んだ。埃まみれで厨房に入ってくる奴がどこにいる、という非難に満ちた目つきだった。彼はあたしに何か一言いいたげだったが、舌打ちをしてすぐに目を背けた。あたしはその間に厨房を駆け抜けて、小走りで階段を上がった。

いつ廃業してもおかしくない状態だったけど、それでも中華楼は中華楼だった。店員のほとんどが中国人のこの中華料理店では、あたしのような外部の人間、つまり韓国人が厨房に出入りするのはいい顔をされなかった。特にルェ・イハンがそうだった。彼はあたしとあまり変わらない歳だったが、やけに気難しくてぶっきらぼうな男で、厨房脇の部屋に寝泊まりして中華楼の管理にあたっていた。一種の小間使いだが、聞くところによれば、薄情で知られる支配人、チャオの配慮によるものだという。ルェ・イハンは中華楼の創始者である頼《ライ》一族の一員で、チャオの家と頼一族はとても親密な関係だった。そんなわけだから、経営が苦しいのにずっと置いてもらえるらしい。もっとも、巷では、チャオの配慮は単なる同情でしかないという声もあった。ルェ・イハンは、中華街で知らぬ者のない厄介者のルェ・ジンチュ、つまり、かつて中華楼の支配人だったルェ・ジンハンの末の弟と中国人の妓生の間に生まれ、引き取られた子だというのだ。だからだろうか。ルェ・イハンは頼一族の人間なのに、完全にはかれらに溶け込めずにいた。結局、一族みんながアメリカに移民した時、彼だけが一人韓国に留め置かれた。ルェ・ジンチュが生きていたら、少しは話が違ったんだろう。でも、彼はずっとそうだったように、最後まで息子の役に立たなかった。戦争中も麻雀をしに出かけて、爆撃を受けた建物の下敷きになって死んだ。それから、ルェ・イハンは中華楼の厨房の小部屋に住み始めた。いつだったか、真夜中に韓国人が押しかけてきて、大声を上げて騒ぎ立てたときも、彼は一人、部屋で息をひそめて座っていた。韓国人たちは建物に石を投げつけ、唾を吐きかけ、わめき散らした。

「中国野郎どもはここから出ていけ。この土地から出ていけ。失せろ。消えちまえ！」

出ていけ。

ここから出ていけ。

あたしはまもなく、三階に続く階段に到着した。足をのせるたび、階段の歪んだ板がギシギシと音を立てた。あたしは叫んだ。

「ヨンジュう！　お客さん！」

声が響きわたった。古めかしいこの建物では、いつもこんなふうに声が変なふうに響く。低い声を出しても大きく聞こえるし、大きな声で話せば囁きみたいに沈みこんだ。時々、すごく長いやまびこになって返ってくることもあった。そのたびにあたしは、変にひずんだ自分の声に少し驚かされた。ヨンジュは、ホールだからだと説明してくれた。

ホール。

三階に上がるとすぐに目に入る、大きくて広い空間。かつてそこは人でごったがえしていた。大仏ホテルを訪れる人々の社交場で、中華楼で一番多くの客を収容できる場所だった。でも今は、手入れに骨が折れる、無駄にだだっ広い空間でしかなかった。陽の当たらないほうに寄せた大きなテーブルとイスには毎日埃が積もるし、ホテル時代からあるピアノは、調律もしてもらえないまま、暖炉の脇にぽつんと置き去りにされていた。かつてその暖炉の上に、しゃれて豪華な花模様のブロンズの飾りがあったのだが、戦争中、誰かがこっそり入りこんで盗んでいった。だから、今は剝がされた跡ばかりが醜く残っていた。ヨンジュはそのみっともない壁面に、大仏ホテル、という看板をかけた。すると、板で作った小さな案内板に過ぎないにもかかわらず、けっこうそれらしく見えた。いや、なかなかのものだった。過去が戻ってきたんだから。

ヨンジュが、ついにこの建物で生き残ったのと同じように。

去年、ルェ・イハン以外の頼一族全員がこの建物を去ると、ヨンジュの運命も分かれ道に差しかかった。チャオは、店を任されるなり従業員の半分を辞めさせ、三階を閉鎖した。実のところ彼は、店をちゃんと続ける気がなかった。中華楼を引き受けたのは、ただ頼一族と親しかったからだ。チャオだってやっぱりアメリカに移民する予定だった。だが、自分の精肉店を畳むのに時間がかかって、計画が数年先送りされることになった。それもあって頼一族の頼みを聞き入れ、中華楼の後始末を引き受けたのだ。中華楼を立て直すとか仕切り直すとかいう気はこれっぽっちもなかった。チャオは、自分の歴史をこの仁川の海に流してから他のみんなの後を追い、スーッと姿を消してしまうつもりだった。だから、なぜいまだに中華楼に寝起きしているのかわからない女、コ・ヨンジュの追い出しにかかったのだ。

でも、失敗した。

コ・ヨンジュがそれほど長く中華楼に残っているのは、頼一族の誰かの女だから、という噂があった。チャオは少し潔癖なところがある男で、その噂に身震いした。彼は、いくら手放すとはいえ、中華楼がそんないかがわしい言われ方で人の口に上ることを望まなかった。だから従業員を集めて、今すぐコ・ヨンジュをつまみ出せと命じた。しかし誰も動こうとしなかった。チャオが呆れていると、ルェ・イハンがコ・ヨンジュに関するまた別の噂を伝えた。

「あいつには、手出ししないほうがいいと思いますよ」

「なんだと？　どういうことだ？」

「霊に取り憑かれてる女ですから」

聞けば、この建物からコ・ヨンジュを追い出そうという試みは、それが初めてではなかった。戦争が始まってまもなく、ルェ・ジンハンは店の経営を縮小し、コ・ヨンジュに出ていってほしいと伝えた。通訳を置いていた華やかな時代は終わったのだ。すぐに身を寄せられるところがないから、ここで働かせてほしいと、コ・ヨンジュは懇願した。厨房仕事でも掃除でも、何でもするからと。これまでの情もあって、ルェ・ジンハンは拒みきれなかった。ところが、コ・ヨンジュが厨房の仕事を始めて幾日も経たないうちに、何人かの従業員が虎視眈々と機会をうかがっては、彼女に近づくようになった。そのうちの一人である調理師のタチの悪さは、従業員全員の認めるところだった。彼は、様子を見て誘いをかけるとか、ゆっくり状況をうかがうとかいう真似さえしなかった。彼がコ・ヨンジュの後を執拗に追いかけ回し、触り、脅していても、他の人間は知らんふりを決め込んだ。

そして、事が起きた。

週末の夜だったか。酒に酔った彼が、コ・ヨンジュの寝起きしている三階へと上がっていった。こそこそ触るのには飽きたらしい。もはや断行すべきと思ったらしい。

部屋のドアは開かなかった。彼はドアを叩いてわめきちらした。足でドアを蹴りながら言った。覚えてろ。オレがこのドアをこじ開けてやる。年端もいかない娘っ子が、何様のつもりでドアを閉めてやがる。しつけ直してやる。そうしてドアに背を向け階段に足を下ろすなり、彼はバランスを崩して転げ落ちた。

首の骨が折れた。

話を聞き終えてチャオが言った。

「だから、どうだっていうんだ?」

ルェ・イハンは黙っていた。チャオは笑いながらルェ・イハンの肩に手を置いた。そして、何の感情もこもらない声で言った。

「お前はオヤジさん似だな」

チャオは、代わりに手荒な真似をしてくれる人間を雇った。かれらにも事が起きた。一人は鍵のかかったドアを揺すっていて肩が外れ、もう一人は階段を上がる前に頭痛がすると言って倒れた。結局チャオが直接動いた。彼はコ・ヨンジュを追い出そうと三階へ駆け上がった。そして最後の段に爪先が触れた瞬間、滑った。階段から転げ落ちた。足首にひどい捻挫をして呻き声を上げた。それでも彼は運が良かった。誰よりチャオ自身が、そのことを一番よくわかっていた。床に倒れた後、苦痛をこらえながら顔を上げると、すぐ目の前に頑丈な壁が迫っていた。首の骨を折るところだった。

それ以降チャオは、ヨンジュの好きにさせることにした。代わりに一つ条件を出した。この建物に残りたければ、必ず仕事をしなければならない、という条件だった。それまでしていた雑用かと思いきや、驚くことにチャオは、中華楼の三階を明け渡すから、そこで旅館業をやれと命じた。いったいどういう気だ、なぜ青二才の娘にカネを触らせる、ひょっとしてチャオとヨンジュもそういう関係じゃないのかと人々はこそこそ囁き合ったが、実のところ変わったことは何一つなかった。むしろ悪くなった。ヨンジュは、一日中働かなければならなくなった。三階の廊下とホール、客室を、毎日毎日掃除して管理しなければならなかった。何より客を集める必要があった。でなければ、チャオに約束した賃料五千ファン（ファンは一九五三〜六二年に流通していた韓国の通貨単位）が払えなかった。チャオはそんなやり方で、ヨンジュを追い出すつもりだった。追い出せないのなら、自分の足で出ていかせようというわけだ。ところが意外なことが起きた。ヨンジュがその仕事に情熱を見せたのだ。

　中華楼三階が再オープンした日、彼女は、壁に大仏ホテルの看板を掛けた。そして、朝から仁川港に出向いて客引きをした。

「朝食込みのお宿！　一泊千ファン！」

　街場は一泊で大体千五百ファンだったから、破格の安さだった。一泊、二泊の客が必ず月に五、六人はいた。もちろん、嫌な噂は流れた。昨日今日二十歳になったばかりの娘が港をうろついて、一晩過ごせる場所がある、と声を張り上げていたからだ。ヨンジュについてきたある男は、大仏ホテルが本当の「宿」だと知って激怒したし、別の男は一晩中ヨンジュの部屋のドアをノックし続けもした。でも、ヨンジュに何か起きることはなかった。夜になると彼女の部屋のドアは固く閉ざされ、彼女を狙う者たちは、ホテルのどこかにぶつかって倒れるといったひどい目にあったから。でも、おとなしく寝てさえいれば、そんなことは何一つ起きなかった。静かな夜が、贈り物のようにかれらの夢に舞い降りた。それでも人々は囁きあった。ヨンジュが、華僑の妾だけでは飽き足らず、いまや体まで売っていると。さらに言った。

「まったく、悪い霊に取り憑かれでもしない限り、あんな運命はないさ」

あたしは、たまにその言葉を真似てみたものだった。

「あんな運命はないさ。あんな運命はない」


ともかく、ヨンジュの事業はわりあいうまく回っていた。チャオはヨンジュを追い出せなかったが、かといって喜んで置いておくわけにもいかなかった。彼にとってヨンジュは、扱いに困る存在だった。そんなある日、つまりこの七月、ヨンジュは白人の男を一人連れてきた。彼と流暢な英語で会話し、チャオに紹介した。アジアの歴史を研究している人物、という話だった。ヘンドリック・ハメル。*ヨンジュはチャオに囁いた。

「この建物は、大昔に建てられた由緒正しいホテルで、今は中国の伝統料理を伝えてるんだって言っておきましたので」

チャオはヨンジュに目を細めた。何か思うところのありそうな目つきだった。そして、中華楼のこ

＊　同姓同名の人物に、東インド会社の船員だったが済州島で難破し、十三年間李氏朝鮮に幽閉されたのち、『朝鮮幽囚記』を書いたHendrick Hamel（一六三〇-九二）がいる。

ここに鋭い視線を向けて歩き回るヘンドリック・ハメルに目を向けた。ヨンジュに案内されて彼はあれやこれや観察し、写真を撮り、メモをした。その日の夕方、チャオは持ち出しの食材で山東料理を作ってやった。口に合わなかったのか、ヘンドリック・ハメルは料理にほとんど手を付けなかった。その代わり、かなりの大金を払っていった。最近チャオが稼いだ中では、一番の大金だった。

翌日、チャオはヨンジュを呼んで言った。

「もう少し様子を見てみるか。この調子でちゃんとやるんだぞ」

それからだ。ヨンジュが、あたしに話を持ちかけた。大仏ホテルの客引きを手伝ってほしいと。

＊

「ヨンヒョンなの?」

後ろからヨンジュの声が聞こえた。続いて、パタパタと軽快な足音がした。彼女はすぐに私の横にきた。腰まである長い髪をくるんと結い上げた姿だった。彼女は上気した顔で言った。

「お客さん、見つかった?」

「うん。外国人二人」

彼女が顎をかすかに持ち上げた。やや割れた顎の先が見えた。彼女が言った。

「外国人?　外国人をつかまえたの?　でも、どうしていっしょじゃないの」

「まあ、もうすぐ来ると思うよ」

急に自信がなくなった。もしあの二人がここに向かっているのでなかったら？　あたしが前のめりになって勘違いしたんだとしたら？　でも「確実じゃない」という言葉を、とてもヨンジュに聞かせることはできなかった。彼女の表情を見たら、ますますそうできなくなった。あたしは慌てて目をそらした。結局、気づかれたらしい。ヨンジュは少し硬い表情になった。あたしは一度、ぎゅっと強く瞬きをした。後悔した。やっぱり、もうちょっと港を回ってくるべきだったろうか。こっそりヨンジュの様子を伺った。少し強張ったその表情だけでは、何を考えているかまったく見当がつかなかった。ちくしょう。焦っていた。とても、焦っていた。ここ数日、客は一人もいなかったし、あたしはヨンジュにいい知らせを届けたかった。

一人につき一五〇ファン。ヨンジュは、連れてきた客の数だけあたしにお金を払って、これといった駆け引きもしなかった。稼いできた日、あたしはおばさんの前で堂々としていられた。足を伸ばして眠った。そして目を覚ました。考えた。チ・ヨンヒョン。せいぜいこんなことで安心していていいの？　だめだよ。安心しちゃだめ。もっと緊張しな。

一九五〇年九月十日、あたしは、両親と兄さん、そして姉さんまで、家族みんなを失くした。あの日、村の人がたくさん死んだ。爆撃があった。おそらくあのことがなければ、あたしはずっと月尾島《ウォルミド》＊のあの小さな村で暮らしていたはずだ。そうできていたはずだ。こじれた何かを元通りにするために、

＊　一九二〇年代に埋め立てによって仁川と陸続きになった小島。仁川港開港後は外国人向けのリゾート地として注目を浴びたが、朝鮮戦争により焦土と化した。特に、仁川上陸作戦に先立つ一九五〇年九月十日の爆撃では、国連軍によるナパーム弾の投下や機銃掃射で多くの死傷者が出た。

あるいは、こじれたままで生き続けるために、島の外に出ることはなかったはずだ。もっとも、あの日人生がひっくり返ったのはあたしだけじゃなかった。おじさんはあの日、うちの家族と一緒にいた。おじさんだってやっぱり、うちの家族と同じく即死だった。あたしはたまに知りたくなる。おばさんの人生をひっくり返してしまったものは、おじさんなんだろうか、それとも、あたしなんだろうか。

おじさんは、父さんと一番仲のいい従兄《いとこ》で、月尾島で一番近くに住んでいた。だからあたしはおばさんを頼ることにした。でも本当は、他に選択の余地がなかっただけだ。爆撃の二日前、うちの父さんは、警察官を襲うという左翼の青年団をトラックに乗せてやった。母さんはかれらに夕飯をふるまった。だけどうちの親は左翼ではなかった。単に魅了されただけだ。あの状況に、一瞬に、わけもわからずただ巻き込まれただけだ。あの人たちは、世の中がひっくり返ればそれに従って、そのまんま生きていく人たちだった。おじさんだってやっぱり同じだった。彼もまた、偶然いとこの家に出かけて爆撃に遭った。でも、だからこそ、あたしはおばさんを頼るしかなかった。ああ、あの時のことを思い出すとくらくらする。あちこちで右翼が告発を繰り広げていた。うちの村にも、家族の復讐だと言って、斧を手に暴れ回っている男がいた。左翼の青年団に関わった者を、一人残らず殺してやると息巻いていた。そして実際に何人か殺した。本当に殺した。一つの村に一緒に暮らしていた人を、殺してしまった。ああ、あたしは怖かった。その男から逃げなければいけなかった。どこであれ出ていくべきだった。村から姿を消すべきだった。でも、どこへ？　誰を頼って？　おばさんを思い出した。もちろん他にも親戚はいた。その人たちの住所もやっぱり覚えていた。でも、誰のことも信じられなかった。誰があたしを受け入れるだろう？　青年団を車に乗せた父さんと、かれらに夕食を食べさせてやった母さん。噂はさんざん広がっていた。あたしは、受け入れてくれる人を思いつかなければいけなかった。それがおばさんだった。おじさんは、事情をよくわかっていたから。うちと一番親しい親戚だったから。だから……一緒に死んだのだ。だったら、おばさんもあたしを理解してくれるんじゃないだろうか。あたしを受け入れてくれるんじゃないだろうか？　恐れていた。彼女はあたしを告発することもできたから。あの女も附逆者*の娘だ。ふるさとから逃げてきて、今この海辺に潜んでるんです！　十分ありうることだった。なのに、にもかかわらず、あたしはおばさんのもとを訪ねた。ああ、あの時あたしは、たったの十五だった。思いつくことといえば、せいぜいその程度だった。おばさんにすがりついて、大声を張り上げること。

「おばさん、あたし、ヨンヒョンです。あたしのこと、覚えてますか？　覚えてますよね？」

そして

助けてください。

どうか助けてください。何でもします。何だってします。

それからは、常に心に刻んでいた。おばさんがあたしを養ってくれたという事実を。針仕事をして、

＊朝鮮戦争初期、韓国の大半の地域が朝鮮人民軍に占領され、多くの市民が北側に協力せざるを得なくなった。韓国軍がソウルを奪還すると、その人々は敵軍に荷担した「附逆者」と扱われ、容赦なく処罰された。

餅を売って、一人で四人の子どもを育てる女が、遠い親戚の子を引き取ることになったという事実を。秘密を背負いこむことになったという事実を。そのことを、決して忘れてはいけなかった。だから最善を尽くした。家のことをして、針仕事用の生地を運んで、子どもたちの面倒を見て、市場で餅を売るのを手伝った。できることはみんなした。おばさんは、あたしがそうするのを当然だと思っていた。稼いできたお金は全部取り上げられた。たまに、それとなく訊いてきた。今日はどこにも行かないのかい？　そんなときは大急ぎで返事をした。出かけます！　出かけて何かしてきます！　あたしは、それが間違いだとは思わなかった。おばさんはあたしに、そんなふうにする権利があった。ただ……知りたかった。あたしは、ずっと怯えていることを望むんだろうか。それとも、もう怖がらないでいたいのか。安心したいんだろうか。それとも、ずっと疑い続けたいのか。あたしは、おばさんの愛情を求めているんだろうか。認めてもらいたいんだろうか。おばさんに抱いている感情って、何なんだろう。罪悪感なのか、申し訳ないと思う気持ちか、あるいは、恨みか。申し訳なく思う気持ちが、恨みになることはあるだろうか？　だったら、おばさんもあたしを恨んでいるのだろうか。申し訳ないと思っているのだろうか？　申し訳ないとすればいったい何を、申し訳ないと思っているのだろうか。

下の階が騒がしくなった。

「お客さんが上がっていきますよ！」

ルエ・イハンの声だった。つづいて木の階段が軋む音がした。ヨンジュの表情が明るくなった。彼女はまくりあげていた袖をきれいに下ろすと、ズボンの膝をパンパンと払って身なりを整えた。手をきちんとそろえてホールの前に立った。背筋を伸ばし、余裕のあるほほえみを浮かべた。

二人が三階に上がって来た。やっぱりかれらだった。白人たち。女と男。あの人たち。よかった。あたしはひそかに胸を撫でおろした。ヨンジュが深々と頭を下げて挨拶をした。

"Welcome. Please come in."

ヨンジュが英語を話せると知って、男はとても喜んだ。あたしに接するときとは違う態度だった。さんざんやさしげな声で、ヨンジュにあれやこれやと質問をした。ヨンジュははきはきと答えた。ホテルについてらしかった。宿泊費や部屋の位置、下の階にある化粧室の利用方法、朝食の時間といったことだ。後ろにいた女は、ゆっくりとあたりを見回していた。かれらはあたしに目もくれなかった。あたしはそっと脇に移動して、壁にもたれた。かれらを眺めながら、手のひらで大仏ホテルの壁を撫でていた。ひんやり、ザラザラした煉瓦の壁。

ヨンジュはいい表情をしていた。そう。あの彼女の堂々とした表情のために、あたしはいい知らせを届けたくなったんだ。一人当たり一五〇ファン、必ずしもそれだけではなかったんだ。ヨンジュと接していると、おばさんと向き合うときのような心の強ばりを感じなかった。彼女はあたしに仕事を任せるし、あたしはそれに応えればいいから。そう、「対等」。

あたしたちの関係は対等だった。彼女が自信に満ちたほほえみを浮かべるたび、あたしの心の奥に深く根を下ろした不吉な種が、スーッと抜きとられていく気分になった。人は言った。ヨンジュには悪い霊が取り憑いている。呪われた運命だと。でも、ヨンジュは最後まで生きのびた。彼女についた悪霊が、彼女を傷つけようとする者たちの首の骨を折った。階段から突き飛ばした。誰も彼女を追い払えなかったし、追いかけられなかった。苦しめることができなかった。そして、むしろ彼女が過去の首根っこをひっつかんで連れ戻した。そう、ヨンジュこそがこの建物の真の主《あるじ》だった。この頑丈で立派な壁に守られた人！　ああ、あたしもそうなれたら。どうにかしてあたしにも、悪霊が「同等」に取り憑いてくれたなら。だからあたしは、たまによく独り言を言っていたのだ。呪文を唱えていたんだ。

あんな運命はないよ。あんな運命はない。

“Hi.”

聞き覚えのある声がして顔を上げた。女だった。彼女があたしを見ていた。あたしがなぜここにいるのか、気になるらしかった。あたしはちらっと頭を下げて挨拶し、すぐにヨンジュの様子をうかがった。まだ男と話していた。女があたしに何か話しかけてきた。あたしはぼんやりと彼女の顔を眺めてから、目線を床に落とした。女の言葉は続いた。あたしに話しているのか、それとも男に向かって言っているのかわからなかった。ひょっとするとヨンジュに言っているのかもしれなかった。妙に胸が騒いだ。心配すべきことはまったくなかった。何が不安なのさ。ヨンジュに、自分がかれらを連れてきたみたいな態度をとったこと？　それがかれらを不愉快にさせると思う？　違うって言えばいい。ヨンジュにちゃんと説明をして、お金を受け取らなければそれでいい話じゃないか。なのに、心臓は破裂しそうなくらいどくんどくんと音を立てて、喉がカラカラだった。女の声はだんだんに高くなった。どうしたんだろう？　彼女は怒っていた。なんで？　どうして？　冷や汗が流れた。とりあえず待とう。あたしが説明できるタイミングが来るはずだ。その時、ヨンジュの声がした。女に負けないくらい怒りを含んだ口調だった。ヨンジュの声がどんどん大きくなった。なんてことだろう、あたしは、ヨンジュがあんなふうに大声で話すのを聞いたことがなかった。床に目を落としたまま、手を握ったり開いたりした。二人の口調はますます緊迫した。収まらなかった。ホールを埋めつくしていた。いまや二人は怒鳴り合いを始めていた。ホールにわんわんと響きわたった。空気が揺れ始めた。お願い。やめて。やめにして。とうとうあたしは顔を上げて叫んだ。

「ヨンジュ、違うんだってばっ」

でも、それ以上言葉は続けられなかった。目の前には、誰もいなかった。かれらはみんな廊下にいた。

ホールにいたのは、あたし一人きりだった。

＊

その日、ヨンジュと女の間には何もなかった。家に帰り際、ひょっとして何かなかったかと訊くと、ヨンジュはそう言った。変だと思ったけど、それ以上質問はしなかった。どう説明したらいいかわからなかったし、なんとなく気恥ずかしかった。他方ヨンジュは、あの女があたしをどう言っていたかを教えてくれた。

「あんたとわたしが、よく似てるって」

「えっ?」

ヨンジュがほほえんだ。

「本当よ。特に口元が似てるって言ってたけど?」

あたしは笑った。あたしたちが似てるなんて。あたしも、そこそこきれいってことだろうか。外国人の目には東洋人がみんな同じに見えるって話を聞いたことはあったが、いずれにせよ悪い気はしなかった。ヨンジュも同じに見えた。外国人が泊まることになって、やはりヨンジュは心底喜んでいた。彼女はあたしに三〇〇ファンを払ってくれた。そして、しばらくは客引きをしなくてよさそう、と言った。

「一週間いるって言ってたしね」

ヨンジュの言葉に、やや弾んでいた心がとぷんと沈んだ。それでもあたしは平気なフリをした。この仕事はいつもそういうやり方だった。部屋が満室になれば、ヨンジュはその客がどれくらい滞在するかを教えてくれる。その期間は客引きする必要がないからだ。そうしたら、その間あたしはおばさんを手伝って別のことをする。でもあの日、あたしは帰る途中で、なぜだかそのままホテルに引き返したい気持ちに襲われた。あの頑丈な壁の感触が恋しかった。

妙に虚しくなった。あたしは、お客がいなくて無駄足になったと嘘をついて、その日稼いだお金をおばさんに渡さなかった。そして翌日、朝早いうちに港に出て、一日中ぶらぶらしていた。次の日も、次の次の日もそうした。その翌日も同じだった。そしてある日の夕方、家に帰って、おばさんの堪忍袋の緒が切れたことに気がついた。思えば、こんなに長い間何もせずにいるのは初めてだった。あたしはおばさんに一五〇ファン渡した。彼女はむっとした顔で、これで全部かと言った。うなずいた。そして夕飯を食いっぱぐれた。

翌日、また朝早く出かけようとすると、不意におばさんに呼び止められた。

「ヨンヒョンや、今日もお客は来そうにないのかい？」

それとなく探りを入れるような質問に、嫌な予感がした。あたしはわからないとはぐらかしつつ、おばさんの様子を探った。するとおばさんは、これ幸いとばかりに続けた。

「じゃあ、今日は出かけるのはおやめ。布団の洗濯が、たまってるからね」

「……」

「ヨンヒョン?」

「はい、そうします」

でも、おばさんが市場に仕事に出ると、あたしはすぐに船着き場へ向かった。船が行き交うのをしばらく眺めていた。満ち潮が引き潮に変わるのを見守った。そうして昼過ぎになって家に戻った。子どもたちはまだ学校か、近所で遊んでいるようだった。あたしは、がらんとした家に一人で寝っ転がった。天井が低く、汚かった。カビが生えていた。大仏ホテルの高い天井が頭に浮かんだ。

体を起こした。布団を全部抱えて中庭に出た。それでもなんとなく気持ちが落ち着かず、洗濯に取りかかるのにかなりの時間がかかった。村の井戸から汲み上げてきた水を、大きなたらいになみなみと注いだ。洗濯が終わったら井戸に行って、また水を汲んでこなければいけなかった。あたしは溜息をつきながら裸足になり、たらいに足を入れた。布団を踏んだ。濁った垢だらけの水でたらいが一杯になった。水が汚れきるまで布団を踏み続けた。大仏ホテルが頭によみがえった。ヨンジュは、簡単な洗濯でも必ずいい香りのする石鹸を使っていた。だからなのか、ヨンジュにもその石鹸の香りがしみついていた。

あたしは呪文を唱えた。

「そんな運命はないよ。そんな運命はない」

その時、誰かが中庭に入ってきた。おばさんだろうか。まだ戻ってくる時間じゃなさそうだけど。あたしはそちらに顔を向けて、そのまま立ちつくした。ヨンジュだった。

あたしの背中と首は汗に濡れ、口からは生臭いにおいがしていた。手と足は水でぶよぶよにふやけていた。ヨンジュはとてもきれいだった。髪の毛をすっきりと一本に結んで、白いワンピースの上に緑のジャケットを羽織っていた。爪は切り揃えられ、靴はピカピカだった。薄化粧をして、もともと白い肌に赤い唇がますます目をひいた。その一方で、少し割れた顎が強情そうな顔にも見せていた。街の人たちが口を揃えて陰口を叩く、そういう姿だった。華僑に囲われた女、贅沢三昧で暮らしている女、美しいことは美しいが呪われた運命の、霊に取り憑かれた娘。彼女は美しかった。

私は声を作って言った。

「ヨンジュ、どうしたの?」

返事はなかった。ヨンジュはうっすらほほえんで私の隣に近づくと、縁台にひょいと腰を下ろした。藁ぶき屋根に目をやりながら、つぶやくように言った。

「ここなんだ、あんたが暮らしているところ」

「うん」

「ずいぶん探した。結構奥まった場所ね」

あたしはたらいから出ると、縁台に放り出していた手ぬぐいをつかんだ。足を拭いた。濡れた手をこっそり後ろに隠した。その時、不意にヨンジュが言った。

「ねえ、あんた、わたしと一緒に住む気はない?」

あたしは言葉を失い、まじまじと彼女を見た。一緒に住もう? 本当に? どこで? 大仏ホテル？　どんな言葉も発することができなかった。彼女は一人で話を続けた。

「この前あんたが連れてきたお客さんのこと、覚えてる？」

うなずいた。戦争があってから、自分は何かにひどく驚いたり、軽はずみな行動をとったりはしなくなったと思っていた。そういう本心を、うまくごまかせるようになったと思っていた。でも、ヨンジュがそばに来るとどうしようもなくドキドキした。何かすごいことが起きそうという妙な期待感、妙な希望に胸が早鐘を打った。安堵感のようなものが押し寄せてきた。だめ、チ・ヨンヒョン。安心しちゃだめ。こんなことで、安らいじゃだめ。緊張しな。なのに、そうしてもいいような気がした。

あたしは答えた。

「覚えてる。それで？」

ヨンジュがあたしの目を見て言った。

「しばらく、女の人が一人でいることになったの。だから、結構長期で手伝ってくれる人が必要なのよ」


考えるまでもなかった。その夜あたしは、わずかな荷物をまとめて大仏ホテルへ向かった。少しも迷いはなかった。三階に続く階段の最後の段に足を置いた。踏板がパッと消える感じがした。誰かに足首をぎゅっとつかまれた気がした。一瞬ぐらついた。この階段から転げ落ちた人たちの話を思い出した。でも、幸いあたしはバランスを取り戻した。急いで廊下に上がった。軽く息を吸いこんでから振り返って、階段を見下ろした。変に緊張していたからだろうか。階段は前とは違って見えた。下にいくほど幅が広くなって、一段一段の高さがまちまちだった。それだって上から五段ほどのことで、もっと下はそもそもよく見えなかった。階段と壁の色が似ているから、線と面の区別がつかないのだ。まるで、下に降りる道が消えてしまったみたいに見えた。三階全体が、宙にぷかりと浮いている感じだった。

あたしは、爪先でそっと階段の端を踏んだ。ちょうど薄い氷に触れた時のように、ピシッとひび割れる音がした。驚いて後ずさりした。その時、誰かがあたしの肩を強くつかんだ。ヨンジュだった。

「どうしたの?」

「あっ、何でもない」

答えながらもう一度階段を見た。階段は元通りになっていた。ヒビも入っていないし、底に消えてなくなってもいなかった。ちゃんとしていた。あたしはヨンジュの案内にしたがって、廊下の奥へゆっくり歩を進めた。そこにヨンジュの部屋があった。これから、あたしが一緒に過ごす空間だった。西洋式の部屋を見るのは初めてだった。古いカーテンと年季の入ったベッド、一人用のソファーとガタついたテーブル、欠けたティーカップと窓辺の小さな鉢植え、小型の机が一つ。古くて質素だけれど、今まであたしが過ごした中では一番素敵な場所だった。信じられないくらい素敵だった。あたしはぽかんと口を開けたまま部屋を眺めた。知りたかった。こういう品物は、全部昔からあるものなんだろうか? 仁川港が開港して人が押しかけ、遠方に向かう旅人が寒い一夜を明かした、その頃からずっとここにあったものなんだろうか。どこかに押し流されることもなく、ずっと長い間、同じ場所にとどまってきたものなんだろうか。あたしの胸の内を察したみたいに、ヨンジュがやさしく言った。

「昔のホテルの頃の物じゃないわよ。全部、新しく手に入れたの」

「そうなんだ」

あたしはぎこちない笑顔を浮かべてベッドに腰を下ろした。お尻がふんわりと沈み込んだ。柔らかかった。ヨンジュが一番上にかかっている薄手の毛布をめくった。下に、厚い敷布団が二枚、きちんとそろえて重ねられていた。彼女が言った。

「これも新調したの。本当はわたし、敷布団一枚で寝てるんだけど、あんたがベッドに寝てる気分を味わえたらいいなあと思って」

「えっ？　なんで？」

「なんとなく。あんたはこういうのが好きそうだったから」

そう言ってヨンジュは毛布をまた戻し、その上を撫でた。あたしは何も言わずにだまって座っていた。あたしが何を好きか、何を望んでいるか、ヨンジュはとてもよくわかっていると思った。彼女が言った。

「ありがとうね。快く引き受けてくれて」

私は手を振って、そんなことないと答えた。本心だった。ヨンジュが言った。

「ここに来ること、おばさんは何て言ってた？　許してくれた？」

「うん」

あたしは言った。

「好きにすればいいって。どうせ居候だし。でも、少し寂しそうではあった。縁談も準備してたんだって」

「本当に？」

「うん」

嘘だった。

あたしが大仏ホテルに行くと口にするなり、おばさんはすぐさま「許さない」と言った。あんなふうに騒ぎ立てるおばさんを初めて見た。だからわかった。あたしの知らない間に、縁談が進んでいたことを。そしてあたしを嫁がせる見返りに、全羅道裡里の農家からお金をもらう算段だったことを。なのに、あたしが完全におじゃんにしたわけだ。おばさんは大声で怒鳴って、睨んで、このまま出ていったら許さないとすごんだ。絶対にダメだからね。絶対にダメッ！　こんなふうに出ていかせるもんか。まったく。人が見たら、あまりにあたしがかわいすぎてどこにもやれない人みたいに見えただろう。ああ、あたしはおばさんの、その深くて大きな感情に耐えられなかった。だから、しばらくはおとなしく座って、おばさんの叫び声を聞いているだけだった。なんて言ってたっけ。そうだ、恩知らずの女、って言った。血がつながってもいない娘を面倒見てやったのに、どういうつもりだって言った。いくら喉元過ぎれば熱さを忘れると言ったって、どうしてこんな真似ができるのかって言った。あと、タダではおかないと言った。

そう。そう言うと思ってた。

タダではおかない。あたしが黙ってると思うのかい？　ずっとへこへこしながら暮らしてたくせして、こんなだまし討ちみたいな真似をするのか？

あたしはおばさんの手を取った。

「おばさん」

彼女が手を引き抜こうとした。あたしは力を込めてぎゅっと握った。そして言った。

「ほら。あの日、おじさん、うちに来てましたよね」

おばさんの表情が強張った。あたしは静かに続けた。

「あたし、ずっーと考えてたんです。おじさんはあの日、なんでうちに来てたんですかね」

さらに強く彼女の手を握った。両手で握った。

「あたしは、おばさんが針仕事をしているのが本当に誇らしいんです。休む間もなく市場に出てお餅を売るのだって、尊敬してるし。おばさんって、本当に働き者で立派な人ですよね。あたしの面倒も見てくれて、子どもたちもよく育ってるじゃありませんか？　あたしは子どもたちに、ちゃんと大きくなってほしいと思ってるんですよ」

彼女の動きが止まった。かすかに身体が震えているのがわかった。あたしは彼女にぐいっと近づいて腰を下ろした。

「おじさんは、よくうちに来てましたよね。ああ、あの頃は特にしょっちゅうでしたよね」

彼女の手の甲を撫でた。言葉を続けた。

「アレですよね……アレでしょ？」

おばさんが唇を噛んだ。

「何のことだか」

あたしはほほえんだ。

「おばさんに繕ってもらう人民軍の制服、アレを取りに来てたんじゃないですか」

おばさんがもう一度手を引き抜こうとした。あたしはその手を反対側にねじり上げた。おばさんが呻き声を上げたが、放してはやらなかった。なんで？　あたしがなんでそうしなきゃならないの？

なんで悔しそうに、悲しそうに、あたしを見るんですか。知らなかったフリなんてしないでくださいよ。あたしが知ってるって、おばさんもうすうす気づいてたでしょ。だからいつも疑ってたんですよね。この子はアレのことまで知ってるんだろうか？　見たところ知らないふうだけど、知ってる？　知ってるのか？　だから、万が一のために、あたしをそばに置いたんですよね。いやあ、驚いたでしょう。みんな死んじゃったと安心してたのに、あたしが生きてるとは思わなかったでしょうね。おじさんが死んだことは大変だったと思いますけど、でも、自分が附逆罪で捕まることはなかったんだからさ。この村では、誰も知らないんでしょ。あのことを、ですよ、おじさんがうちの父さんを通じて、人民軍からこっそり仕事をもらおうとしてた、あのことです。針仕事だけ引き受けてたわけじゃないですよね。この村の人民軍の署長*を紹介してくれとも言ってたでしょ。あーら大変。あたし、そういうのを全部、知ってるんだわ。

　実は、父さんも母さんも、いつも言ってたんですよ。おじさんとおばさんは、憎たらしいくらい用心深くて、うまいこと暮らしてるって。特におばさんがそうだって言ってました。まったく抜け目がない。ちゃっかりしてる。ああ、時間ってすごいですね。十五歳の時は、こんなふうには言えなかったのに、今は言えるんだな。あの時、助けてくださいって頼まなきゃよかった。こう言えばよかったんだ。あたしを助けるべきだって。そうしなきゃいけないんだって。ねえ？

　おばさん、大好きですよ。

「惜しくなかった？」

ぼーっとしていたあたしは、ヨンジュの声で我に返った。聞き返した。

「何が？」

「ほら、お嫁さんに行ったら、今よりは状況も少しマシになるんじゃないの？」

「かもね、運がよければ」

「運？」

「でしょ。運がよければ、たとえ貧乏だって一度も畑仕事を言いつけたりしないダンナに会えるだろうけど、運が悪けりゃその逆だもん」

ヨンジュは黙っていた。そして、また口を訊いた。

「あんたは、自分が運が悪いって思ってるの？」

あたしは答えた。

「うん」

「どうして？」

「とっくに、全部の運を使いきった気がするから」

ヨンジュの表情からほほえみが消えた。顔に少し憂鬱な気配が漂った。この話はもう止したほうがよさそうだった。あたしは話題を変えた。

「例の女の人はどこ？　今何してるのかな？」

「隣の部屋よ。寝てるみたい」

＊　朝鮮人民軍は、占領した地域に警察組織にあたる「内務署」を設けた。

あたしは訊いた。

「何があったのよ？」

事情はこうだった。到着した最初の日、二人は静かだった。そして二日目、かれらは一晩中喧嘩をした。女が泣き、男が怒鳴り、すると女がさらに大きな声を出した。ヨンジュは、あえてかれらのやりとりを盗み聞きしなかった。客の「プライバシー」は、とても大事なものだから。三日目の朝、男がヨンジュのところに来た。彼は三か月分に相当する宿代を払って、その間妻が滞在すると言った。そしてさらに金額を上乗せした。それには、三食の食事代と掃除、洗濯などへのチップが含まれていた。二万五千ファンを優に超えていた。ヨンジュはそのお金に飛びついた。そのお金があれば、しばらくは客引きする必要がなかった。ただ、一人では力不足だった。彼女にずっと食事を用意し、服を着せ、世話をしながらホテルの管理もしなければならなかったから。だから、すぐにあたしを訪ねてきたのだ。

「つまり……その『プライバシー』のおかげってわけか」

「うん、そうね」

でも、正直あたしは、プライバシーがどういう意味か、ちゃんとは理解できていなかった。ヨンジュがそう言うからそうだと思うだけだった。気がつけば、ヨンジュは物思いにふけっていた。伏せた長い睫毛のせいで、目元に影が落ちていた。

その日、ヨンジュは女の名前を教えてくれた。

シャーリイ・ジャクスン。

幽霊の物語を書いている人、ということだった。

2

シャーリイ・ジャクスンは、毎朝八時に始まって五時間置きに食事をとった。それは彼女の意向というよりは、食事を提供する中華楼の時間に合わせたものだった。朝と夜は部屋で一人で食事をしたが、昼はホールに置かれた大きなテーブルで、ヨンジュと一緒に食べた。そのあいだに、あたしはシャーリイの部屋を掃除した。

彼女の部屋は、酒と煙草のにおいがひどかった。窓をひんぱんに開けて換気してくれとヨンジュを介して何度か伝えたが、シャーリイは言うことをきかなかった。どうせ窓を開けたところで、大して意味はなかったと思う。彼女が来て数日のうちに、そのひどいにおいは部屋全体に深くしみ込んで、いくら掃除をしても完全に消すことはできなかった。シャーリイはあまり気にならないようだった。

彼女は、私にあまり注文をしなかった。ゴミだけきれいに片づけてほしいと言ったぐらいだ。ただ、床と化粧台にいっぱい重なっている紙の山、それに、壁に貼りつけてある紙には手を触れるなということだった。あたしは言われたとおりにした。でも、自分に読めない字で埋め尽くされたその紙を見ていると、小さい頃を思い出して嫌な気分になった。あたしは日本語がしゃべれたが、日本の字は読めなかった。単語を書きまちがえるたびに、先生はあたしを教室の外に出した。ほとんど毎日、一日中、廊下に立たされていたものだ。

その日、壁に貼られた紙はなかった。代わりにベッドの上に、しっかりと紐でくくられた紙の束が一つ見えた。あたしは窓を開けて掃除を始めた。煙草の吸殻を片づけ、床にブラシをかけた。ヨンジュに教わった通りにベッドを整え、枕の埃を払った。酒のにおいがだんだんと薄れてきた気がした。でも、明日の昼になれば元通りになっているはずだ。かび臭くて鼻を刺すようなにおいで、またいっぱいになるんだろう。あたしは掃除をしながら溜息をついた。そして、屑かごを空にしようと蓋を開けた。ゾクッとするものを背筋に感じた。

なんてことだろう。血のついた布切れが、屑かごの中で山を作っていた。すぐに状況が理解できた。この人、生理中なんだ。ずいぶん贅沢だと思った。毎回、新しい布切れを使っているらしい。こっちはボロボロにすり減った木綿布を、もう何年も使ってるっていうのに。この外国人ときたら、毎回平気で、白い布切れを使っては捨てていた。あたしは吐き気をこらえながら屑かごを空けた。

掃除を終えて出ると、ホールからヨンジュの声がした。シャーリイと話している最中らしかった。ヨンジュが口数多くあれやこれやと話しかけ、シャーリイは短くて簡単な返事だけをしていた。私は廊下に立ちどまって二人の声を聞いてから、下の階に降りた。

中華楼の裏庭へ出た。バケツに水を張って雑巾を洗い始めた。冷たかった。空腹は感じなかった。シャーリイとヨンジュの声が耳元に残っていた。気持ちが塞いだ。仕事を始めてもう二週間になるのに、まだ一度もシャーリイの顔を見ることができずにいた。彼女は外出もしないし、誰とも会わなかった。ひたすらヨンジュとばかりやりとりしていた。それも、昼食の時間だけ。だからといって、シャーリイはヨンジュを特別頼っているようでもなかった。あたしは、シャーリイの言葉が長く続くのを、一度たりとも聞いたことがなかった。彼女はいつも、硬くて冷たい口調で、ひどく短い返事をするだけだった。だったらなぜ、ヨンジュと食事をするんだろう。ヨンジュは、自分にもよくわからないと言った。

「単に……まったく話さずには暮らせないからじゃない？」

そうしてヨンジュは、シャーリイのことが心配だと言った。だんだんやつれて、酒と煙草の量が増え続けていると言った。最初の頃は、宿泊客の体調まで心配するヨンジュに少し驚いた。でもすぐにわかった。彼女はシャーリイを心配しているのではなかった。突然シャーリイの気が変わって、返金を求められるのではないかと心配していたのだ。だから、ヨンジュはとても努力していた。シャーリイがほしがるアメリカ製の煙草を手に入れるため、米軍のＰＸ*にコネを作った。シャーリイの食事にと、白くてふわふわのパンを焼いた。子どもの頃、宣教師から作り方を習ったのだという。厨房に降りてそのパンが膨らんでいく光景を見ていると、複雑な気持ちになった。あたしにはシャーリイとヨンジュの会話が聞き取れなかったけれど、想像はできる気がした。

シャーリイ、お食事は気に入りましたか？

＊　Post Exchange アメリカ軍隊内の売店。

ええ。

シャーリイ、今日持ってきた煙草はどうですか？

満足です。

シャーリイ、ベッドの感じはどうですか？

大丈夫です。

シャーリイ、パンはどうですか？

悪くないです。

シャーリイ？

もしもシャーリイが気に入らないと言ったら、どうなるんだろう。いや、シャーリイは明らかにそう言ったんだ。だからヨンジュは、せっぱつまった顔で厨房を行き来しては取り寄せた品物を点検し、毎晩悪夢にうなされているんだろう。ヨンジュは、想像していたのとは違って心配性だった。大仏ホテルの真の主だなんて……あたしはいったい、何をどれだけ勘違いしてたんだろう？

この建物の三階には、部屋が三つと大きなホール、廊下、階段まである。ちょっとでも不潔だと思ったら、チャオは黙っていないはずだ。あたしが来るまで、ヨンジュはホテルに関することを全部一人でやっていた。そうやってお金を節約して、なんとか耳をそろえて賃料をチャオに払って、月が変わり、また同じ生活が繰り返された。シャーリイが来てお金に追われることは当面の間なくなったものの、状況が変わらないと誰が保証できるだろうか。ヨンジュは信じていないのだ。シャーリイ・ジャクスンが大仏ホテルに来たのは、ただの運だった。このホテルに長く滞在することになったのも、やっぱり運だった。そんなものにすべてを預けるわけにはいかないのだ。だから少しでも安心したくて、確実な何かを得たくて、あんなふうに努力してるんだろう。

でも、努力したからといって、どんな確信が得られるのだろうか？　そういうのを、「運がいい」と言えるのか？　畑仕事をさせない男に会う、そんなことを？　おばさんを見つけ出すことができて、はじめのうちあたしは、運がよかったと思っていた。うちにしょっちゅう出入りしていたのはおじさんであって、おばさんではなかった。あたしが知っているのはおばさんの名前と、なんとなくの顔かたちだけだった。最後に会ってから十年近くが経っていた。だから、彼女を見つけられないかもしれないと思っていた。なのに市場で餅を売っているおばさんを見て、すぐにわかった。

まさに、あの人だ。あの人なんだ。

いつだったか、おばさんが、あの時どうしてすぐに自分だとわかったのかと訊いてきた。あたしは答えた。

「ただ、運がよかったんですよ」

でも、本当に運がよかったんだろうか。ただ単に、そういうことがあたしに起きたってだけなんじゃないだろうか。つまりそういう状況が、たまたまあたしに訪れたってことじゃないんだろうか。魅了。そう。あたしは、すぐに安心できそうな状況に、魅了されただけなんだ。だからおばさんに、あんなふうに頼み込んだんだ。チャンスをもぎとろうとするみたいに。ヨンジュもやっぱり、そうだったんじゃないだろうか。彼女の周りで起きた不可思議な出来事のことだ。もしもそれが、単なる偶然でしかなかったら？　危険この上ないあの階段では、いつでも、誰でも、足を滑らせかねなかった。

幽霊。

その時々に取り憑く、悪い霊。

あたしは、雑巾を絞りながら一人でクスッと笑いをもらした。そう。この建物は、頼もしいことは頼もしいよね。真夜中になると、大仏ホテルは驚くくらい静かだった。何の音も聞こえなかった。おばさんの家にいるときに絶えず聞こえていた、荒々しい海風の音はまるでしなかった。世界に、ただこのホテルだけが存在しているようだった。そしてそれだけだった。誰かのために他人の首をひねろうとする者はいなかった。自分自身の首をひねらないように努力する人ばかりだった。いつまで、こんなふうに暮らさなきゃならないんだろう。マシになりは、するんだろうか。

その時だった。あたしの横を誰かが足早に通り過ぎて行った。

ルエ・イハンだった。どこに行くつもりだろう、一番忙しい時間なのに？　あたしは、彼があたしを見るときのように眉をひそめた。彼は通りを渡って雑貨屋の前へと走っていった。そんな彼の頭の後ろをじっと睨みつけていたら、少し気が晴れた。そろそろ上の階に行って、窓枠を拭き、廊下の掃除をしよう。それがおわったら、すぐに夕食の時間になるはず。

ところが、背後から泣き声がした。思わずそちらに目をやった。ルェ・イハンが一人の女と向き合っていた。女は泣いていた。誰だっけ？　見覚えのある顔だった。どこかで見たような。あっ！　ふと思い出した。あんまり久しぶりで気づかなかったんだ。中華楼に米を納めている、パクさんの娘。パク・ジウン。もう十八か十九になったって言ってたよね。どうしたんだろう？　パク・ジウンはずっと泣いていて、ルェ・イハンは彼女を前に途方に暮れていた。その場の雰囲気でピンときた。あたしは大きく息を吐いた。そういう仲の二人の、よくある光景に過ぎなかった。パク・ジウンとルェ・イハンとはね。本当に運がいいのはあいつらだ。このご時世に、恋愛する余裕もあってさ。あたしは背を向けた。同時に奇声が上がった。

ルェ・イハンが地面に転がっていた。どこから現れたのか、パクさんがルェ・イハンを突き飛ばしたらしい。何人かがパクさんを取り押さえて止めようとした。パクさんはルェ・イハンに拳を振りかざしながら叫んでいた。どれほど興奮しているんだろう、何を言ってるかわからないくらいだった。私は驚いた。あの人が、チャオにお金をもらいにくるたび腰をかがめてへこへこしていた、あの人だっていうの？　パクさんはずっとルェ・イハンに詰め寄っていた。急に怖くなった。どうしよう？中華楼の人たちに知らせるべきだろうか？　その時、パク・ジウンが地面にへたり込んで大声で泣き始めた。さらに、まったく予想もしなかったことが起きた。

ルェ・イハンの顔が歪んだかと思うと、やっぱり彼も泣き出したのだ。土下座したまま両方の手のひらで顔を覆い、むせび泣いていた。パク・ジウンがルェ・イハンのそばににじりよった。彼の肩をやさしくさすった。その瞬間、パクさんが自分の娘の髪の毛をむんずとつかんで引っ張った。

「まったく、このバカ娘がっ」

あたしは急いで身体の向きを変えた。心臓が破裂しそうなくらいどきどきしていた。大急ぎで中華楼に駆け込んだ。騒がしい音は玄関前で消えた。あたしはホテルへ向かって階段を駆けあがった。しんとしていた。

その日の夜、ヨンジュは悪夢にうなされた。

冷や汗を流し、苦痛に満ちた声を上げた。あたしはヨンジュの肩をつかんで揺さぶった。起こそうとした。でも、ヨンジュはずっと夢の中にいるみたいだった。あたしは大声でヨンジュを呼んだ。ヨンジュ、ヨンジュってば。反応はなく、突然、深い息を吸い込むと、そのまま動かなくなった。鳥肌が立った。それは人が死んでいくときの姿だった。爆撃があった日に目にしていた。あの日、みんなこんなふうに死んでいった。あたしの前で、目の前で！　あたしは弾かれたようにベッドから起き上がった。人を呼ぶべきだと思った。するとヨンジュがあたしの腕をつかんだ。彼女は目をつむったまま口を開けていた。本当に少しのあいだ、一瞬で時間が過ぎた。彼女の瞼が細く震え始めた。その震えはすぐに両方の眉尻へ伝わり、鼻筋に広がった。続けて、口から短い吐息がもれた。

「はあっ」

ヨンジュが目を見開いた。

「やだ、ヨンジュ！　気がついた？」

あたしは安堵の息をついてヨンジュを抱き寄せた。彼女の背中をさすった。あたしは訊いた。

「悪い夢でも見たの?」

あたしの質問にヨンジュがうなずいた。もう一度訊いた。

「何の夢だったのよ?」

静かな夜だった。彼女の声がそっと聞こえてきた。

「誰もいなかったの。誰も」

爆弾が落ちた日のことが脳裏によみがえった。人々は、叫び声も上げられないまま地面に倒れた。あたしの家族は右往左往していた。推測だ。きっとそうだったろうと思う。かれらがどんなふうだったか、あたしはまったく知らない。なぜなら、あたしは逃げたから。あたしはひとり、全力で走った。海に向かって駆けて行った。すごく大きな音がした。怖かった。あたしは干潟に這いつくばった。べちょべちょした泥で体じゅうが濡れた。顔まで地面に押し付けた。泥の味がした。暗がりの中で体がガクガク震えた。その最中も濡れた体から漂ってくる、じめじめした感じが嫌だった。指先に触れる、ぬるぬるした泥が嫌だった。

気がつけば、ヨンジュにその時のことを話していた。だから、ときどきあたしも夢を見るんだ。夢か現実かこんがらがったまま、でもその時の出来事がずっと繰り返される、そんな夢。あたしは干潟に顔を押しつけて、うつ伏せになってる。息が苦しくて、怖くて全身震えてて、目を開けたら誰もいない。あたしはこわごわと顔を上げて、あたりを見渡す。他の人たちは? 家族のみんなは? みんな、どこにいるの? でも、周りには誰もいない。誰も。あたしは体を震わせて隣を見る。そして、視線がくぎ付けになる。

そこには、あたしがいる。長々と横たわり、目を開けてるあたしがいる。血を流してて、意識を失いかけてて、死にかけてるあたしがいる。あたしはどうしていいかわからないまま、あたしを揺さぶる。あたしはゆっくり瞬きをして、あたしを見る。まだ死んではないんだよね。でも、すごく苦しそうで。体を震わせて、口からは唾や血が垂れて、目からは涙を流してる。あたしは手を伸ばしてあたしの目を閉じるんだけど、うまくいかない。瞼が何度も上がる。下ろすとまた上がって、下ろすとまた上がって。結局あたしは、手であたしの瞼の上を覆っている。すごく長い間。だからあたしは、いっそあたしに死んでほしい。あたしは、あたしの息を塞いで泣く。どうか、終わらせてください。こんな気持ちを、もう感じたくないんです。あまりに疲れました。どうか、中断させてください。この人生を。この気持ちを。この苦痛を……。でも、口ではずっと泥の味がしてる。あたしは生きている。

話し終えた時、夜は明け始めていた。青みがかった光が部屋の中に射しこんだ。闇が一段薄くなった。狭いけど居心地のいい部屋だった。ヨンジュがあたしの手を握っているのに気がついた。彼女が言った。

「よかった。夢で」

それは、あたしが彼女にかけたかった言葉だった。ある意味、ヨンジュに霊が憑いているというのは本当だった。彼女は、幽霊になりかねないくらい忌々しい運命と、闘っていたから。

不意にヨンジュが、あたたかな声で言った。

「ありがとうね」

「何が？」

「あんたが来る前は、夢から覚めると本当に怖かったの。それが夢か現実か、区別がつかなくて」

「どうして?」

「実際に、誰も周りにいなかったから。でも、いるような気もしてた。誰かがいつも私を見ていて、ある瞬間、外に引きずり出されるような気がして……怖かった」

あたしは何も言わなかった。次第に外の音が聞こえてきた。うなりをあげて吹き寄せる海風。かすかな汽笛の音。あたしはヨンジュに訊いた。

「あたし、役に立ってる?」

ヨンジュが笑った。返事を返した。

「まったく、ヨンヒョンたら。今あたし、何もかもあんたに頼りっぱなしよ」

あたしは窓の外に目をやった。もうすぐ夜が明けそうだ。ヨンジュの声がした。

「あんたは昨日、何事もなかった?」

嗚咽していたルェ・イハンの顔が浮かんだ。胸に秘めた何かを吐き出していた、若い男。誰かがあれほど悲しげな顔をするのを、初めて見た。彼の悲しみを盗み見したような気分だった。罪悪感がわいた。

「プライバシー」

ふと私は、その単語を理解した。

「うん。何もなかった、何も」

そして。

何も起きないはず。

＊

寒くなり始めた。中華楼はしょっちゅう店を閉めた。寒さと少ない売り上げ、維持費のせいだった。まもなくチャオが建物を人手に渡すつもりだという噂が広がった。一階で火を使っていない日は、建物全体がかちかちに凍りついた。節約のため、ヨンジュとあたしはせっせと薪を集めて一か所に積み上げ、厚手の毛布や布団を用意した。冷や飯をつぶして作ったおこげ、おこげ湯、キムチや野菜の塩漬けも食べた。でもひもじくはなかった。ヨンジュの料理の腕のおかげもあったし、中華楼に納品される、それなりに新鮮な食材のためでもあった。ヨンジュは、本当に料理が上手かった。おかげであたしは、干しダラの頭を細かくちぎって煮つめた塩のきいたおかずや、作りたての塩辛、大根の澄まし汁、おからとキムチを一緒にじっくり煮込んだチゲに、しょっちゅうありつくことができた。たまに中華楼の従業員たちと一緒に買い出しにも行った。そのたびにヨンジュは、自分の緑のジャケットを貸してくれた。彼女は言った。

「近いうちに新しいのを一着買ってあげる。それまでは遠慮しないで、必要なときにこれを着てね。わかった？」

不思議なことに、そんな日はますます食べ物がおいしく感じられた。本当においしかった。でもシャーリイは違ったんだろう。彼女にはなじみがないだけでなく、ひどい食べ物みたいに映ったはずだ。だから、ヨンジュはますます頻繁にパンを作った。大きなたらいでトウモロコシ粉と小麦粉を混ぜた後、水を加えて生地にして、しばらくこねていた。生地がなめらかになったら、建物で一番暖かい場所に置き、半日以上発酵させた。パン生地を見るたびに胸が痛んでいたが、ある時からその痛みも薄れ始めた。あたしは、ヨンジュのパン作りの時間をひそかに待つようになった。かまどでパンが焼けるにおいがしだすと、体がほんわかした。ああ、あれよりおいしいものはこの世にない気がした。だけど、ヨンジュが手作りするものの中であたしが一番好きだったのは、干したミカンの皮に熱湯を注いで淹れるお茶だった。ヨンジュはよく、そのお茶に水飴や蜂蜜を少し垂らしてシャーリイに届けた。そこまで贅沢な味はあたしには不要だった。ミカンの皮と熱湯。それで十分だった。

初霜が下りた朝、ヨンジュのジャケットを羽織って、そっと厨房に降りた。熱湯をいっぱいに注いだカップにミカンの皮を何切れか入れながら、ルェ・イハンの部屋のドアをチラッと見た。静かだった。カップを手に、裏口から外に出た。冷たい風に当たりながら、お茶を一口、ゆっくり飲んだ。ミカンの香りが体の中にじんわりと広がった。世界は静かだった。感覚が研ぎ澄まされていった。これは夢じゃなくて現実だ。今自分はここにいるという事実を、くっきりと感じることができた。すでに二か月目、十月も終わりに近づいていた。

＊

間違いなく中華楼は閉まっていた。ルェ・イハンは明け方に市場へ出かけた。建物はがらんとしていた。あたしたちは、この機会を有意義に使うことにした。ヨンジュが一番好きなおかず「ナラヅケ」を作ることにしたのだ。ナラヅケは、白瓜を酒粕に漬け熟成させて食べる日本式のおかずだった。あたしも好きなことは好きだったが、酒くささのせいであまりたくさんは食べられなかった。でもヨンジュは、ナラヅケをごはんのおかずにするのはもちろん、おやつにもするし夜食にも食べていた。白瓜が手に入りづらくなると別の材料を動員するほどだった。時間を見つけては大根やキュウリ、にんじん、カブといったあり合わせの野菜すべてを一度塩漬けにして、それから酒粕と一緒に甕《カメ》に入れておいた。あたしはヨンジュのナラヅケ作りが好きだった。どのみちおかずは作らなければいけないけれど、少なくともナラヅケは、ヨンジュが自分のために作っている食べ物だったから。ヨンジュが、塩漬けにしてあった干し菜を手で絞りながら言った。

「好きかどうかはわからないな」

あたしが訊いた。

「えっ？　どういうこと？」

ヨンジュが干し菜を包丁でざくざく切った。そして、食器棚から酒粕が入った小さな甕を取り出した。

「シャーリイの話よ。最近、パンに飽きたって言うから、今日の夕食にはナラヅケを少し出してみようかと思って」

酒粕のにおいが鼻を刺した。あたしは言った。

「まあ、酒のにおいがするから好きでしょうよ」

そんなつもりはまったくなかったのに、自分の口調がとても冷ややかに感じられた。だから慌てて付け加えた。

「本当、好きだと思うよ。中華や他の食べ物だって、別に好き嫌いしてないしさ。とにかくヨンジュ、あんたは本当に偉い。後でシャーリイが恩返ししたいって言い出してもおかしくないね」

「もらったお金のぶん、働いてるだけよ」

ヨンジュが何でもないことのように言った。そしてかすかに笑顔になったが、よくわからなかった。笑っているようでもあったし、そうでない感じもしたから。酒粕のにおいに酔ったのだろうか？　干し菜がてかてかしていた。最近ヨンジュは、シャーリイのことで苛立たなくなった。彼女が約束の期限を守ると、確信を抱いたらしい。あるいは欲を捨てたのかもしれないけど、とにかく、そんなふうに見えた。もちろん、何も変わっていなかった。シャーリイは相変わらず部屋にこもって一日中何かを書いて、捨てて、部屋を汚した。昼食の時間は、ヨンジュの質問にひどく短い答えしか返さず、他の誰とも会わなかった。ヨンジュの一日もあたしの日常も、代わり映えしなかった。でも、ヨンジュは前よりやや余裕があるように見えた。もちろんそれは、あたしの気分のせいかもしれなかった。肌寒い日に一緒にする食事作りは、楽しかったから。

安心。

そうだよ、チ・ヨンヒョン。

あたしはすっかり安心していた。静かな夜と、朝のミカンの皮のお茶。柔らかな酒粕と、暖かい厨房。包丁を動かしていた手をしばし止めた。そしてヨンジュに言った。

「いいなあ」

「えっ？」

ヨンジュが返した。

「こういうのって」

「何のこと？」

「ずっと、こうやって暮らせたらいいな」

ヨンジュがあたしを見た。酔ったと思っているようだった。呆れたように笑いだした。

「本気？」

あたしも笑って答えた。

「本気だよ。今みたいに、ずっとこうやって暮らしていきたい」

ヨンジュの口調が少しきつくなった。

「ここで？　ずっと、こうやって？」

「うん」

ヨンジュが首を左右に振った。

「わたしはいや」

「……そう？」

「当たり前でしょ」

彼女は眉間に皺を寄せた。そして、もどかしげな口調で言葉を加えた。

「あんたってばまったく……どうやって今みたいに暮らすっていうの。いつまでもこんなふうに暮らしてはいられないわよ」

「そうかな?」

「そう」

あたしは何も言わなかった。そろそろ酒粕に漬けた野菜を外の甕置き場に移す番だった。あたしたちは籠を持って裏口から出た。裏庭にはナラヅケを入れた甕がいくつか置かれていた。キムチを漬けてあるものも、味噌を仕込んでいるものもあった。一番右端の甕の味噌がなくなる頃に春が来て、そうしたら新しい味噌を仕込まなければならない。今食べているナラヅケは、漬けて数カ月どころか、数週間も経っていないうちに取り出した。味が気になって我慢できなかったとヨンジュは言っていたけれど、本当はおかずが足りなかったから出して食べたのだ。今度のナラヅケは、十分熟成させられるだろうか。それにはどれだけ時間がかかるんだろうか。いつまでもこうやっては暮らせないというヨンジュの声が、ずっと耳に残っていた。

いつまでも。いつまでも。

なんで?

なんでだめなの?

あたしはびっくりした。声が虚空にわんわんと響きわたっていたからだ。自分でも気づかないうちに、その言葉を口にしていたようだった。どうしよう？　あたしはこっそりヨンジュを見た。彼女はあたしのほうを見て、硬直したみたいにつっ立っていた。顔が真っ青だった。ヨンジュ、怒った？……でもこれって、そんなに怒ること？　そんなに嫌？　あたしは勇気を出して彼女を呼んだ。

「ヨンジュ……どうしたの？」

返事はなかった。すぐに気がついた。ヨンジュの視線は、あたしではなく別のところで止まっていた。彼女の視線をたどって甕置き場の向こうを見た。でも、そこには何もなかった。

「ヨンジュ？」

今度は少し大きな声で呼んだ。ようやくヨンジュが我に返ってあたしを見た。唇を噛んでいた。彼女は持ってきた野菜を甕に移しながら、囁くような声で言った。

「早く戻ろう」

声が震えていた。

「どうしたの？　何があったっていうのさ？」

あたしは階段を上がりながらヨンジュに訊いた。ヨンジュは何でもないと言った。でも妙だった。彼女はあそこで、明らかに何かを目撃していた。心配だった。あたしはヨンジュの手からシャーリイの食事が乗ったお盆を取り上げた。ヨンジュが弱々しい溜息をついた。

「ただ、ちょっと何かが見えたような気がしただけ」

「何が？」

「いいの。全部錯覚だから。何の意味もないのよ」

もどかしい気持ちは残っていたが、苦しげなヨンジュに、それ以上は問いつめないことにした。ただ、どうしようもなくさみしさが押し寄せてきた。ヨンジュ、あたしが役に立つって、言わなかった？

あたしたちは一緒にシャーリイの部屋の前にやってきた。ヨンジュがノックをしてドアを開けると、すぐに目がひりひりするほどの煙がどっと流れてきた。化粧台の前に座り、猫背になって何かを書いていたシャーリイが振り返った。あたしは驚いた。二か月ぶりに見たシャーリイは、以前とまるで印象が違っていた。骨と皮ばかりのように痩せていた。よく眠れないのか、目の下にクマができて、肌が荒れていた。髪には艶がまったくなかった。

でも、あたしは何も見なかったふりで、ベッドの前の小さなティーテーブルにお盆を置いた。パンとミカンの皮のお茶、甕からついさっき出したばかりのナラヅケ、それとヨンジュが中華楼で手に入れてきた、茹で肉の薄切りが入った鶏がらスープ。簡単な献立だった。後ろでヨンジュがシャーリイに何か話しかけ、シャーリイがそれに答えていた。食事のメニューについてのやりとりらしかった。だけど彼女はどんな夕食かにさして関心がないらしく、テーブルを見ようとしなかった。あたしはすぐに背を向けてヨンジュの隣に行った。あたしたちはシャーリイとは別に、部屋で夕食をとる予定だった。その時、ヨンジュがあたしの腕をとって囁いた。

「待って。夕食を一緒に食べようって言ってるんだけど、平気？」

どういうことかすぐにわかった。シャーリイと一緒にいなきゃいけなそうだから、先に部屋を出ていろ、という意味だった。あたしは肯いた。そうしなければいけなかった。とにかくシャーリイの世話をするのがヨンジュの仕事で、ヨンジュを手伝うのがあたしの仕事だったから。あたしの仕事。あたしがすべきこと。あたしが安心できること。あたしは肯いて部屋から出た。ドアを閉める途中、なんとなく二人のほうに目がいった。ヨンジュがシャーリイの肩をやさしくさすっているのが見えた。二人は親しそうに見えた。一瞬シャーリイと目が合った。彼女があたしに向かって何か言った。シャーリイの声の上に、ヨンジュの声が重なった。

「ヨンヒョン、あんたにも一緒にいてほしいって」

あたしたち三人は、ホールの長くて大きなテーブルについた。ヨンジュとシャーリイが両端に座って、あたしは窓を背にした真ん中に腰を下ろした。食事のメニューはさして変わらなかった。あたしとヨンジュが食べるごはんとキムチ、ナラヅケが数切れ、それにミカンの皮のお茶が加わっただけだ。一緒に食べようと言っておきながら、いざ食事が始まると、シャーリイはさして話さなかった。途中で何か言いはしたが、ヨンジュが通訳しないところを見ると、どうでもいい話のようだった。昼食の時に聞こえてくるやりとりと似ていた。ヨンジュが何かを長く話して、シャーリイが短く答えて。ただ、ヨンジュは思ったよりずっとハキハキしていた。シャーリイがどんな返事をしようが、別に気にしていないふうだった。そこそこ楽しそうに見えた。でも、話がまったく分からない私は楽しくなかった。早くこの食事が終わればいいと思っていた。

シャーリイがフォークを置いた。あたしに話しかけてきた。あたしは慌ててヨンジュのほうを見た。ヨンジュの表情がやや強張っていた。咳払いを一度すると、少し困ったような顔で、あたしにその言葉を通訳した。

「ヨンヒョン、寝るとき、平気ですか?」

「それ、どういうことですか?」

あたしはシャーリイを見つめて訊き返した。彼女が生気のないまなざしであたしをじっと見つめてた。冗談を言っているようには思えなかった。ヨンジュの声を介して、また彼女の質問が飛んできた。

「夜、あなたには何も起きませんか?」

起きないと答えた。それを聞いたシャーリイが首を横に振った。望んでいた答えではないらしい。でもそれは事実だった。あたしにとって夜はあっという間に訪れるものだったし、いつも倒れこむようにして眠っていた。たまにヨンジュが悪夢を見る時をのぞけば、目を覚ますことはなかった。翌日少しでも早く起きるために、あたしは一生懸命枕に顔を埋めていた。どうにかして一日を忘れたかった。幸い、大仏ホテルの静けさがあたしの役に立った。ヨンジュが、いや、シャーリイが言った。

「私は、悪夢を見ます。ヨンジュも悪夢を見ます」

「はい」

「でも、それが夢ではないことが、わかりました」

「はい?」

「昨夜、私はパッと目が覚めました。音がしたんです。どこかを引っ掻くような、耳障りな音。はじめはベッドの下からでした。ネズミだと思いました。知っていますか? このホテルには、ネズミがうようよいます。ゾッとしますが、それも仕方ないことでしょう。このホテルは古いし、汚らしいですから。ごめんなさい。心にもないことは言えませんからね。それに平気です。このホテルを選んだのは私ですから。私が、選んだんです。自分で直接、ここに足を踏み入れたのです。それに、ネズミは生きています。生きている者はせいぜい、同じ生きている存在に害を及ぼすだけのこと。私は、生きている者は怖くないんです。生きている者が残していったものが、怖いんです。何だと思いますか。恨み。苦痛。絶望。そういうものでしょうか。何に、恨みを残しているのでしょうか。わかりません。だから怖いんです。実体を知ることができませんから。自分がなぜ恨むようになったかさえ、忘れてしまった存在。そのせいで、ただもう恨みしか記憶していない存在。どれほど消しても、消えない存在。私はここに来てから、一つの物語を聞きました。ヨンジュが教えてくれました。あなたたちの国に伝わる物語です。姉妹がいたのでしょう? 美しい姉妹ですよね。継母が、その姉妹を次々と殺しました。それで姉妹は恨みを抱きました。村の守令《スリョン》(朝鮮王朝時代の地方官)が赴任してくると、毎晩そのもとに現れました。ですが、守令たちはその恨みに打ち克つことができませんでした。姉妹と会ったら最後、かれらの心臓は、そのまま固まってしまったのです。そうやって、人が死んでいきました。一人、二人、三人、四人……そのうちに強い心臓の持ち主が守令としてやってきました。彼は姉妹の話に耳を傾けました。そして恨みを晴らしてやりました。継母を捕まえて、罰を与えたのですね。私はその話を聞いてゾッとしました。どうしてかって? これは、恨みが晴れるまで人を殺し、さらに殺し、ずっと殺しが続いていくという物語だからです。* 恨みはそういうものですよね。晴らされるまで、晴れない心。昨夜私は、その恨みを感じたのです。聞いてください。ネズミは、床下に閉じ込められているようでした。部屋に出てくることはなさそうだと思いました。なのでそのまま眠ろうとしました。目をつむった瞬間、音が大きくなりました。正確に言うと……音が、増えました。一匹ではなく何匹ものようでした。汚らしいネズミの群れが、チューチュー言いながら騒いでいるのです。私はまた目を開けました。音が止まりました。そんなことが繰り返されました。目を閉じれば騒がしくなって、開けると静まる。結局私は起き上がって、床に降りました。両手両膝を床についてベッドの下を覗き込みました。何の音もしませんでした。ベッドの下には何も、いませんでした。私は溜息をついてまたベッドに横になりました。ところがその瞬間、部屋の床全体が騒がしく鳴り始めたのです。ようやく気づきました。今までの悪夢は、すべて夢ではなかったのだと。私は取り残されたものたちの中に、いました。そこに放りこまれたのです。そう気づいたとたんに感じました。この建物が深い悪意を抱いていることを、です。この建物は、望みのものを手に入れるまで、決してあきらめないでしょう。でもそれは何でしょうか？　私たちに、それがわかるでしょうか？　恨みを晴らしてやることが、できるでしょうか？　ヨンヒョン、あなたはどうです？　この恨みを感じますか？」

　何と返事をしたらいいかわからなかった。あたしはどうかって？　夜に騒々しい音が聞こえるかって？　何かを感じるかって？　もしかしたら、これって冗談なんだろうか。もしかしてヨンジュがあたしをからかおうと、妙な作り話を勝手に吹き込んだんじゃないだろうか。ヨンジュをチラッと窺った。彼女は、これ以上ないくらい真剣な表情でシャーリイを見つめていた。あたしはシャーリイに視線を向けた。小さな声で、でもはっきりと答えた。

「あたしは……あたしには、そんなこと、起きてません」

　ヨンジュがあたしの言葉をシャーリイに伝えた。

＊『薔花紅蓮伝《チャンファホンニョンジョン》』を指す。朝鮮王朝十七代の孝宗の時代に、実際にあった出来事をもとに作品化され、十九世紀に古典的怪談として定着した。

その瞬間だった。

階下でガシャンと窓が割れる音がした。みんな驚いて立ち上がった。奇声と一緒に叫び声が聞こえた。続いてまた、耳をつんざくような音がした。ずっと窓が割られていた。耳の中を引っ掻くような騒音がえんえん続いた。やまなかった。耳を塞いだ。それでも音は続いた。だんだんに大きくなってきた。あたしは後ずさりした。ヨンジュの肩にあたしの背中がぶつかった。今度も、彼女は震えていた。階段がドンドンと鳴り始めた。響きは次第に近づいてきた。ああ、それはあたしたちがいるホールへと、あたしたちへと、一目散に近づいていた。響きはさらに強くなった。建物全体が騒然と揺れ始めた。あたしは急いでヨンジュの手を強く握った。

誰かがホールに飛び込んできた。

3

ちくしょう。ルェ・イハンだった。彼が、囁くような声であたしたちに訊いた。

「みんな、大丈夫でしたか?」

あたしは全身から力が抜けてその場にへたりこんだ。ルェ・イハンはまっすぐ窓に駆け寄るとカーテンを閉めた。続けて、また窓が割れる音がした。ルェ・イハンが言った。
「あの人たちが、来てるんです」
慌ててヨンジュがシャーリイに何かを説明した。状況を伝えてるんだろう。あの人たち。あたしらを嫌う人たち。いや、この大仏ホテルと中華楼を嫌い、憎悪する人たち。あの人たちが押しかけてきたと。実は、あたしがこんな目に遭うのは初めてだった。ヨンジュは二度目だと言った。ルェ・イハンは数えきれないほどだろう。そう。もう一九五五年だっていうのに、中国人の店に石を投げつける韓国人はいまだにいた。よそ者扱いして怒りを向ける人たちが、相変わらず存在した。その人たちはテーブルやドアを破壊した。従業員たちを殴って、口汚い言葉で罵った。警察はそういう事件にさして関心がなかった。だから、その人たちが自分から悪さをやめるまで、身を隠して待つ以外にこれといった方法はなかった。特に今日のように、建物がガラガラでたった四人しかいないこんな日は、ますますおとなしくしていなければいけなかった。つまり、あの人たちがさんざん腹いせをして去っていくまで。汚らしい中国野郎め。中国野郎と通じたヤツらめ。オマエらが、俺らの居場所を奪ってるんだ。汚い、狡賢《ずるがしこ》いヤツらめ。

時間が経った。

さらに経った。

静かになった。

ヨンジュの低い声が沈黙を破った。

「今日は、窓だけ壊して行っちゃったみたい。建物に押しかけるつもりはなかったようね」

でも、誰に向けた言葉かわからなかった。あたし？　ルェ・イハン？　それともシャーリイ？　ヨンジュはホールの床に膝を抱えて座っていた。あたしはシャーリイに目をやった。眼鏡をかけた青白い顔が、血の気を失ってますます白く見えた。ヨンジュはちゃんと説明したんだよね？　まさか、これも妙な夢だの、この建物のおかしな仕業だのという話を真に受けてないよね。そしてふと気になった。いったいこの女はなぜ、ここから去らないんだろう。あんなふうに青ざめながら、なぜ毎朝、ここで目を覚ましているんだろう？


だったらチ・ヨンヒョン、あんたはなんでここにいるの？


手の平でごしごしと顔を擦った。突然なぜそんなことを思ったのかわからなかった。自分が自分でない気がした。やっぱり、ナラヅケを作っていて酔っぱらったんだろうか。早くこの夕食が終わってほしかった。

しばらくして、ルェ・イハンが注意深く腰を上げた。廊下に置いてあったモップの柄をそっと握って、階段の前に場所を移し、かがみこんだ。誰かが上がってきたら、そのまま突き飛ばしてしまおうという体勢だった。そう。あの階段ではみんな、どうしようもないから。さらにどれくらい時間が経っただろう。あたしたちはずっと黙っていた。ここにいないみたいに。いるのに、いないみたいに。

すっかり夜だった。お互いの顔がよく見えなかった。

そのあたりになって、ようやくルェ・イハンが立ち上がった。彼はぶっきらぼうに言った。

「もう平気でしょう。食事を続けてください」

すると、ヨンジュが立ち上がってテーブルに置かれていた蠟燭に火を灯した。質素な食卓が目に入った。テーブルを見下ろしていたルェ・イハンがとまどったそぶりを見せたかと思うと、ちょっと待ってて、と言い残して下の階に下りて行った。まもなく、香ばしいにおいが三階まで漂ってきた。温かくて柔らかな何かに、ゆっくりと火が通っていくにおい。

三階に戻ってきた彼の手にはお盆が握られ、そこには中華風のホットクがうず高く乗っていた。丸くふくらんだそのホットクに、あたしは唾をのんだ。シャーリイが髪をいじりながら何か低い声で言った。声に笑いがにじんでいた。ヨンジュが、シャーリイの言葉をルェ・イハンに伝えた。

「ここに残って。一緒に食べましょう」

あたしの向かいにルェ・イハンが座った。四人がテーブルを囲むかたちになった。温かなホットクを齧り、ほおばった。砂糖とパンがいっしょくたになって、口の中で甘くつぶれた。ナラヅケを一切れつまんでかじった。シャーリイが、自分の酒をあたしに注いでくれた。アメリカ製だからか、カッと体が火照る強い酒だった。すぐにいい気分になった。あたしはわけもなく笑い、さらに何度かシャーリイに注いでもらって酒を飲んだ。窓が割られていたのは本当に短い時間だったのに、ものすごく長い、永遠の歳月を過ごしたような気分だった。ああ、よかった。よかったよ。あたしは目をつむった。

「あっ」

シャーリイの声に顔を上げた。ルエ・イハンとヨンジュ、シャーリイ、みんなが窓の外を眺めていた。それにしてもどういうことだろう？　これは夢だろうか、現実だろうか。窓の向こうに、大きな太陽が昇っていた。あたしたちを明るく照らしていた。体をじんわり温めてくれた。ホールが光でいっぱいになった。ルエ・イハン、ヨンジュ、シャーリイの顔がはっきりと見えた。あたしたちは一緒にその太陽を身じろぎもせずに見つめながら、一言も話さなかった。静かで、平和で、そのまま時が止まってしまったみたいだった。誰かの声がした。「ずっと、こうやって暮らせたらいいな」。誰かが答えた。「そんなふうに暮らすことになるよ、永遠に」あたしはほほえんだ。何度か瞬きを繰り返した。シャーリイの言葉は当たっていた。これは夢じゃなかった。夢のはずがなかった。

あたしはまた、目を閉じた。

＊

小説を書いているのです。三年ほど経つかしら。十九世紀の心霊研究家たちが、ある幽霊屋敷を借り受けたのだそうです。そして、そこでの体験を元に本を書きました。私はその本を読んで興奮しました。何かが、頭の中を引っ掻いていった気がしました。この話を小説にしなければと思いました。そのためには幽霊屋敷が必要でした。想像の領域で繰り広げられる奇怪な悪夢ではなくて、指に伝わる恐怖の体温を感じ取れるくらいの本物が、必要だったわけです。

私は、インスピレーションを与えてくれるような幽霊屋敷をずっと探し回りました。ありませんでした。いくら探しても、なかった。夫はずっと手伝ってくれていました。評論家であり、編集者でもある彼は、常に私の作業に協力的です。素晴らしい芸術作品を見抜く審美眼を持っていますし、ええ、私のことを尊敬していると口にします。私がいい作品を書けるのなら、どんなことだってする人です。それは、私のために稼いでくるとか、家事や育児を担当するとか、そういうつまらないことを意味しているのではありません。彼はもっと偉大なやり方で、私に献身しています。

彼は、私が無限の経験を積んで、感情的な限界を突破できるよう、手助けしているのです。私の物語は人間の陰険な感情から始まっていて、だから私は、そういう状況を理解していなければ書けないわけです。普通の精神では耐えられないことです。彼はそう言います。だから、私たちは毎日酒を飲みます。煙草を吸って、薬を飲みます。彼に言わせれば、そういうものが私を解放させてくれるのだそうです。だから私は、彼が他の女と会っていても我慢します。いいえ。たまには我慢できないこともあります。でも、彼を失望させるとわかっているから、感情をそのまま表に出すことはありません。それがどういうことか、私にはわかっています。そういう生き方が何を意味するか、ちゃんとわかっていますとも！　ただ、その話は重要なことではないでしょう。

重要ではありません。

重要なのは、私が幽霊屋敷を探し回っていたということです。そうしてついに見つけました。それは、カリフォルニアのある町に存在していました。あの、身の毛もよだつほどの建物！　全体が焼きただれて、骨組みだけが残っていました。その建物は驚くことに、まるで私に話しかけてくるようでした。恐ろしい物語を聞かされているみたいでした。私はすぐに、かつてカリフォルニアに住んでいたことのある母に手紙を書きました。ああ、母さん、愛する私の母さん。彼女は私を愛して、憎んで、失望して、嫉妬します。彼女は私が太っているから、きれいじゃないから、愛される読みものではなく陰惨で不気味な物語を書いているから、絶対に幸せにはなれないのだと言います。お前はすべてが過剰だ。中途半端だ。お前は何者でもない。どうしたらお前は、そのことに気づくんだろう。お前に、その真実を教えてやりたいもんだ。バカみたいに哀れな、わたしの娘。夫を信じるなんて愚かなことなのに、なぜずっとそんなふうに暮らしていられるのか。彼はお前を愛しちゃいないんだ。

お前を愛しているのは、ただもう、わたしだけ。わたししかいないんだ。

ひょっとしたら、結局私は、ずっと母に認められようとして、あれほどたくさん多くの文章を書いていたのかもしれません。母は私を愛してくれる唯一の人だから、どんな怒りも表に出すことができませんでした。もし私が怒りを爆発させたら、母は落胆し、裏切られたという思いに歯噛みするでしょう。彼女が真実に気づくことは、おそらくありません。娘のために、いつも最善を尽くしてきたと思っていますから。そうです。私は、そのことが怖かったんだと思います。結局彼女を失望させてしまいそうで、躊躇していたんです。ひょっとしたら、それで私は、恐怖を作り出す人間になったのかもしれません。

私は母に助力を求めました。あの建物の由来や噂、もともとの用途、作った人を教えてほしいと。思った通り、母からは、私が長い間連絡しなかったことへの非難でいっぱいの返信が届きました。建物のことはさして教えてくれませんでした。彼女は書いていました。

「直接行って調べればいいじゃないの、シャーリイ」

それを見て、母はその建物にあまり詳しくないのだとわかりました。知っていたら、偉そうな態度で私に言っていたはずです。そんなことも知らないなんて、作家の風上にも置けない！　繊細さがない！　観察力が足りない！　実際、手紙にはそんな言葉が書かれていた部分もありました。その建物を作った人間が、他でもない私の曾祖父だったというのです。

「なんてこと、シャーリイ。それも知らなかったの？

お前のひいおじいさんがあの建物を作った理由も、知らないのだろうね。ひいおじいさんは世界を周遊し、旅先で得た霊感をもとに、風変わりな建物を作っていた。そしてあの建物は、他のどこでも体験できないような奇妙な出来事を土台に作られた。チョウセンと呼ばれていた、日本の植民地の国の小さな港町に行ったときのこと。あるホテルで過ごした一夜がどれほど不気味だったか、まんじりともせずに夜を明かして、空が明るくなるとすぐに牛車だか馬車だかを呼んで、首都に向かったそうだ。お前のひいおじいさんは言っていた。あそこには悪魔がいたとね。お前は東洋について何も知らないから、その体験がどんなものか、理解できないだろう」

悪に満ちた建物とは……おかげで、小説を書くための準備は十分整いました。裏切りと憎しみ、嫉妬と失望、その感情がもつれあって、私を内側から揺さぶりました。あとは最初の一行を書くだけでした。古い屋敷にまつわる物語にするつもりでした。そうです！　その屋敷の超自然的な現象に興味を抱いたある博士が、人々を呼び集めて何が起きるかを観察する、そんな物語を書くつもりだったんです。お気づきでしょう。博士こそ私です。物語を作る人間です。その人物は一計を案じて人物を配置し、かれらがどう動くかを見守るつもりでした。私と同じようにまがい物を作る人間であり、まがい物が感じる本物の感情に夢中なのです。

その時、夫が言いました。

「少なくとも東洋のそのホテルを、直接見るべきじゃないのか？」

私は拒みました。この資料だけで十分だし、すでに頭の中で構想はすべて出来上がっていましたから。すると、夫は失望したようでした。私が安易な態度で作品を構想していると思ったようでした。わかりません。本当に彼は、そう考えていたのでしょうか。だから私が、そう受け取ったのでしょうか。それとも、知らないうちに私が、そう思いこんでしまったのでしょうか。とにかく、そのせいで自信がなくなって、結局ここにやって来ました。外観は見栄えがしないし、胸が悪くなるようなにおいがぷんぷん立ち込めた所へ、です。私は霊感よりも苛立ちや疲労を感じました。何も、どんなものも、感じることができませんでした。しかし彼は言いました。

「とてもいい所だな。ここで、もう何か月か過ごしてみたまえ。そもそもここで小説を書いたらどうだ?」

拒みました。私たちは一晩中、声を荒げて互いを非難し、物を投げ合いました。私はここが嫌でした。こんな場所で霊感が湧くと思っている夫が嫌でした。呆れました。そんなふうに小説の霊感が訪れると思うだなんて。それは、私への冒瀆《ぼうとく》でした。でも、私が負けました。彼はいつだって、私が追いつけない言葉を口にします。私が同意できないと言えば、そういう考えがよくないと言い返します。怠惰だと言います。ひょっとすると私は、母と似たことを言う人と、めぐりあったのかもしれません。

私は歯ぎしりしながら答えました。

「ええ、一番恐ろしくて、身の毛もよだつような話を書いてやる。その代わりここから消えて。一人にして」

彼は怒りました。保護者としての自分を無視していると言いました。保護者? 保護? 誰が、誰を保護しているというの? 私も怒りました。そしてついに勝利しました。彼は私を残して立ち去りました。ええ。これは勝利です。でも……何も起きませんでした。何ひとつ。ああ、この場所は何者でもありません。単に古くて汚らしい、今にも崩れそうな建物でしかありません。狂ったようにメモを書いて物語を作りましたが、何も出てきませんでした。そんなある日、窓越しに海が見えたのです。この海は太平洋ですね。私が見て育ったのは大西洋です。別の海に来たのに、私の日常は何も変わっていませんでした。

そこで、はっきりわかったのです。

生きていて、あれほど心が研ぎ澄まされた瞬間はありませんでした。私は気づきました。夫なしで生きていけることに。母なしでも十分に幸せだったことに！　私は一人でいられます。一人で笑うことができます！　すぐに荷物をまとめました。彼と別れ、母とも縁を切らなければと思いました。すべての可能性がいっぺんに開けたような感覚でした。もうそれ以上、ここに留まる必要はなかったのです。帰り支度を整えて部屋のドアを開けました。その時、あの音がしました。ネズミが何かを齧っているような、建物が崩れかかっているような音。

そして、ある感情が伝わってくるのを感じました。自分がたった今吐き出した憎しみや恨みが、そのまま返ってきました。まるで自分が、その姿の出現を望んでいたかのように。それは私に囁くことまでしました。よく聞け、ちゃんと聞け、こういうのが聞きたかったんだろ？　こういうのを望んでたんだろ？　こういうので、自分の文章を完成させようと思ったんだろ？　わからないか？　こういう声がなければ、オマエは何者でもない。何も書けない。これが、オマエを作家たらしめているというわけだ。だからオマエは、ここから絶対に出られない。ここに籠って、せいぜいそのまがい物を書き殴るんだな！　悪意を感じました。外に出ようとすればするほど、その感情はますます濃くなって、私を押さえつけました。到底、ここから出て行くことはできませんでした。
以前は確信がありました。私は、ある場所の雰囲気を読み取れる人間だと。それを読み取って、それによって何かを作り出しているのだと。でも、ここには本物がいます。ここで何かを作り出せるのは、私ではありません。別の存在です。それが私を、作り出しています。
あなたたちは、本物ですか？

……これは、夢だろうか。

あるいは、現実だろうか。

あたしは正気を保とうと努力した。ずっと瞬きを繰り返していた。今あたしは、何の話を聞かされてるんだろう？　いつ始まったんだっけ？　相変わらず他の人たちと一緒にテーブルにいた。なのに全身が火照っていた。まるでシャーリイの話を直接聞き取っているような気分だった。でもそんなはずはない。酔っぱらったんだろうか。そう、あたしは酔っぱらった。だからこんな話が聞こえてくるのか。それとも……あたしは狂ったんだろうか？　いや。それはない。狂ってるのはあたしじゃない。あの人だ。この見知らぬ土地にやってきて、でたらめな妄想にはまり込んでしまっているあの女だ！
蠟燭の火が激しく揺らめいた。ヨンジュはほとんどまともに息継ぎもできない状態でシャーリイの言葉を伝え、ルェ・イハンはショックを受けたような顔で座っていた。あたしは正気を保とうと努力した。みんなどうしたっていうの。こんなめちゃくちゃな話を聞いてるのに、みんな、どうしてこんなに真剣なの？　手のひらで顔をごしごし擦った。何度も擦った。少しずつ頭が冴えてくる気がした。

あたしはヨンジュに目配せをした。シャーリイとは適当に話を合わせて、早く席を立とうと伝えるためだった。なのにヨンジュは妙だった。シャーリイの話に、完全に入り込んでいた。

いったい、なんで？

ヨンジュがつぶやいた。

「どうしてこんなことが……どうして、こんなことがあるの」

すると、ルェ・イハンが待っていたかのように口を開いた。

「そうだよな」

シャーリイが緊張した面持ちで二人を交互に見つめた。あたしは何も言えなかった。どれくらい経っただろう。ヨンジュが顔を上げた。彼女はまず韓国語で言った。そして、すぐさまシャーリイに通訳した。

「この屋敷は変なんです。私も知っています」

あたしは、なんだか割って入らなければならない気がした。できるだけさりげなく口を挟んだ。

「ああ……そりゃあそうだよね。古くからある建物だから」

ヨンジュが激しく首を横に振った。

「そういうことじゃない」

まっすぐにあたしを見つめて付け加えた。

「私の目の前に、女の人が、ずっといるの」

当たり前じゃないかと言いそうになった。あたしとヨンジュ、そしてシャーリイまで、ここ三階は、みんな女ばかりだった。同時に、甕置き場の向こうを見ながらさかんに怯えていたヨンジュの姿を思い出した。ひょっとしてここに、あたしの知らない誰かが住んでるわけ？　その人が中華楼を徘徊して、人々に意地悪をしているのか。だけど……なぜあたしのところには来ないんだろう？

あたしは訊いた。

「それって誰？」

「わからない。ずっとあたしにつきまとってる」

ヨンジュは震える声で続けた。

「外国人なの。長いスカートをはいていて、髪がとても豊かで、背が高い。それに私は、その女の人の名前を知ってる」

そうして、あることを口にするかしまいか、もじもじとためらっていた。なぜ迷うのかと訊くと、ヨンジュは胸に手を当てて言った。

「その女の人は、幽霊だから。おばけってこと」

あたしは吹き出しそうになった。冗談でしょ？　これ、全部冗談だよね？　ついさっきまであたしたちはナラヅケを漬けていた。窓を割る人たちを逃れてホールに集まっていた。ホットクを分けあって食べ、酒を飲んだ。あたしは、明日は布団を洗わなければと思った。そして、その次の日のことを考えた。さらに次の次の日のことを考えた。代わり映えのしない毎日。いつもヨンジュがいて、だから常にヨンジュの仕事を手伝うあたし。あたしは、チャオが建物を他人の手に渡そうとしていることを、さほど心配してはいなかった。どうせ誰もこの建物を救えはしないだろう。また宿に使われるとか、飲食店になるとかするんだろう。もうちょっとしたら、またヨンジュに言ってみるつもりだった。

あのさ。あたしたち、ずっと、こんなふうに暮らさない？　どこかで下宿屋を始めるとか、旅館をやるとかして、そんなふうに暮らしてみない？　あたしたち、一緒に、安心して暮らさない？

ルェ・イハンが口をはさんだ。

「何を言ってるか、わかる気がする」

あたしはあわてて彼のほうに顔を向けた。

「子どもの頃からそうだった。ここに出入りするようになってすぐに。ここにはいつも、おれたち以外の誰かがいる気がした。いや、ときどきこの建物自体が人みたいに感じられることもある。この建物は、恨みを呼び寄せるらしい。人の恨みを、憎しみを、しょっちゅう呑み込んでいるような。裏切りあうのをけしかけるような。眠ろうとすると、たまにそんな声が聞こえる。『誰の勝手でここに横になっている？　オマエみたいなヤツが何様のつもりで、ここで足を伸ばして寝てる？　引きずり出してやる。餌食にしてやる。どーれ、お手並み拝見だ。全部見てるからな』あいつらは、ずっとおれを指さして罵倒する。耳を塞ぎたくたって塞げないんだ。塞いでも、全部聞こえるから。実際おれは、その声が聴きたくなる。聴くべきだという気がする。そういう気になる。いつも。いつでも。奴らがおれをどう言っているか、とても無視することはできない。結局おれはその声にまみれる。声はまた別の声になって押し寄せて、おれは、だんだんかすんでくる。消されてしまうんだ」

ヨンジュを介してルェ・イハンの言葉を聞いたシャーリイの目は、恐怖に満ちていた。

なんで？

なんで、みんなそうなのさ？

……なんで、あたしのところには姿を見せないの？


あたしたちはみんなここに集まっていたが、あたしだけが一人で座っていた。しばらくするとヨンジュがあたしに言った。

「その女の人は、私がここから出ていくのを嫌がってるの。シャーリイと同じ。私がここで、一緒にいることを求めてる」

その瞬間、思わず言葉が出ていた。

「永遠に？」

ヨンジュは、ぎくりとした様子であたしを見て答えた。

「うん。永遠に」

あたしはヨンジュから目をそらした。そして訊いた。

「その女の人、名前はなんていうの？」

ヨンジュはあたしを見ていなかった。シャーリイ・ジャクスンを見ながら返事をした。


「エミリー・ブロンテ」

4

初雪が降った。まだ十一月の初めだから、少し早い気がした。はらはら舞っていた雪のかけらは、午後になってだんだん大きくなった。ぼたん雪に変わって、地面に積もり始めた。あたしは、廊下の掃除は途中のまま、箒《ほうき》を持って外へ出た。厨房の店員たちが、凍りつく前に建物の前を雪かきしなきゃ、と急かしたからだ。そのくせ、いざやる人間はというと、あたしを除いて二、三人きりだった。ルエ・イハンはいなかった。厨房で在庫品の整理をしなきゃいけないと言っていた。だろうね、幽霊が取り憑きたくなるくらい特別なお方だから、雪かきなんて、やってられないんだろうさ。心の中で毒づいたものの、気持ちは晴れなかった。あたしは箒に八つ当たりするみたいにやたらに地面を掃いた。中華楼の正面玄関から入口前の階段、そして、階段から町の中心に続く路地まで、くまなく掃いた。雪は降り続いた。手が真っ赤にかじかんだ。袖で鼻をこすった。そんなふうにしばらく地面を掃いてから、ようやく腰を伸ばした。

ふう。

空気中にあたたかい息が広がった。雪には海風の塩辛いにおいが混じっていた。あたしはもう一度鼻をこすった。寒かった。その時、きれいに掃き上げられた道の向こうから、見慣れた顔が来るのが見えた。シャーリイとヨンジュだった。あたしは目を伏せた。二人を見なかったふりをして、また路上の雪を掃き始めた。二人もやはりあたしのことが見えなかったのか、特に挨拶したくなかったのかはわからない。そっとやってきて、あたしに何の言葉もかけないまま、建物の中へ入っていった。あたしは掃き掃除をやめた。

二日前、シャーリイと散歩に出かけると言って髪をブラッシングしていたヨンジュに、あたしは嫌味を言った。

「例の幽霊って、お出かけにはずいぶんと心が広いみたいだね」

ヨンジュは鏡越しにあたしを見つめた。怒ってはいなかった。何の感情もこもらない声で、こう言っただけだ。

「ヨンヒョン、あんたにはわからないのよ」

それから今まで、ずっとあたしに話しかけてこなかった。理解できなかった。エミリー・ブロンテという名前が出てから、ヨンジュの日常は完全に変わった。

ヨンジュは、日がな一日シャーリイと話しこんでいた。朝、目が覚めるとすぐにシャーリイの部屋へ行って一緒に食事をとり、散歩に出かけ、戻るとまた夜まで話した。ヨンジュがそんなふうにしているあいだ、あたしたちが一緒にしていたこと、一緒におかずを作って、建物を掃除して、眠る直前まで冗談を言い合ってということは、すべて後回しにされるか、なくなってしまった。あたしは一人で仕事をこなすのが少し悔しかったけど、それをどうヨンジュに伝えたらいいかわからなかった。確かに一緒に働いてはいたが、厳密に言えば彼女はあたしの雇い主だった。もしこの状況が不満だと伝えたら？　そうしてヨンジュがあたしに、大仏ホテルから出ていってくれと言ったら？　もちろんヨンジュはそこまではしないだろう。おそらく受け入れてくれるはずだ。給金を上げてやろうと言うかもしれない。私たちが一緒にしていた作業を、もう一人でやってほしいと言うかもしれない。でもあたしが望んでいるのはそんなことではなかった。早くすべてが元通りになってほしかった。だけど、本当にあたしが望んでいるのはそれだけなんだろうか？　たまにそんな疑問がわいた。あたしがどう思っていようが、ヨンジュには一切関心のないことだった。

ヨンジュの関心は、もっぱら「エミリー・ブロンテ」だけに向いていた。

毎日、シャーリイと彼女について話した。ヨンジュは、まったく知らなかったと言った。エミリー・ブロンテが大昔にイギリスに住んでいた、有名な小説家だったことを。彼女の作品『ワザリング・ハイツ』も読んだことがないと言った。シャーリイはそのことに非常に興味を持った。なぜ、どうして、エミリー・ブロンテがヨンジュの前に姿を現したのか。シャーリイはヨンジュが感じとるものに関心を引かれた。そして、ひょっとしたら自分がこのホテルに来たのは、偶然ではないのかもしれないと考えた。この悪意を経験することは、運命だったのかもしれないと。彼女はあらゆることを振り返ってみた。曾祖父の世界周遊や母への感情、夫との諍い、今まで読んだすべての本、今後自分が読むことになる本。そして、書くことになる物語。この場所には、ある「秘密」が存在した。彼女が知るべき物語。とても先が気になって仕方のない物語。シャーリイは、その秘密に通じる鍵をヨンジュの中に見つけられるはずだと考えた。だから、一日中ヨンジュの話を聴いた。このホテルで命を落とした人々、つまり、首の骨を折った人々の話を聴いた。彼女がときどき見かけているエミリー・ブロンテの容姿についても聴いた。さらに聴きたがった。時にはルェ・イハンを呼んだ。そういう日、シャーリイの部屋はとても賑やかだった。夜通し騒ぐ三人の声が、ホテルにしばらく響き渡っていた。

冷気を振り払って建物の中に入った。あんまり長い間寒い場所にいた後で、暖かいところに来たせいだろうか。手が痛かった。ちぢこまっていた皮膚がふくれ上がる感じがした。あたしは繰り返し手を握ったり開いたりした。両手をこすり合わせながら階段を上がった。他の時だったら、厨房に寄って少し体を温めていたと思う。でも、ルェ・イハンと顔を合わせるのが嫌で我慢した。

どいつもこいつも、おんなじ。

廊下に戻ってみると、雑巾とバケツは一時間前のままだった。どこへ行ったのか、ヨンジュとシャーリイの姿はなかった。ルェ・イハンのところに行ったんだろうか。あたしは、暖かい厨房に充満したほんわかした空気を思い浮かべた。あの中にいたかった。でも、大急ぎでそんな気持ちを振り払って、雑巾を洗うことにした。いっときあたたまった手が、再び冷たく凍りついた。使い古しの雑巾はざらざらして湿っていた。周りはしんとしていた。あたしは独り言のように呼んでみた。

「エミリー・ブロンテ?」

本当に小声で言っただけなのに、声はこだまのように返ってきた。フッと笑いが漏れた。その女、幽霊、おばけ、謎の存在、誰かを縛りつけておきたがる人。彼女はいったい何者なんだろう。雑巾をバケツから引きあげて絞った。水滴が少し顔に飛んだ。あたしは雑巾とバケツを両手に持って立ち上がった。その時、階段のあたりからカサカサと音がした。何とも言えない、耳の奥を不愉快に引っ掻く、低い騒音だった。空気が凍りつくのを感じた。うなじに冷たいものが走り、背筋がガチガチに固まった。音は、階段の下のあたりからとてもゆっくりと、這い上がるように近づいてきた。息を止めた。音がさらに大きくなった。

まさか?

雑巾とバケツを慎重に床に下ろした。強張って冷えきった両手で肩を抱いた。あたしは、おそるおそる問いかけた。

「エミリー・ブロンテ、あなたですか?」

すると、音はすばやくこちらに向かってきた。今にもあたしに食らいつきそうだった。あたしはその場に立ち尽くした。でも、あたしのところまで来なかった。音は廊下の隅でピタリと止まってしまった。急いでその場所に走った。壁の下のほうに、小さな穴が開いていた。ネズミの齧った跡があった。あたしは目を背けた。窓の外では雪が降り続いていた。

*

明け方近く、ヨンジュが部屋に戻ってきた。彼女からはかすかに酒のにおいがした。上機嫌らしかった。寝たふりをしようとしたのに、ヨンジュが笑い混じりの声を出してあたしの肩を揺さぶった。

「ヨンヒョンってば、寝てないことはわかってるんだから。早く起きて」

それを聞いて心が弱くなった。あたしは身を起こした。ヨンジュが蠟燭を灯した。部屋の中が明るくなって、同時に影ができた。蠟燭の火が揺らめいた。ヨンジュが言った。

「今日、散歩してたらね、あんたのおばさんに会ったの。あんたはどうしてるかって訊かれてね」

「……そう」

「うん。いろんな話を聞かせてくれたし」

「どんな話?」

「あっ……まあ、それほど大した話じゃなかったの。ただ、あんたが元気か気にしてた」

よく聞きとれなかった。明らかに酔っていた。その姿が、シャーリイを思わせた。そういえば、ヨンジュのヘアスタイルはシャーリイに似ていた。どう言ったらいいかわからない、独特のかたちに結い上げられて、うねった髪の毛。

あたしは壁に背中をもたれかけた。ヨンジュはそれ以上何も言わなかった。ここであたしが黙り込めば、会話は完全に終わりそうだった。あたしは天井を仰いだ。光と影が一緒に見えた。

「ヨンジュ」

「うん?」

「ワザリング・ハイツって、どういう意味?」

彼女が低い声で答えた。

「嵐が吹く丘、ちがうな、嵐が丘」

「そうなんだ?」

「うん」

「どういう話なの?」

「あたしもよくわからない。読んでないから。シャーリイから聞いただけ」

「シャーリイは、何て言ってた?」

彼女は言った。『ワザリング・ハイツ』は、選ばれなかったと思いこんだ男が、女とその家族に復讐を果たす物語だと。あまりに恐ろしい内容だと、ヨンジュは身震いした。男が女の家族を苦しめるやり方が凄まじいと言った。彼は、女の子どもはもちろん、自分の子どもまで苦しめる。ものすごい恨みだった。だがもっと恐ろしいのは、彼が、恨むこと自体を自分の人生と考えている点だった。ヨンジュが言った。

「あまりにも残忍な気持ちよね。愛する人が不幸になればいいって願うのは」

そして付け加えた。

「あたしはそんな怖い話、初めてだった」

「そう?」

一瞬あたしは、月尾島のことを思い出した。去った場所。二度と戻らないと心に決めた場所。爆撃があった後、村の人たちは思いきり泣くことさえできなかった。あたしも同じだった。斧を持って暴れ回っている男のせいだった。一九五〇年六月、戦争が始まってすぐに、村には左翼の青年団ができた。父さんは、かれらを乗せるトラックを運転した。青年団が決心したことの手伝いをするためだった。かれらが最初にすべきと考えたこと。正義とされたこと。

かれらは、村の警察官を殺した。

斧を持った男は、警察官の弟だった。あたしの両親と両親の兄弟、男の両親と男の兄弟姉妹は、みんな一緒に大きくなって、祖先を同じ場所に埋葬していた。たまに誰が誰の家族だか見分けがつかないこともあった。村全体が一つの家族と変わらなかった。とても長いあいだ、そう信じて暮らしていた。でも、そうじゃなかったらしい。だよね……家族こそ、お互いへの怒りを一番募らせているんだから。刃物を向けることくらい、どこが難しいだろうか。簡単だったろう。いくらでも殺せただろう。

九月十日、爆撃があった。青年団の半分以上が死んだ。警察官の弟が斧を手にとった。世の中が再び引っくり返りつつあることに気がついたからだ。同時に、それは怒りを晴らすためでもあった。彼の家族も、やっぱり爆撃によってみんな死んでいた。年若い妻、一歳になったばかりの息子が無念の死を遂げ犠牲になった。アメリカ軍が落とした爆弾で、バラバラに吹っ飛ばされた。彼は叫んだ。これは全部、おまえらアカ野郎どもがのさばったせいだ。兄貴の仇を討ってやる。俺の家族の恨みを晴らしてやる。皆殺しにしてやる。どうしておまえらは、死なずに生きてやがる！　なぜお前らだけ生きてやがる！　彼は斧を振り回した。家々の表札に斧を突き立てた。生き残った青年団のうち二人を殺した。そして五日後、アメリカ軍が仁川に上陸した。彼は、青年団の家族を軍に引き渡した。彼はひどかった。本当にひどかった。どうしたらあんなふうに、執拗になれたんだろう。どうしたらあんなふうに、すべてを見抜くことができたんだろう。彼は、身を隠している青年団に一握りの米をやった村人が誰かさえ、突き止めていた。徹底的に洗い出した。おまけに、港のそばへ家を移した。船で逃げようとするアカ野郎どもを捕まえるためだった。月尾島を離れるには、彼の前を通らなければいけなかった。

ふるさとを去った夜更け、あたしは、彼の家の前を四つん這いでじりじりと進んだ。震えていた。両親はすでにこの世にいなかった。隣の一家までもが死んでいた。でも、あたしは生きていた。ここにいた。だからといって、ずっといるわけにはいかなかった。附逆者の子どもだから。仇の娘だから。生きていても、ふつうに生きているのとは違った。こんなふうに生きていくわけにはいかなかった。だから、彼の家の前を通り過ぎなければならなかった。どうせ死ぬなら、少なくともこの島を出て死にたかった。あたしは怖かった。斧を持った男。彼はあたしを知ってるだろうか？　知ってるはずだ。彼は、あたしの成長をこれまで見守っていたんだから。そして彼は、すべてお見通しなんだから。いつでも、なんでも、知ってたんだから。うちの両親についてだって、おじさんについてだって、全部知ってるだろう。あたしは泥棒猫みたいにこっそりと、這うようにして彼の家の前を通り過ぎた。息を止めた。背中に冷や汗が流れた。あと少し、というところで、背後から彼の声がした。

「おい」

彼が、煙草を咥えて道の真ん中に立っていた。額の大きな傷痕が目に入った。人ともみ合っているうちに、逆に斧が当たってできた傷だった。彼があたしを睨みつけていた。お漏らししそうだった。彼は情け容赦なかった。どんなに人を殺し、告発しても、彼の恨みは収まらなかった。恨みそのものとして存在するかのようだった。遠くもなければ近くもないところであたしをねめつけながら、彼はひどくゆっくりと煙草をくゆらせた。明らかに、あたしのことを覚えていた。覚えていないはずがあるだろうか。彼はうちの両親と気の置けない仲で、おじいさんの還暦祝いに遊びに来て、息子が生まれた時は村じゅうに餅を配って回っていた。なのに、彼の兄は死んだ。妻も死んだ。息子も死んだ。彼は助かった。本当に、そうなんだろうか？　生きているのだろうか？　彼は生きながら、すでに死者だった。あたしはそれを理解した。あたしだってやっぱり、そうだったから。だからあの瞬間、あたしは恐怖に押しつぶされながらも、期待に胸をふくらませていた。ああ、もう本当に終われるんだ。あの人が、あたしの最後を幕引きしてくれるんだ。

やっと、終わるんだ。

ところが、彼は背を向けた。ゆっくりと家へ去って行った。理由はわからなかった。信じられなかった。そんなはずが。彼はあたしに手出ししないことにしたらしかった。なんで？　どうして？　ただの一度だって見逃したことはなかったのに？　でも、そんなことを夢中になって考えている場合じゃなかった。あたしは正気を取り戻した。港を目指して一目散に駆け出した。後ろは振り返らなかった。二度と戻らないんだ。何もかも手放すんだ。二度とは思い出さないんだ。

小説の中の男は、ふるさとの、あの斧を持った男に似ている。あの人を思い出させる。だから、その小説は私にとってなじみのある内容だ。なのに、あたしは言った。

「あたしも初めて聞く話だ。ゾッとする」

そしてふと、本当に知りたくなった。あたしはヨンジュに訊いた。

「あのさ、じゃあその女の人って、男のことを愛してはいなかったの？」

答えは聞けなかった。ヨンジュが別の話をし始めたからだ。彼女は、なぜエミリー・ブロンテが自分に付きまとうのかわからないと言った。シャーリイにはひどい音としてやって来る「それ」が、なぜ自分にはエミリー・ブロンテの姿で現れるのか知りたいと言った。それはあたしも不思議だった。なんであなたは、そんな姿で現れるんですか？　怒ってるんですか？　寂しいんですか？　なんであの人たちを縛りつけておきたがるんですか。なんで、あの人たちばかりに、そうなんですか？　どんな恨みがあるんですか？　恨みを解くつもりはないんですか？　あの人たちばかりに？　ひたすら、あの人たちばかりに？

「ヨンヒョン」

ヨンジュが呼んだ。

「えっ？」

「そのうち一度、おばさんが訪ねてくるって」

＊

部屋の中はヨンジュの寝息に満ちていた。もう一度寝ようとがんばったが、そうするほどに余計頭が冴えた。ついに眠れなくなった。結局起き上がると、ヨンジュのジャケットを羽織って階段を下りた。まだ明け方だった。建物は冷気でいっぱいだった。

厨房に入った。吐いた息が白く漂った。竈《かまど》の上の戸棚を手探りして、ミカンの皮が入っている茶筒を取り出した。でも空っぽだった。あたしは茫然として、空っぽの茶筒を手にしたまま、裏口の脇にあった椅子にどさりと座り込んだ。疲れを感じた。ふと、子どもの頃教室の外に出されて、ずっと廊下に立っていた日々のことを思い出した。なぜ、どうして、よりによってこの瞬間に、あの時の記憶がよみがえるんだろう。廊下に一人で立たされるのは恥ずかしかったし、侮辱されている気がした。でもあの頃の私は、自分の抱いている感情が何か、よくわからなかった。ただ一日が早く終わることだけを願っていた。あの時あたしは、なぜ学校をやめなかったんだろう？　あたしが学校に行かないからといって、責める人は誰もいなかった。誰もあたしに関心がなかったし、あたしでさえ、自分の未来に何の期待も持ってなかった。こうやって暮らしていて、そのうち沖荷役の誰かと結婚するとか、どこかの家のお手伝いにおさまるんだろう。だから、日本語がちゃんと読めないという理由で叱られるのは、本当に悔しくてたまらなかった。所詮あたしは朝鮮人だった。その言葉が、あたしの人生を変えられるか？　あたしの親や、この島のありさまを変えられるか？　ひょっとして先生は、あたしがチャンスを棒に振っていると思って怒ってたんだろうか？　いや。彼女は単に、あたしに苛ついていただけだ。自分の求めることを、あたしが叶えてやらないという理由で。面白いことだ。彼女は日本人だったが、朝鮮に移民した両親のもとに生まれた。だから、彼女のふるさとは、日本であると同時に植民地の朝鮮だった。彼女があたしに教えこもうとしている言葉は、当の彼女自身、本当の故国で一度も読み書きしたことのない言葉だった。ひょっとしたら、だから彼女は、ますますあたしに苛ついたのかもしれない。彼女が求めること。彼女が想像するふるさと。あたしは、彼女の絵を台無しにしていたのだ。

だけど彼女にはジョンスクがいた。猫かわいがりしていた子ども。おそらく、ジョンスクは先生の絵にぴったりの子どもだったんだろう。あの子は優等生だった。日本語と漢字をちゃんと読めて、おまけに英語まで結構達者だった。だから、授業はあの子中心になった。先生はあの子に本を音読させた。詩を詠ませた。音楽の時間には「エンカ」*を歌わせた。物悲しくてせつなげな歌。先生は、あの歌が好きだったんだろうか、それとも、あんなに小さな子がそういう歌を歌っているという事実にうっとりしてたんだろうか。それがまさに、隣の家の子だ。あたしにあの単語を教えてくれた少女。「魅了される」。

あたしは頭を裏口にもたれかけた。あの時と今とで、何が変わっただろう？　生き残ったってこと？　それ以外、あたしに残ったものって何？　いったいあたしは、何を期待してたんだろう。何に魅了されてたんだろう。

厨房脇の小部屋のドアが開いて、ルェ・イハンが中から出てきた。あたしは彼をチラッと見ただけで何も言わなかった。力尽きていた。彼はあたしに驚いたようだった。ジャケットのせいで、ヨンジュと見間違えたらしい。でも私が空《から》の茶筒をかき抱いているのを見て、すぐに気づいたんだろう。挨拶はよこさなかった。無言で裏口を開けた。冷たい風が押し寄せて来て、あたしは顔を顰めた。上に戻ろうかと思ったが、ヨンジュが寝ている部屋に入るのは嫌だった。ただその場に黙って座っていた。

ルエ・イハンがお湯を沸かした。そして、戸棚の隅から、紙で丁寧に包んだ茶葉を取り出した。彼は茶葉のかたまりを少し砕いてヤカンに入れ、熱湯を注いだ。ヤカンの上に白い湯気がもわもわと立ちこめた。あたしはぼんやりとその光景を眺めていた。彼は、最初に淹れたお茶を捨ててまたお湯を注ぎ、二煎目を淹れた。少ししてから、古くて小さな陶磁器の茶碗になみなみと注ぐと、あたしに差し出した。かすかに草の香りがするお茶だった。一口飲んだ。お茶は胸の真ん中までゆっくりと流れ落ちて、体中を温めた。もう一口飲んだ。温かかった。草の香りが、口のなかに長く残った。ルエ・イハンをチラッと見た。彼は自分の部屋の敷居に腰を下ろして、やっぱり一緒にお茶を味わっていた。後味がうっすら甘くて草の香りがいっぱいのお茶は、あと数口しか残っていなかった。すると、突然恨みがましい気分に襲われた。彼に意地悪をしたい気持ちが、ふつふつとわいてきた。あたしは心の中でつぶやいた。やめろ。やめろ。やめろ。するな。でも結局、イライラした調子で彼に吐き出してしまった。

「最近、パクさんちの娘とは、会ってないわけ?」

彼が顔を上げた。怒ったふうでもなく、かといって悲しそうでもなかった。そんな彼の姿を見たら、急に戦意が薄れた。彼は苦笑いを浮かべて言った。

「最初から、何の関係でもなかった」

でも、声がひび割れていた。彼はまた何も言わずにお茶を一口含んだ。あたしは、何を期待してた

＊　日本の「演歌」のこと。学生時代を朝鮮で過ごした作曲家・古賀政男の作品は「古賀メロディ」と好評を博し、日本の植民地支配にあった朝鮮半島にも「エンカ」として流入した。

んだろう。何が変わることを期待してたんだろう。彼があたしの名前を呼んだ。

「ヨンヒョン」

返事はしなかった。彼が一人で続けた。

「この建物は、妙な場所だ。それは本当のことだ。嘘じゃない」

あたしはカッと目を見開いた。何が言いたい？　お茶の最後の一口を一気に飲み干した。そして彼をまっすぐに見つめた。ルエ・イハンは一度大きく息を吸ってから、口を開いた。

「ヨンジュには、計画がある」

「何の計画？」

「ヨンジュが小さい頃、外国人宣教師と親しかった話は、知ってるよな？」

「うん」

「その人たちが、帰国する時に言い残した。身分を保証してくれる人がいれば、アメリカに行きやすくなるって」

「……」

あたしは空いた茶碗をいじった。彼に訊いた。

「ヨンジュが、シャーリイについてアメリカに行くってこと？」

「わからない。でも、あの人がヨンジュを気に入ったんなら、少なくとも誰かを紹介することはできるだろう。身分を保証してやることだってできるし。いずれにしろ、あの人はアメリカ人だから」

「それが、ヨンジュの計画なわけ？」

答えはなかった。理解できなかった。ヨンジュが、どうやってここを出るんだ？　それが不可能だって、言ってなかった？　幽霊に取り憑かれてる、ここを絶対に出られなくされてるって。だから、何日もあんなふうにシャーリイとくっついて、その話をしてるんじゃなかったのか？　ううん。何よりルェ・イハン、あんたはその言葉に同意してたじゃないか。なんで言うことがコロコロ変わる？
あたしは想像してみた。

ヨンジュが、大仏ホテルを去る。

アメリカに行く。

消え去る。

笑わせる。

本当に？　そんなことができると思うのか？

「ヨンヒョン、よく聞くんだ。みんなそれぞれ計画がある。それが何かは重要じゃない。ただ、それぞれに生きる道を探しているってことが重要なんだ。この建物はおかしい。言ったろ。それは本当のことだ。でも、考えてもみろ。おれらはここにいたって死ぬし、街に出ても死ぬだろう。おれらを守ってくれる人は誰もいない。もうすぐチャオは建物を売り払うつもりだ。だから、計画を立てる必要がある。おれは中華楼を継ぐ。ここじゃなくて、別の場所に。ちくしょう。おれがあの金看板を取り返してやる。それが、おれの計画だ。チャオに言い渡されるのを待つ気はない。ここにずっと置いてくれって頼みこもうとも思わない。その時が来たら、おれらはみんな、ここを出て行かなくちゃいけない。建物がどんなに悲鳴を上げたって、それは止められない。ひょっとしたらこの建物はそれがわかっていて、こんなふうにあがいてるのかもしれない。おそらくそうなったら、この建物は崩れ落ちるかもしれないから。

君が何を考えているかはわかってる。こうやってずっと暮らしたいんだろ。でも、やめておけ。ヨンジュを信じるな。なぜヨンジュが自分と同じように考えていると思う？　それに、ヨンジュが君と同じように考えなきゃならない理由はない。いいか。最初、チャオが店を引き継いだ時のことだ。チャオがヨンジュを追い出そうと躍起になっていたあの頃、ヨンジュがおれに頼んできた。手伝ってほしいって。ヨンジュとおれの立場はあまり変わらなかったから、気持ちが動いた。そもそも、おれらには時間が必要だった。この建物の時間を止めなくちゃいけなかった。別の仕事を探す時間を稼ぐためだった。だからチャオに妙な噂を吹き込んだ。あまり知られてないけど、実はチャオは迷信に弱い。見えないものを信じやすい人間だ。彼はその噂を聞くなり慌てふためいた。ヨンジュと直接かかわるのを嫌がった。それで、おれに言った。ヨンジュを引きずり出せる、血の気の多い連中を連れてこいって。みんなおれの友達だったんだ。あいつらが、本当に呪いのせいで転んで、肩を外したと思うか？　もちろん、そこまでのケガをする気はなかった。もっともらしく見えればそれでよかったんだから。やってるうちに動きが少し激しくなって、だからケガをした。でもヨンヒョン、君だって本当は予想がついてたんじゃないか？　この建物に入った瞬間、思わなかったか？　すべては偶然かもしれないって。それに、なぜヨンジュが君に仕事を頼んだと思う？　一人で働いたって赤字なのに？　君が仕事をしている間、ヨンジュが何をしてるかわかるか？　そう思ったことは？　あちこちうろついて、身分を保証してくれそうな外国人を探し回ってたとしたら？　そんな人脈を作るために努力をし続けていたとしたらどうだ？　もともとそういう計画があったから、ホテルの仕事に積極的に飛び込んだとは思わなかった？　そういうのはみんなこじつけに聞こえる？　じゃあ、あれはどうだ。

ヘンドリック・ハメル。

この名前に覚えはないか？　聞いたことはない？　こんな建物に興味を持って、あんな大金を払う外国人がいるか？　ヨンジュがそれまで身を粉にして貯めたカネかもしれないとは思わなかった？　チャオの信頼を得るために、適当に演技してくれる外国人が一人いただけ、とは？　そう。そういうのはすべて大したことじゃない。今重要なのはこっちだ。君は、君の人生を生きなけりゃいけない」

「……チャオだってケガしたじゃない。首の骨を折るところだった」

ルェ・イハンが深いため息をついた。もどかしそうに言った。

「急いで駆け上がったからさ。あの階段がどんなか、君だって知ってるだろ。あそこで首の骨が折れかかった人間は、チャオが初めてじゃない」

だったら、そもそもヨンジュに霊が憑いてるっていう噂が、全部でっち上げってこと？　大仏ホテルに残るために？　もちろんそれはありえる。十分ありえる。それほど驚くこと？　いや。なのになぜ、あたしはこんなに驚いてるんだろう？　幽霊は存在しないから？　いや、それだってびっくりするようなことじゃない。最初から信じてなかったんだから。でもあんたたちはみんな、数日前まで、この建物に「何か」いるって言ってなかった？　それに、今また言ってるじゃない。この建物は変だって。いったいどういうこと？　何が言いたい？　このすべてがニセモノなのか？　嘘なのか？　でっち上げなのか？

信頼を、得るために？

シャーリイ・ジャクスンの、信頼？

あたしは彼に訊いた。
「じゃあ、エミリー・ブロンテって誰よ？　その人もニセモノなわけ？」
「それは重要なことじゃない」
そう言うと、彼はあたしの手から茶碗をそっと奪った。もうこれ以上話すことはない、という意味らしかった。腹が立った。何ひとつハッキリした説明はしないくせに、なんでそんな話を持ち出してきたわけ？　何が言いたいのさ？　あたしは、席からがたんと立ちあがった。ふざけんな。彼にもう少し意地悪をするべきだった。こう言うべきだった。あたしは、あんたが泣いているのを見たんだよ！　あの場でパクさんに土下座して謝って、しゃくりあげてるところを見た。あんたこそ、何一つ手に入れられるもんか。夢なんか持てやしないんだよ。金看板？　それはあんたのもんじゃない。いくら努力しようが、いくらあの女が大好きで大切に思おうが、絶対手には入らない。だって、あんたは中国野郎で、私生児でしかないからね。あんたみたいなヤツに娘をやりたいって思う韓国人はいないんだ。わかったか？　わかったかって言ってんだよ！

次の瞬間、あたしは自分の口を塞いだ。そういう言葉を吐き出していたのだ。なんてことだろう。あたしは今、なんて真似をしたんだろう？　ルェ・イハンは、傷ついたまなざしであたしを見ていた。鳥肌が立った。あたしはひとりつぶやいた。

「違う。今のはあたしが言ったんじゃないの。あたしが言いたかったことじゃない」

後ずさりした。彼の元から逃げ出した。階段を駆け上がった。急いで部屋に入った。ヨンジュはベッドにいなかった。部屋はがらんとしていた。あたしは、震えながらソファーに腰を下ろした。これっていったい、どういうことだろう。急にここが見知らぬ場所のように感じられた。机、ティーテーブルに小さなソファー、窓辺に置かれた小さな鉢植え、壁にかかったドライフラワー。それらがすべて、居心地悪く感じられた。

その時また、あの音がした。

カタッ。

カタッ、カタッ、カタッ。

ベッドの下の暗がりで、何かが動いていた。こんな時にまたネズミが現れたのだろうか。あたしは手の平で顔を覆った。これ以上どんなことにも耐えられない気がした。なのに、音はだんだん大きくなった。あたしは歯を食いしばって立ち上がった。脇に置いてあった箒をそっと手に取った。そして、ゆっくりとベッドへ近づいた。それ以上音はしなかった。気づかれたのだろうか。あるいは気のせいだったのだろうか。でも変だった。急に音が消えた。動きも止まった。それでも、そこには相変わらず何かがいた。暗くて何も見えなかったけど、あたしにはわかった。ベッドのそばに膝をついた。右手を下にスーッと入れた。手に影が落ちた。まるで半分に切り離されたみたいに。

そしてあたしは、何かに引き寄せられるみたいに、ゆっくりと奥に手を差し入れた。止まった。指先に何かが触れた。固くて、平たくて、なめらかな感触の何か。あたしは一気にそれを引きずり出した。

本だった。分厚くて、ずいぶん古い洋書だった。どれほど繰り返し読んだのだろう、ページがてかてかになっていた。あたしはパラパラとページを何度か前後にめくった。その時、ページの間から数枚の紙が落ちた。手紙だった。英語で書かれた手紙。読めなかったけど、そこに記されている日付はわかった。つい最近届いた「返事」だった。それも外国人から。あたしはルェ・イハンの言葉を思い出した。

その人たちが、帰国する時に言い残した。身分を保証してくれる人がいれば、アメリカに行きやすくなるって。

君の人生を生きなけりゃいけない

ヨンジュを信じるな。なぜヨンジュが自分と同じように考えていると思う?

あたしはまた本に目を戻した。どのページも、落書きと書き込みでいっぱいだった。ヨンジュの字だった。英語の発音をそのままハングルで写したものもあれば、意味の解釈を書きこんだものもあった。あたしはあちこちページをめくって、ヨンジュの丁寧な文字を読んだ。

「ネリー、私がヒースクリフだ」

ヨンジュはその下にこう書いていた。

「ネリー、私自身がヒースクリフだ」

「ネリー、私はヒースクリフなの」

おそらくは翻訳の練習をしていたらしい。前のほうのページをめくった。冒頭には、さらにぎっしりと書き込みがあった。ほぼすべての単語にハングルで意味が書かれていた。あたしはヨンジュが記した単語をつなげて、ひとりたどたどしく文章につなげてみた。

ワザリング・ハイツはヒースクリフ……家。

ワザリングは……ここ。

戻っておいで、キャサリン。戻っておいで。戻っておいで。

窓の外を眺めた。朝だった。まずかった。早く仕事に取りかからなければいけなかった。なのに、その場から立ち上がれなかった。隣の部屋から笑い声が聞こえてきた。シャーリイとヨンジュだった。あたしはまた本を持ち上げた。急いでページをめくった。何度も単語をかみしめた。そして最後のページになったとき、殴り書きのような、くっきりした文字が目に入った。

「嵐が丘」。

そして

「エミリー・ブロンテ」

5

あの頃、担任の先生は、あたしを目の前から追い払いたい一方で、教育者としての使命感を完全には捨てきれずにいた。あたしに、日本語をしっかり教えこむべきだと思っていたらしい。でも寄せつけたくはなかった。あたしがそばに行ったり話しかけたりすると、彼女は驚いてよく身をすくめたものだ。ひどく未開の汚らしいものでも見たみたいに、怯えた目であたしを見下ろした。もっとも彼女は、ただあたしにだけそうだったわけじゃなかった。クラスにいる子ども全員を、そんなふうに扱った。まるで、あたしたちと自分の間には、越えてはいけない線でもあるみたいに。彼女は線の外側に気高くすっくと立っていて、あたしたちは線の内側でうじゃうじゃ群がっていた。でもたった一人、ジョンスクだけは彼女の側にいた。後で知ったが、先生は解放後、すぐに日本に帰っていた。どうだろう、それを「帰った」と言っていいんだろうか？　とにかく、彼女はふるさとを離れて、ふるさとに戻った。そして戦争が起きた頃、たまたま彼女の消息を耳にした。死んだという。ふるさとになじめなかったらしい。生まれ育った植民地の朝鮮を恋しがって、海に身投げをしたらしい。いずれにしろあの頃、彼女が自分の運命をまったく予想できていなくて、解放まであと二年あまりというある日、彼女は、母国の言葉をまともに覚えられない落ちこぼれのために策を講じた。ジョンスクを呼んで任務を与えたのだ。

「一か月で、この子に教えこみなさい。ひらがな、カタカナを暗記させるの」

まさにその時だった。ジョンスクが、あたしを教えることに魅了されたのは。

ジョンスクは、その日のうちにあたしに言った。

「これからは、毎日うちに来ること」

あたしは……そう、こういう言い方もジョンスクから習ったんだ。「あたしは、鼓舞された」。とりあえず、学校で初めて向けられた関心だった。先生のお気に入りのジョンスクが面倒を見てくれる、というのがうれしかった。それまでは隣に住んでいてもよそよそしいばかりだったのに、その日以来、あたしたちは少しずつ親しくなった。一緒に登下校して、学校でも仲よくした。あたしは廊下に立たされる日が減った。

ジョンスクの家は、特に夫婦仲がいいことで有名だった。一家団らん、という言葉がお似合いの家だった。うちとは違った。うちの両親は食べていくことばかりに気をとられていたし、口癖のようにこう言っていた。それぞれ自分で生きていかなけりゃいけないと。生き残らなきゃいけないと。父は母のことを殴りはしなかったが、時々大声を出した。母はしょっちゅう愚痴を言っていて、父が怒ると何日も口を利かなくなってしまった。あたしは、親というのはそういうものだと思っていた。

だから、初めてジョンスクの家に行った時、うまく適応できなかった。あの子の両親はうちの親と同じ沖荷役だったのに、やさしかった。かれらは、どうにかして子どもを褒めようとしていた。なんで？　どうして？　年頃になったら、どうせ自分で食べていかなきゃならないのに？　どうして、こんなにも誠実に子どもと接するんだろう。あたしはかれらの口から飛び出す、この上なくやさしげな言葉が居心地悪かったし、疑問だった。娘をしょっちゅう抱きしめてあげる父親なんて。勉強をがんばれと励ます母親なんて。おまけにジョンスクの父親は、あたしにまでこんなことを言った。

「そう、君はできる。今だってずいぶんよくやっているよ」


なんで？

どうして？


だが、何よりショックだったのは、ジョンスクの父親が妻をこきつかうまいと努力していたことだ。お互いのやるべきことは後回しで口喧嘩をするうちの親とは、本当にあまりにも違う人たちだった。時間が経つにつれ、あたしはジョンスクの家族を重く感じるようになった。日本語の勉強もさして進まなかった。あたしはジョンスクの家に着いた瞬間から、早く宿題を終わらせて家に帰らなくちゃと、ひたすらそのことだけを考えていた。うら寂しくて冷たいまなざしばかりがひそむ、我が家に。あたしの空間に。

そうして結局、ジョンスクの任務は失敗に終わった。約束の日、先生はジョンスクへの失望を隠さなかった。こう言った。

「あなたならできると思ったのに……責任感がないのね」

その日、ジョンスクとあたしは大喧嘩になった。あの子があたしに大声を張り上げた。

「私は、あんたに時間をみんなつぎ込んでたんだよ！　なのに、どうしてできないのよ？」

あたしは申し訳なく思ったが、同時に悔しくもあった。腹が立った。あんたがあたしに、時間をつぎ込んだ？　あたしは言い返した。あんたはせいぜい宿題を出すだけだった。あたしがちゃんとついていけないから、あんたが先にあきらめたんだ。あたしができないんじゃない。あんたがあたしをあきらめたんだ！

するとジョンスクは唇をぎゅっと噛みしめた。カバンからノートを一冊出して広げると、あたしの目の前に突き出した。

「さあ、よく見てよ。事実を見なさいよ」

それは日誌だった。あたしたちが一緒に勉強した日付と時間を、いちいち記録したノートだった。ジョンスクが宿題をどれだけ出したか、そして、あたしがそれをどれだけやってきたかが書いてあった。あたしが暗記したひらがなやカタカナが記されていた。何より驚いたのは、自分がジョンスクの家に行った回数と、そこにいた時間だった。あたしはかれら家族を負担に感じていた。だから、いつもうちに帰りたかったし、実際そうしていた。本当にそのはずだった。なのに、そのノートには全く別の事実が書かれていた。あたしは週末以外を、ほとんど毎日ジョンスクの家で過ごしていた。夕飯を食べさせてもらっている日も多かった。おまけにある週末には、訪ねていったあたしを、事情があってやむを得ず家に帰したという記録もあった。その一か月のあいだ、あたしが自分の家でうら寂しさや冷たいまなざしに取り囲まれていた時間は、さほど多くなかった。ようやく理解できた。あたしはジョンスクの家族が負担だったんじゃない。あの人たち家族を好きで、喉から手がでるほど欲しがっている、自分の心を持て余してただけだ。

その時、ジョンスクが冷たい口調で言い捨てた。

「真実を歪曲するな。ふざけんな」

あたしはびっくりした。ジョンスクの大人びた口調もあったが、真実を歪曲する、という重々しい文章と、ふざけんな、という下品な表現の落差のせいでもあった。もう一度言うが、あたしたちの村であいう言葉を使っていた子どもは、ジョンスクしかいなかった。真実や歪曲という単語を使う人。凄惨や不敬という言葉を使う人。対等という言葉、魅力的という言葉を使う人。怨恨は忘れられないものだと話す人。それはただパク・ジョンスクのみだった。

とにかく、あたしは口をつぐんだ。ジョンスクの前で何も言えなかった。何が言えるだろう。あまりにも驚きすぎて鼓動が激しくなるだけだった。どうしてこんなことがありうるんだろう？　ひたすら羞恥心に包まれた。消えてしまいたかった。でも、本当にあたしは、自分の心を持て余していたんだろうか？　本当に、そうだったんだろうか？　それだけが真実なんだろうか？　わからなかった。ジョンスクのノートに、あたしの努力や感情は、ほとんど記録されていなかったから。当たり前だった。あのノートで確認できるのは、あたしがとんでもなく呑み込みが悪くて、ジョンスクの努力を踏みにじったという事実だけだった。

歪曲。

それが、あたしの真実だった。

つまりあたしは、ジョンスクがそんなふうに頑張ったにもかかわらず、結局、ひらがなとカタカナを暗記できない落ちこぼれだってことだ。その子の家をうろうろして、図々しくご飯をご馳走になっていた隣の家のマヌケってことだ。

あたしは、ジョンスクに謝った。

そして、その日の夕方じゅう、港のあたりをぼんやり歩き回って過ごした。どれほど歩いただろう。

家へ帰る途中、のちに斧を手にして村を襲うことになるおじさんが、近所の他のおじさんたちと商店の前の縁台に集まって、酒を飲んでいるのが見えた。そこには、斧おじさんの兄にあたる警察官もいた。前を通りがかるなり、斧おじさんがあたしを呼んだ。

「おい、おまえ、なんで泣いてるんだ?」

「泣いてません」

するとおじさんたちが声を上げて笑った。警察官がつぶやくように言った。

「あのガキ見ろよ。とんでもねえな。泣いてるくせに泣いてない、だとよ」

あたしは鋭い声で言い返した。

「あたし、本当に泣いてません」

すると、斧おじさんが大きな笑い声を上げて言った。

「わかった、おまえは泣いてなかった。だから、これからも泣くんじゃないぞ」

そうして、ポケットから小銭を取り出してあたしにくれた。飴でも買え、と言った。もらっちゃいけないと思ったが、もらったからなんだとも思った。わざわざお金をくれるって言ってるのに、それを断る理由があるだろうか? あたしは頭を下げてお礼を言った。

「ありがとうございます」

そして、すぐに店に入って飴を買って口に入れた。ものすごく甘い飴を口の中で転がしながら、またしばらく港のあたりをほっつき歩いた。その時は少しだけ、本当に泣いた。

何日かして、ジョンスクがあたしの家にやってきた。そして言った。

「日本語、また教えてあげる」

あたしは変に思って聞き返した。

「なんで？　先生にまた言われた？」

「ううん」

「じゃあ、なんで？」

ジョンスクが偉そうに答えた。

「あんたはたぶん、永遠に字が読めないだろうし、あたしはずっーと、すべてを注ぎ込まなきゃならなくなるかもしれないけどね」

自尊心が傷ついた。でも、もう一度訊いた。いったいなんで、そんなことをしたいのかと。まさにその時、ジョンスクがあの言葉を口にした。

「これは、ものすごく魅了される状況だから」

「……それ、どういう意味？」

今ならその意味がわかる。そして、あの子がどうしてそう思ったかもわかる。ジョンスクもやっぱり、ある事実を歪曲していた。先生にひいきをされているせいで、学校にはジョンスクと仲良くしたがる子がいなかった。特別に夫婦仲がいいジョンスクの親は、家庭的であるぶん、他人の家の暮らしにさほど関心を持たなかった。つまり、村人たちと共同でする作業に、さほど熱心ではなかった。だからうちの両親は「あの親は恥知らずだ」と、あまりよく思っていなかった。きっと、村の人みんながそうだっただろう。自分の家の家族だけ、自分たちだけ、幸せでいる人たち。おまけに、並外れて賢い一人娘。女の子のくせに、大人の前でも難しい言葉を涼しい顔で並べ立てる子ども。そんなジョンスクが家に友達を連れていくのは、初めてだったはずだ。あんなふうに長い間友達と過ごすことも、やっぱり初めてだったんだろう。ジョンスクは、あたしに教えたいと言った。その仕事に魅了されたと言った。仕方なく、仕方なくそういう状況に巻き込まれたと。でもジョンスクは真実を歪曲していた。真実は、ジョンスクがあたしを好きだったということだ。あたしと話すこと、時間を過ごすこと、港を歩き回ること、お小遣いで飴を買い食いすること。もうあたしにはわかる。ジョンスクは、あたしといる時に一番正直だったし、あたしにはどんな話でもした。ただもう偉そうにもしたし、ひどく落ちこんだし、何の理由もなく笑った。そして、まったく歪曲なしに言えば、あたしだってやっぱり、そういうのが好きだった。誰ともつきあえなかったのは、あたしも同じだったから。あたしたちは、互いが唯一の友達だった。あたしはあの子が大好きだった。

爆撃に遭遇した日、あたしたちは一緒だった。

永遠に続くものなんてない。

いつだって滅びうる。それが何であれ。

6

雪がすっかり解けた。久しぶりのお天気だった。ここ数日、冷たい風が吹いていたことが信じられないくらいだった。春の訪れはまだ先だったが、その日を夢見ることは難しくなさそうだった。時が過ぎ歳月は流れることを、少しずつ実感した。ヨンジュとシャーリイの外出はさらに頻繁になった。ヨンジュはシャーリイに、仁川のあちらこちらを案内しているようだった。二人の戻りは毎日少しずつ遅くなって、そのぶん親密さが増しているみたいに見えた。そうなるほどに、あたしはヨンジュと話さなくなった。

彼女とどう接していいかわからなかったこともあるが、やらなければならない仕事が、あまりにも多くなっていた。ヨンジュが出かけているあいだに、以前は二人で分担していた仕事を全部一人でこなした。三階を掃除して、階段をきれいに拭いて、ホールのテーブルを整理して、食べ物を運ぶことまで、全部。そのことにヨンジュが何も言わなかったわけではなかった。彼女は何気なく、こんなふうに言った。

「あんたがちょっと、頼まれてくれる?」

わかったと応じたものの、何かすっきりしなかった。お金の話がなかった。でも、まさかと思った。今までヨンジュは、お金のことで気まずい状況を作ったことが一度もなかった。仕事が増えたぶん、もっと払ってくれるだろう、あたしはそう信じることにした。

どうせ話す時間もなかった。接点がなかった。ヨンジュは、あたしがベッドに横になってしばらくしてから、ようやく部屋に戻ってきた。あたしは早朝に起きて仕事にとりかかった。あたしたちは同じ部屋にいながら、互いの顔を見ることがほとんどなかった。

あっ、たった一度だけ、彼女と一緒に時間を過ごしたことがあった。


ある日の明け方。あたしは眠れなくて、その時間まで起きていた。ヨンジュがまた遅くに戻って来た。あたしが寝ているかどうかなんてお構いなしだった。大きな音を立ててドアを閉め、鏡台の椅子を乱暴に引いた。服をソファーに放り投げて、結んでいた髪をほどき始めた。ピンがたくさん刺さっているせいか、うまくほどけないらしかった。おそらく、また酔っぱらっているからだろう。ヨンジュは低い声をもらしながら、髪をほどくのに少し苛立っていた。結局あたしは起き上がった。

「やってあげる」

そうして蠟燭に火をつけた。ヨンジュが鏡越しにあたしにほほえんだ。闇の中に彼女の顔がぼんやりと浮かんだ。一瞬あたしは驚いた。ヨンジュじゃないみたいだった。別の人のようだった。ずっと老けたみすぼらしい人が、鏡台の前に座っていた。あたしは彼女の顔色をうかがいながら髪のピンを外した。そして櫛を入れた。生え際のあたりからゆっくりとかすと、髪の毛が一本、きらりと光った。見間違いかと思ったが、そうじゃなかった。それは白髪だった。一本が、根元から毛先まで真っ白だった。その時ヨンジュが、そのくらいで十分、もういいと言った。

それで、やりとりは終わった。あたしはベッドにもぐりこみ、ヨンジュは鼻歌を歌いながら鏡台の前でもう少し時間を過ごしていた。彼女がいつベッドに入ったのかはわからない。あたしは、何かで首を絞められたみたいに目の前が真っ暗になって、慌てて彼女のそばを離れたから。

翌日、おばさんが訪ねてきた。

＊

永遠に続くものなんてない。
いつだって滅びうる。それが何であれ。

＊

おばさんを、ホールのテーブルに案内した。彼女はあたしを、上から下までなめるように見ながら席についた。あたしはヨンジュの緑のジャケットを着ていた。そのいで立ちが、結構さまになって見えたらしい。想像以上にいい暮らしをしていると思って、腹の虫が収まらないようだった。彼女とあたしは、シャーリイとヨンジュのように長いテーブルの両端に向き合って座った。そういう位置関係でおばさんを眺めていると、やや妙な気分になった。何だろう、あたしがこの建物の主人になったような気がした。堂々とふるまえた。そんなあたしに、おばさんの表情は険しくなった。吐き捨てるように言った。

「あたしだって、お前に会いに来たくはなかったんだよ」

返事はしなかった。彼女が続けた。

「末っ子の具合が悪くてね」

そう言うと、おばさんは両手で顔を覆った。泣いていた。あたしはやっぱり何も言わなかった。しばらくして、彼女が涙をぬぐいながら言った。

「ともかく、あたしはお前の面倒を見てやったよね。その恩返しはすべきじゃないのかい?」

あたしは席から立ち上がった。すると彼女がびくりと身構えた。やっとわかった。平静を装っているが、おばさんは実はあたしに怯えていた。なんで? どうして? あたしが去り際に言ったことのせい? あれがそんなに怖いこと? だったら、ここまで来るべきじゃなかったのに。あたしと会おうなんて、絶対に思うべきじゃなかったのに。面倒を見た恩だなんて。浅はかな女みたいに。

その時、彼女が震える声で言った。

「やめとくれ。自分でもよくわかってるんだから」

「あ……」

あたしは、ルェ・イハンとのときと同じ失敗をしたことに気がついた。知らぬ間に、本音をすべて吐き出してしまっていたのだ。おばさんがあたしを見上げていた。そして言った。

「だけど、本当に浅はかな女が誰か、わかりゃしないよね」

なのに、そう言い終えるやいなや、彼女の顔にチラッと後悔の色がさした。あたしがお金をよこさないかもしれないと不安になったのだ。ふと罪悪感に襲われた。申し訳なく思った。とりあえず、彼女は孤児になったチ・ヨンヒョンの面倒をみてくれたのだし、だからこそチ・ヨンヒョンは無事に二十歳を迎えることができた。

あたしは言った。

「ちょっとここで待っていてください」

そして部屋に行って鏡台の一番下の引き出しを開けた。これまであたしが稼いだお金を貯めていた箱があった。取り出して数え、半分をポケットに入れて外に出た。

その場におとなしくしているようにはっきり伝えたはずなのに、おばさんは階段の手すりの前にいた。そこから少しでも足を踏み外せば、下に落ちかねなかった。

おばさんはあたしを見るなり手を差し出した。その場でお金を数えた。そして溜息をついた。あたしはずっと彼女の立っている位置が気になっていた。そこにいないでこっちへ来て、と言おうか？でも、おばさんがあたしの言うことを聞くだろうか？信じるだろうか？あたしは彼女に一歩近づいた。すると彼女が後ずさった。すでに手すりのない、階段の端ぎりぎりの場所だった。本当に危険だった。

その時、おばさんが切り出した。

「あたしにだって、ちょっと考えがあるんだ」

「どんな考えですか？」

彼女が両手を握り合わせた。震えていた。

「あたしは、アレはやってなかった。軍服の直しのことだよ」

「そうなんですか？」

「ああ。やってなかったね。お前が一人で言ってるだけだろ」

「そうなんでしょうか？」

「そうだよ。でもね……お前の両親がどんな真似をしていたかは、月尾島の村の人間みんなが知ってることだ」

「ええ、みんな知ってるでしょうね」

おばさんは握った両手をずっとこすり合わせていた。緊張しているようだった。

「お金が、もっと要るんだよ」

「それで全部なんです」

「嘘をおつき」

あたしは答えなかった。おばさんが興奮した声で言った。

「嘘だってことはお見通しなんだ。お前はいつもそうだからね。これじゃ足りない。本当に足りないんだよ」

「……それで全部なんです」

おばさんが顎を上げた。今にも泣きだしそうだった。溜息が出た。どうして、こんなふうになったんだろう。こんな羽目になってしまったんだろう。おばさんが言った。

「お前を通報してやる」

そのとき突然、ある寒い日に布団を洗った記憶がよみがえってきた。あの日、末っ子が布団におねしょをした。おばさんは末っ子を叱らなかった。外に出して塩をもらってこいとも言わなかった。*自分が仕事を終えて戻ってくるまでに布団をすっかり洗っておくよう、あたしに言いつけただけだった。あたしは一日中、布団を洗った。夕方になる頃には手がぱんぱんに腫れ上がった。当然、布団は乾かなかった。あの日、末っ子は布団がないと泣き出した。おばさんはあたしに何一つ言わなかった。叱りも怒りもしなかった。言葉の通りだ。彼女は、あたしに一言も声をかけなかった。

「おばさん」

あたしは彼女を呼んだ。

「あの村ですけどね、何もかも知ってる人が一人、いるんですよ」

「嘘だ。また嘘をついてんだろ」

「斧を持って歩き回ってます。附逆者はみんな捕まえて、殺してやるって言って」

おばさんが大笑いした。本当にあたしを信じていないらしかった。あたしは続けた。

「捕まったら、あたしはおばさんの名前を言いますし……そのおじさんが証言をしてくれると思いますよ」

おばさんにここまではしたくはなかった。本心だった。本当に、本心だった。なのにおばさんは、体を震わせながら言い返した。

「こっちだって、警察に言いたいことはあるんだよ。お前のことをね」

あたしはほほえんだ。へえ、何の話です？　父さんのこと？　母さんのこと？　それとも、九月十日にいっぺんに死んだ村人たちのこと？

「全部、嘘じゃないか」

＊　朝鮮半島では子どもがおねしょをしたとき、恥ずかしい思いをさせて反省を促すなどの理由で、近所に塩をもらいに行かせる風習があった。

おばさんが言った。あたしは言葉を失った。それって、何の話？　おばさんが一歩後ずさりした。彼女の踵が、階段の端から危うげにはみ出した。あたしは心臓が早鐘のように打つのを感じた。同時に、おばさんが大声で叫んだ。

「お前のことさ。全部嘘じゃないか。お前が言っていること、お前がやってること、全部。何もかも全部！」

その時、おばさんの体がふらついた。バランスを崩したのだ。あたしは急いで彼女に駆け寄った。一瞬、おばさんの顔に何かが広がるのが見えた。それは恐怖だった。見てはいけないものを見てしまった者の、驚愕したむごたらしい顔。

「おばさん！」

あたしは叫びながら手を伸ばした。でも遅かった。おばさんは階段の端から、後ろ向きに倒れた。ギシギシと大きな音がした。彼女が階段をごろん、ごろんと転がっていった。そして

ごつん。

おばさんが壁にぶつかった

ごきっ。

続いて、首の骨が折れるような音が大きく響いた。あたしはその場にしゃがみこんだ。息ができな

かった。階下から話し声が聞こえた。なじみのある声だった。ヨンジュとシャーリイだ。あたしは目をつむった。ヨンジュとシャーリイの悲鳴がした。階段を駆け上がってくる音がした。あたしは床につっぷした。体を震わせた。誰かがあたしの体を揺さぶった。声が聞こえた。ヨンジュだった。

「ヨンヒョン！　これ、どういうこと？　ヨンヒョンってば！」

あたしは目を開けた。ヨンジュの視線が、あたしが着ている緑のジャケットで留まった。あたしはまた目を閉じた。そして訊いた。

「……ヨンジュ、おばさんは？」

その時だった。声がした。

「ヨンヒョンの仕業ですか？　ヨンヒョンが、こんな真似をしたのですか？」

それは……シャーリイの声だった。シャーリイの問いだった。ああ、あたしはシャーリイの言葉が聞き取れた。恐怖に満ちた、あの声。次の瞬間、シャーリイに答えるヨンジュの声がした。

「わかりません……でも、そうかもしれません」

そのくせヨンジュは、あたしの手をぎゅっと握ってこう囁いた。


大丈夫よ、ヨンヒョン。

すべて、大丈夫なはず。

＊

あたしは、手持ちのお金をはたいて、おばさんの葬式を挙げた。子どもたちを孤児院へ送るわけにはいかなかったから、おばさんの親戚に連絡を入れた。おじさんよりは、やっぱりおばさん方《がた》の親戚がいいんじゃないかと思った。大邱《テグ》に住んでいたおばさんの姉は、仁川まで来るのに一週間かかった。とっくに葬式も全部終わった後だった。おばさんの姉はあたしと長話はしなかった。いや、運が悪いって話はしてたっけ。あたしに向かって言ったのか、子どもたちにか、それとも自分自身に言った言葉かはわからない。運、ね。普段よく口にしていた単語なのに、違和感しかなかった。むしろあたしはその時、別の単語を頭に思い浮かべていた。「安心」「安心だ」「安心する」。

チ・ヨンヒョン、今、安心してるの？

少しぼんやりした状態でその時間を過ごしていた。自分の人生のある部分が、完全に終わってしまったと思った。

そして、大仏ホテルに戻った。ヨンジュはあたしを見るなり抱きしめてくれた。シャーリイも、やはり何かを話しかけてきた。それはお悔やみの言葉だった。そう。あたしはまた聞き取れた。聞き取れてしまった。脇にいたルェ・イハンが何かを差し出した。乾燥したミカンの皮がいっぱい入ったお茶だった。

シャーリイとヨンジュ、そしてあたしとルェ・イハン。久しぶりに四人一緒の夕食になった。ルェ・イハンが、この間《かん》の出来事をざっくりと話してくれた。実のところ、警察はあたしを疑っていたという。あたしが、おばさんを突き飛ばしたのではないかと。でも、この階段は特に事故が多くて、過去にも人が亡くなったことがあるという証言のおかげで、乗り切れたという話だった。何より目撃者がいなかったから。

ヨンジュが言った。

「それに、私たちはみんな、あんたを信じてるしね」

あたしは何も言わなかった。ヨンジュとシャーリイが目配せするのが見えた。二人をぼんやり眺めているうちに、思わず言葉が出ていた。

「そんなことないくせに」

「えっ？」

ヨンジュがこちらに向かって聞き返した。あたしはヨンジュをまっすぐに見据えて言った。

「あんた、あたしを信じてなかったじゃない。あの日、シャーリイが訊いてたよね。あたしの仕業かって。あんたは言った。ひょっとしたらそうかもしれないって」

ヨンジュの顔から血の気が引いた。彼女はつかえながら尋ねた。

「ヨンヒョン……あんた、英語がわかるの？」

答えなかった。だったらおかしい？　死んだ作家の幽霊が見えて、それにつきまとわれてる、この建物は悪い霊に取り憑かれてるとか言いながら、そういうことをしておきながら、いま、あたしには驚くわけ？

ルェ・イハンが割って入った。

「必ずしもそういう意味で言ったんじゃないだろ。あの日はすごく気が動転していて……」

あたしは彼の言葉をぴしゃりと遮った。

「ルェ・イハン、口を挟まないで。あんたにはあたしたちが何の話をしてるか、わかんないでしょうが」

ルェ・イハンの顔に不愉快そうな色がサッと横切るのが見えた。そう。まさにその気分さ！　あたしがあんたたちの間で、感じている気分はね。どこにいても仲間外れになってしまう、まさにその気分。その羞恥心。


絶望。

憤怒。

怨恨。


ヨンジュが沈黙を破った。

「どうして聞き取れたかは知らないけど、とにかく、そういう意味じゃなかった」

「じゃあ、どういう意味だったわけ？」

「別に……」

ヨンジュは苛立ったように空《くう》に目をやった。そうして突然、ややいきりたった調子で訊いてきた。

「あんた、今までシャーリイと私がしてた話を、全部聞き取ってたってこと?」

答えなかった。ヨンジュが唇をぎゅっとかみしめた。赤くてぼってりとした、あの唇。青ざめていく顔。ヨンジュは不安げだった。ああ。だろうね。シャーリイと自分だけの話だと思ってたのに、いつもあたしが割り込んでいたと気づいたんだから。でもね、ヨンジュ。シャーリイも同じように思ってるかな? 二人だけの話、誰も割り込めない話って、果たしてそう思ってるかな? あたしは何も言わなかった。以前なら精一杯がんばって説明したはずだ。あたしが感じていること、あたしが追い込まれた状況を、どうにかしてヨンジュに伝えていたはずだ。でもあたしは、裏切られたという思いが喉までこみ上げてくるのに耐えられなかった。そう。裏切られたという思い。あんたも一度、感じてみなよ。あたしはがんとして何も言わず、ヨンジュをまっすぐに見つめた。冷たい沈黙があたしたちを包んでいた。

隣でルェ・イハンが笑い出した。

「ハァ……まったく君らは、もう勘弁してくれ」

彼の言葉にヨンジュが目を怒らせた。少し空気を読めという意味らしかった。でもルェ・イハンは笑うのを止めなかった。この人は、いったい何がそんなにおかしいんだろう。何にそれほどうんざりしてるんだろう。あたしたち? 大仏ホテル? このすべての状況? そう。正直言えばあたしだってふざけてると思う。このすべてがうんざりだし、笑えるし、薄気味悪かった。あたしは相変わらずヨンジュを見据えながら言った。

「あんたは、あたしにはおかしなことが起きないって思ってるわけね」

ルェ・イハンの笑いが止まった。空気の重さが感じられた。冷たくて、苛立ちに満ち満ちた、空気の重さが。ヨンジュが言った。

「そんなこと訊いてないでしょ」

「どこが違うの?」

ヨンジュの返事はなかった。あたしは彼女に訊き返した。

「なんであんたは、あたしのところにはエミリー・ブロンテが来ないと思ってるの?」

ヨンジュはやっぱり何も言わなかった。もう一度訊いた。

「なんで、あたしだけは違うと思うのよ?」


その時だった。

シャーリイの声が、耳に突き刺さった。

「あなたたちは、お互いを信じられないんですね」

＊

そして、あなたたちはみんな似た者同士です。同じ人たちです。どういう意味かって? あなたたちはみな、船長になりたがっているのでしょう。自分の船の船長に、なりたいのでしょう。あの海へ漕ぎ出したがっているのです。まったく、驚きですね。それは私の思いでもありますから。ここにやって来た瞬間から今に至るまで、ひたすらそのことだけを考えています。私は私の船の船長だ。笑うことができる。できる……あなたたちはみな、笑いたがっています。幸せを求めているんです。でも、お互いが信じられません。信じるつもりがありません。信じれば、裏切られると思っているからです。だから自分自身さえ、信じられないのです。あなたたちの人生がそうだったからでしょう。ああ、それは私の人生でもあります。ええ、そうです。なぜこんなに難しいのでしょうね。不安でいっぱいになるんでしょう。他の人にはたやすいことが、私たちにはなぜ、これほどまでに苦痛なのでしょう。私たちにとって、愛はあてにならない記憶、不幸は長く残り続ける物語なのです。

こんなことを考えます。私はなぜ物語を書くのだろう。物語というものを、わざわざなぜ書きたがるのだろう。誰かに聞いてほしいから？　なぜ？　よくわかりません。不可能だと、わかっているからじゃないでしょうか？　つまり、理解される、ということがです。完全に理解されて、愛されて、そうやって平穏な人生を送ること。それが難しいことだと、わかっているからではないでしょうか。ああ、だから身近な人に執着するのではないですか？　自分の心をわかってもらえそうな、実体のある人ですから。その実体を、ずっと感じていたいですから。

けれど、大仏ホテルは人を引き離します。一人、また一人、引き裂くんです。現実を教えてくれているわけです。私たちが最も恐れることを、露わにしてみせるのです。一人、残されること。自分の話を自分にしか聴かせられなくなること。そのうちに、海へ漕ぎ出したいという気持ちが崩れてしまうこと。はるか彼方の遠い夢になってしまうこと。私はあなたたちに、親しみを感じます。

あなたたちは、私なのです。

ええ、もうわかっています。だから、私はここにいることになったのです。あなたたちには、ある顔が見えます。寂しく孤独なせいで、一度会っただけの者にたやすく心を開いてしまう人。長い間一緒にいた誰かに失望して、居場所を手放してきた人。手に入らないものに、未練を抱いている人。ああ、それは私の顔でもあるんです。それぞれ違う考えを持っていても、結局は同じ顔をした私たちが、ここに一緒にいるのですね。さまよっているのです。でも、生きていかなくてはいけません。自分の船の舵を、握らなければいけないのです。笑わなければいけないのです。可能でしょうか？　そんな人生が可能でしょうか？　果たして、可能でしょうか？

そうしましょうか。

そう……

……

声が途切れた。消えた。いまやシャーリイは、あたしが聞き取れない言葉を唱えていた。でも、あたしは本当に聞き取れないんだろうか？　あたしは、彼女が何を言っているか理解できる気がした。悲しみ。寂しさ。不安。憎しみ。果てしない憎しみ。シャーリイ・ジャクスン……たぶんこの人は、恨《ハン》*という言葉を理解できるんだろう。この人こそ。まさに、この人こそ。

「ヨンヒョン」

ヨンジュがあたしを呼んだ。

あたしは壁を向いたまま答えた。

「うん」

「一つだけ教えて」

「うん」

「あんた……他に誰か親戚はいる？」

ゆっくりとヨンジュのほうに視線を移した。聞き返した。

「親戚？　今度はまた何の話よ」

彼女はすぐに返事を返した。何のためらいも感じられなかった。「頼ることはできる？」

ああ、この話をしたかったのか。はじめからそうだったのか。だから、あたしを抱きしめてくれたんだ。でも、なんで今なの？　おばさんが死んだから？　事故が起きたから？　それとも、あたしがシャーリイの言葉を聞き取れるから？　エミリー・ブロンテに会ったから？　なのに、それさえ今は消えちゃったから？　つまり、あたしのことが不吉に思えて？　でもね、ヨンジュ。あんたのほうこそ、いつも不吉だって言葉を聞かされて生きてきたんじゃないの？　あたしは、あんたのそういう運命が大好きだったのに。ああ、いつもひたすら大切に思っていたのに。

不吉な女。

残念ながら、今度は本音が口をついては出なかったらしい。あたしたちの間には気まずい沈黙ばかりが流れていた。でも結局、あたしがうなずいた。そう、あんたは雇い主だから。出て行けと言われ

＊　自分の力ではどうにもならない境遇、理不尽な扱いに対する、悲哀、妬み、憧憬、自責の念、無常観などが入り混じった感情。

たら、出ていくより他ないよね。

何より、ヨンジュは事故直後にあの場にいた。証言を変えることができた。あたしに不利な話をすることができた。よく考えたら変な場面を見た気がする、あの子がおばさんを突き飛ばすのを見た、と。そうなったら……あたしは、安心できない人生を歩むしかなくなるよね。


エミリー・ブロンテ。

あなたは、どこへ行ったんですか?


その時、またヨンジュが言った。

「ねえ、ヨンヒョン。あの時、どうしてわざわざおばさんのもとを訪ねたの?」

疲れていた。休みたかった。彼女は、なぜそのことを訊くんだろう? すべて終わったことじゃないか。話す必要はない。話す必要はないんだ。あたしは心の中でつぶやいた。いや。誰かがあたしに、そう囁いている気がした。答えるな。あの女はそんなことを知る必要がない。それはオマエの物語だ。オマエが主人公なんだ。あたしは目をつむった。口を開いた。

「なんで、そんなこと訊くの?」

「答えてちょうだい。どうして他の親戚を頼ろうとしなかったの?」

「どこにいるか、わからなかったから」

全部嘘じゃないか。お前が言っていること、お前がやってること、全部。何もかも全部！

むらむらと苛立ちがこみ上げてきた。今すぐ荷物をまとめてここを立ち去りたい衝動に駆られた。いや、逆だった。ヨンジュを、この建物から叩き出したかった。それさえできたなら。本当に、それさえできたなら！　ああ、あまりにも疲れすぎている。あたしは眠りたかった。これ以上泣きたくないし、悲しさを分け合うふりなんかもやめたかった。誰もいない部屋に大の字になって、ものすごく長い時間眠りたかった。一人で。あたし一人で。お願い！

でも、ヨンジュは続けた。

「あの時ね、わたしが、あんたのおばさんに会った時のことだけど」

あたしは目をつむったままだった。

「おばさん、こう言ってた。あんたのことをよく知ってて、すごくかわいがってる親戚がいたって。あんたは本当に出来が良くて賢いから、進学を手助けしたがってる人がいたって。その人は、あんたの学校の先生ともずっと手紙でやりとりをしてたって言ってた。どうしてあんたがその人を頼らなかったのか、不思議だって」

あたしはヨンジュの言葉を遮った。

「ヨンジュ」

そして目を開けた。ヨンジュが前に座っていた。他の人は目に入らなかった。ただもう、ヨンジュとあたし、あたしたち二人だけだった。あたしは背筋を伸ばして姿勢よく座り直した。そして、彼女に言った。

「それは、あたしのプライバシーだよ」

返事はなかった。あたしは少し声を荒げた。

「プライバシーなんだってば。わかった?」

席を立った。何の説明もしたくなかった。そう。そういう親戚はいた。でも爆撃のあとで、その人とはぷっつりと連絡が途絶えた。だからだ。あたしだって、夫に先立たれた未亡人を頼りたくはなかった。そうだったんだから。オマエは何も知らないだろうが。休息が必要だった。ホールの外へ出ようすると、背後でヨンジュが立ち上がり、声を張り上げた。

「おばさんが言ってた。縁談なんかなかったって!」

溜息をついた。だろうね。おばさんはそう言っただろう。そう言うだけではすまなかっただろう。

ヨンジュがせきたてるような声で続けた。

「あんたを嫁がせる計画もなかったし、あんたが稼いだお金をもらったこともなかった」

あたしは振り返った。ヨンジュに尋ねた。

「そう。他に何て言ってた?」

「あんたは一度も、ただの一度も、役に立ったことがないって」

あたしは笑った。ヨンジュは軽蔑するかのように見つめていた。まるで、あたしがひどい過ちを犯したみたいに、よくも自分を騙せると思ったなというように、いかめしい態度であたしを見下していた。でも、ヨンジュのほうこそあたしを騙してたじゃないか。シャーリイを騙してるじゃないか。声が聞こえた? エミリー・ブロンテに会った? ヨンジュは、小説に出てくる話を適当につなぎ合わせてシャーリイに話してるじゃないか。あたしこそ、ヨンジュの本当の物語を知ってる人間だった。

なのに、すぐにヨンジュの隣へシャーリイが歩み寄った。ルェ・イハンもヨンジュの脇に進んだ。三人は互いを慰めあうように、一緒に向こう側に立っていた。そしてあたしはこちら側だった。あたしはかれらに訊いた。

「その言葉を、信じるわけ?」

ヨンジュが首を左右に振った。

「わからない。いいから何でも言ってみてよ。どこで暮らしてたのか、家族はどんな人たちだったのか、爆撃で家族が亡くなった時、どんなふうだったか、きょうだいはいなかったのか、恋しくないのか、ときどきその人たちの夢を見て泣いたりしないのか、会いたい人はいないのか、どんな村で、どんなふうに暮らしていたのか、そういうことを、お願いだからちょっと教えて。あんたの本当の話をしてみてよ」

「話してたじゃない。あたしはいつも話してた。あんたが聞かなかったんでしょ」

ヨンジュは答えなかった。誰も答えなかった。沈黙だけがひっそりと澱んでいた。あたしが言った。

「今だって、誰も耳を貸さないわけね」

ヨンジュが、もう我慢できないというように吐き捨てた。

「チ・ヨンヒョン。あんた、誰なの?」

あたしはホールを出た。ヨンジュの溜息が聞こえた。でもその音は次第に消えていった。静かになった。ああ、どれほど恋しかっただろうか。この静けさ。沈黙。あたしは、ゆっくりと廊下を進んだ。

その夜、シャーリイのベッドの上で、『ワザリング・ハイツ』が発見された。

7

それからのことは、すべての記憶がおぼろげだ。どんなことが起きたんだっけ。どんな言葉を言われたんだっけ。そうだ。シャーリイが『ワザリング・ハイツ』を見つけた後、すぐにヨンジュがあたしのところへやってきた。あたしは「違う。違う。あたしはそんなことしていない」と繰り返した。ヨンジュは聞かなかった。彼女は何て言ったんだっけ。やっぱりすべてがおぼろげだ。ああ、思い出した。

身の毛もよだつ。最悪の。信じられない。汚らしい。恩知らずな。そう。こう言った。恩知らず、って。そして、こうも言った。

「あんたは人殺しなのよ。身の毛もよだつ人殺し。あんたがおばさんを殺したんだわ。まったく、なんで気づかなかったんだろう。ほんの少しでもあんたを信じた自分にゾッとする」

本当に、ヨンジュが口にした言葉だろうか。よくわからない。ヨンジュが本当にあたしに、そんな恐ろしい言葉を使ったんだろうか。でも、記憶の中でそんなふうに叫んでいるのは間違いなくヨンジュだ。カサついた頬と大きな瞳、乾燥気味の唇。とはいえ、ヨンジュがあたしに怒っている記憶は、ごく短いものでしかない。

記憶の大部分を占めているのは、シャーリイとヨンジュのえんえんと続くやりとりだ。

シャーリイは、ヨンジュに声を荒げたかと思うと押し黙る。ヨンジュはシャーリイにひたすら話しかける。英語で聞こえるその言葉があたしにはまったく解釈できないのに、すべて聞き取れる気がする。完全に聞き取れる気がする。違うんです。全部誤解なんです。私がその本を読んだのは確かですが、エミリー・ブロンテが私のところに現れるのは事実なんです。この屋敷には彼女が住んでいます。彼女がいつ、どこに出るかわからないせいで、私は怯えてるんです。ここにいたくないんです。私は本当に怖いんです。彼女に殺されそうです。いつか、本当にそうなると思います。この屋敷が私を狂わせるんです。ただ、どう説明したらいいかわかりませんでした。だから本を読みました。本の中の文章が、その漠然とした感じを説明できるようにしてくれたんです。だからだったんです。私は嘘をついてません。本当です。本当に。本当に。本当なんです。私の話をすべて信じてくださってたじゃないですか。私の話から、何かを感じてたじゃないですか。だから書かれたんじゃないですか。あれは嘘ですか？　違いますよね。あれは本物じゃないですか。

隣の部屋にいると、かれらの声が聞こえた。ヨンジュの声は哀れで、シャーリイの声には裏切られたという思いが満ちていた。あたしは一人ベッドに座って、それを聞いていた。時々うっすらほほえんだりもした。すると、どこからともなくクックックックッと笑い声がした。ああ、やっとあたしも声が聞こえるようになったんだろうか。もはや、本当に。

隣の部屋から啜り泣きが聞こえた。ヨンジュの泣き声。ただの一度も取り乱した姿を見せたことがなかったのに、ヨンジュはついに涙をあふれさせてしまった。シャーリイの声は聞こえてこなかった。そんなことがあってから、かなりの時間が経った。

シャーリイは最終的にここを去ることにした。人を呼んで郵便を出した。あたしは、あれが夫に宛てた手紙だったと推測している。想像する。もう戻るつもりだ、ここの話はすべてがまがいものだった、自分はどんな霊感も感じられなかったという、怒りの手紙を。

あたしはもう少し、想像を膨らませる。

いや、理解する。

このとんでもなく狂った屋敷で、私は異常な事態に遭遇している。これは霊感でも何でもない、ただのひどい体験でしかない。あなたはこれが芸術だと思う？　そう言いたがるんだろう。それが私を限界に追い込んで、私から新たな物語を引き出すと思うんだろう。そう、たぶんそれもありうる。でも、知ってた？　おそらく私がこれを物語にしたら、あなたのその卑劣で愚かな無理強いが、一番の恐怖として描かれるのよ。なぜなら、私を限界に追い込んでいるのはこの古ぼけた屋敷じゃなく、あなたのそのくだらない判断だから。そうすればまたあなたは言うのだろう。結局は自分のおかげで私が小説を書けているのだと。そう？　そうだろうか。あなたは、私がいなければ何の判断も求められなくなるけれど、私は、あなたがいなくても何であれ書ける。私の物語の感情は、私が感じているもの、つまり、結局は私が決定しているものだから。まさにそのことに、ここで気づかされた。あなたが私をここに置き去りにしたおかげで、気づくことができた。そしていまや私はここを去るつもりだ。そしてあなたからも去るつもりだ。あなたみたいな小さな人間の想像の範囲内に、自分を閉じ込めておきたくない。あなたは大仏ホテルだ。におって、汚らしくて、今にも崩れ落ちそうな、古びた廃屋。ここに私を閉じ込めておいたからといって、私まで同じようにボロボロにはなりはしない。海は広いし、私は私の船を運航することができる。私の船を動かすのは私だ。あなたじゃない。私は私の船の船長であり、主人だ。私は笑いながらこの船を動かすだろう。あなたには不可能なことだ。それと、おまえ。最初から意図的に近づいてきて、私を欺いたおまえ。おまえを私が許すと思うか？　その瞬間、あたしの想像は止まる。急に知りたくなる。シャーリイはなぜ、怒っているのだろうか。自分が経験した奇異で奇妙な感じを、別の人も一緒にあじわっていると喜んでいたのに、大昔に死んだ偉大な小説家が現れるという事実に慰められていたのに、そのすべてが嘘と知らされたからか。あるいは単純に、信用していたヨンジュが自分を騙していたことを知ったからか。ひょっとしたら二人は、約束をしていたのだろうか。つまり、一緒に旅立つ約束。シャーリイは、ヨンジュをアメリカに連れて行ってやろうと言ったのか。ヨンジュを、ここから連れ出してやろうと言ったのか？　わからない。とにかく、二人の仲がこじれたことは事実だ。

信頼。

ヨンジュは信頼を得られなかった。

クックックックッ。

笑ってないのに笑い声がした。笑い声を、聞こえるままにしておいた。

クックックックッ。

少し大きく聞こえて、あたしはほほえんだ。同時に、隣の部屋でヨンジュの啜り泣きが止まった。続けて、どすんどすんと廊下を歩く音がした。部屋のドアがばたんと開いた。

「出てって」

ヨンジュがあたしに言った。

「何て言ったの？」

あたしの言葉に、ヨンジュが呆れたように首を横に振った。今まで何も言わなかったのは、良心があれば自分から出ていくだろうと思ったからだと言った。それと、他に何て言ってたっけ。そうだ。破廉恥、って言った。破廉恥で図々しいって。それからあたしの腕を引っ張った。あたしはありったけの力で踏んばった。でもヨンジュの力はとても強かった。彼女にそんな力があるとは思わなかった。あたしはドアの外に押し出されて転んだ。そんなあたしをヨンジュが起き上がらせた。同時に声がした。

「笑う？　あんな真似をしておきながら、隣で大声を出して笑える？」

ヨンジュの声じゃなかった。誰だろう？　誰があたしに話しているんだろう？　空間が狭くなる感じがした。四方があたしに向かって迫ってきた。息苦しかった。ヨンジュの腕につかまった。しがみついた。でもヨンジュは、耐えがたいというようにあたしをずるずる引きずり出した。階段が見えた時、天地がひっくり返る感覚があった。気がつけばあたしは逆さまにぶら下がっていた。天井から下を眺めた。床がぐにゃぐにゃ動くのが見えた。頭に血が上って、悲鳴といっしょに声が耳に突き刺さった。私が、あんたと一緒に暮らすとでも思った？　あんたは招かれざる客なの。いつだって、どこでだってそう。誰からも歓迎されないし、愛されることもないんだ。あたしは宙でもがいた。真下に見える階段の手すりを必死につかもうとした。指先が手すりに届きそうで届かなかった。声はずっと聞こえていた。出ていけ。出ていけ。こっちはもうオマエにいてほしくない。ここにオマエは必要じゃない、出ていけ。オマエはここにいることはできない。

あたしは歯を食いしばった。

嫌だ。あたしはいられるんだ！

あんただって、ここに世話になってるだけじゃない！　おそらくそんなふうにヨンジュに叫んだのだろう。いや、この屋敷に向かってそう言ったか。みんな、ここに取り入ってるだけだ。誰もあたしに指図なんてできない。手すりに手を伸ばした。ぎゅっと握った。あたしはここにいるんだ。何があっても、ここにいるんだ。すると、空間が再び元に戻り、床に足がついた。両手で手すりをぎゅっと握って離さなかった。手がぶるぶる震えていた。

それが、最後の記憶だ。気がつけばあたしは、ホールに一人で横たわっていた。

＊

ヨンジュがホテルを留守にしていた。ルェ・イハンが一人でシャーリイの部屋を行ったり来たりしていた。あたしはホールに陣取って、すべてに知らんふりを決め込んだ。そう、一度全部一人でやってみな。この偉そうな野郎め。ありとあらゆる場所を片付けながら、その外国人の機嫌をとるんだね。一度続けてみな。

だが案の定、午後遅くにルェ・イハンは顔を真っ青にしてあたしのところへやって来た。心の中で笑いが出た。たぶんヨンジュから、あたしには絶対頼るなと言われていたろうに、どうにもこうにもお手上げらしい。彼はせっぱつまった声で言った。

「おれにはできないことなんだ。君がいてくれたほうがいいと思う」


あ、そう？


あたしはゆっくり立ち上がってシャーリイの部屋に向かった。彼女はベッドに横になっていた。顔色が冴えなかった。あたしは窓を開けて換気をした。隣でルェ・イハンが途方に暮れているのを感じた。ここにいるべきか、あるいは出ていくべきか、判断がつかないようだった。あたしは、何もかも察しがついているというように、泰然とシャーリイ近づいた。何事だろうか。

お腹に手を当てているシャーリイの姿が目に入った。あっ……ひょっとして？　あたしは屑籠の蓋を開けた。背後でルェ・イハンが息を呑むのがわかった。そりゃそうだろうね。血まみれの布が山積みだった。あたしはルェ・イハンに向き直ると、これまでそんなフリさえしたことがないほど高圧的な口調で言った。ここから出て行ってくれと。彼は一瞬ギョッとしたが、すぐに仕方がないというように溜息をつきながらドアへ向かった。彼が出ていった後で、あたしはシャーリイに声をかけた。

「ハイ、シャーリイ。結局、あたしたち二人になりましたね」

シャーリイが顔をそむけた。高慢ちきなもんだ。あたしは心の中で彼女をあざ笑った。どうせ、他人の助けなしにはいられない異邦人のくせに。あんたは自分の家に帰るのでさえ、誰かの助けが必要なんだろ。その時シャーリイがあたしに何か言った。聞き取れなかった。すると、この上なく気持ちが落ち込んだ。誰かの言葉を聞き取るということは、なぜこれほど大変なんだろう。難しいんだろう。そして、なぜあたしは、自分の話をまともに伝えられないんだろう。

安心。

もう一度その単語を頭に浮かべた。あたしが望んでいるのは、ただそれだけだった。そういう気持ちになることは、なぜこれほど難しいんだろう。ルェ・イハンは計画を立てろと言ってたけど……あたしに残されたものは何もなかった。貯めていたお金も、歓迎してくれる親戚も、何もなかった。いまやヨンジュもあたしを憎んでいた。何にすがって生きればいいんだろう？　声？　この建物の悪意？　はあ。そうね。それだけでも、あたしのもとを訪れてくれたなら。

エミリー・ブロンテ、あなたはいったいどこにいるんですか？

その時、シャーリイが片手を持ち上げた。そして何か言った。あたしはやっぱり聞き取れなくて、シャーリイの手は力なくベッドの上に落ちた。その白い手をじっと見つめた。異邦人。誰かの手助けに取り囲まれた女。あたしとは別の人。でも今は、あたしにどんな言葉も伝えることができず、力なく横たわっている人。私は彼女の手を取った。彼女も私の手を払わなかった。同時に、彼女の心が手を通じて伝わってくるのを感じた。その深い悲しみと絶望、裏切られたという思いが、あたしの心の中へ流れ込んできた。彼女は怯えていた。この見知らぬ土地で病気になるのではないか、消えるのではないか、つまり、みんなに忘れ去られるのではないかと。あたしは彼女の手をますます強く握った。見つめ合った。あたしの心も、やっぱり彼女に伝わっていることがわかった。そうです。あなたのところに、『ワザリング・ハイツ』を持っていったのは、あたしじゃないんです。あたしがおばさんを突き飛ばしたんじゃないんです。どうか、あたしを信じてください。彼女は理解しているというように、かすかにうなずいた。

ええ。わかっています。

涙が込み上げてきた。だから目をつむった。ああ。この短い返事を、どれほど望んでいたか。どれほど切実に願っていたか。あたしはシャーリイの手をさらに強く握りしめた。自分に届いた他人のぬくもりを逃すまいと、ありったけの力をこめた。

すると、後ろから悲鳴が聞こえた。慌てて振り返った。ヨンジュだった。

「あんたっ、今、何してるのよっ」

彼女があたしのもとへ駆け寄ってきた。鳥肌が立った。ヨンジュのせい？　いや、あたしのせいだった。信じられなかった。ありえないことだった。たしかにあたしはシャーリイの手を握っていたはずなのに、そうではなかった。なんてことだろう、あたしは、シャーリイの首を絞めていた。そんなはずが。じゃあ、あたしがつかんでいた手は何なの？　あのぬくもりと感触は何？

ヨンジュが叫び声を上げてあたしを突き飛ばした。

「こんなことだろうと思った、この女っ！」

そうしてシャーリイを抱きしめた。ヨンジュの胸の中で、シャーリイが身を震わせた。恐ろし気にあたしを見つめていた。でも、本当に怖い思いをしたのはあたしなんだ！　ついさっき感じていたものが何なのか、あたし自身、確信が持てなかった。あたしがなぜ、あの人の首を絞めていたんだろう？　そしてあの人はなぜ、されるままになっていたんだろう？　シャーリイはあたしより背も大きいし体格もいい。いくら具合が悪くたって、あたしを押し返すくらいの力はあったはずだ。なんで、じっとしてたの？　なんで、こんなことになるまでそのままでいたの？　シャーリイはずっとあたしを見ていた。長い睫毛の下の大きな瞳が、まっすぐに見つめていた。

ええ。わかっています。

体が震えた。彼女の前でずっと目をつむっていたことを思い出した。シャーリイの部屋から飛び出した。

わざとだ。あたしが目をつむっているあいだに、自分の首にあたしの手を持っていったんだ！

でもヨンジュが追いかけてきた。隣の部屋に入ってドアの鍵をかけようとしたのに、ヨンジュのほうが早かった。彼女はあたしを突き飛ばした。あたしはベッドに倒れこんだ。続いてルェ・イハンも後を追って部屋にやってきた。あたしは二人を交互に見た。怖かった。震える声で彼女を呼んだ。

「ヨンジュ」

彼女の目に怒りがこもっていた。あたしが知っているヨンジュの姿ではなかった。彼女はあたしの顎をクイッとつかんで言った。

「チ・ヨンヒョン？　笑わせないでよ。このペテン師女」

あたしは彼女の手を振り払った。ヨンジュがソファーに腰を下ろして息を整えた。心を落ち着かせようとしているみたいだった。怖かった。こんなふうにヨンジュを怖いと思ったことはなかった。ドアのほうにチラッと目をやった。だが、逃げられそうになかった。ルェ・イハンがドアの前に立ちはだかっていた。あたしはベッドの背もたれにぴったりと体を寄せた。ヨンジュが言った。

「今日あたしがどこへ行ってきたか、わかる？」

答えなかった。

「あんたのふるさとに行ってきたの。月尾島」

ぎゅっと拳を握った。今すぐ大仏ホテルから出ていきたかった。いまや本当にそう思っていた。ここから出ていけって言ってなかったか。もう、本当に出ていける。出ていってやる。

いいや、オマエは出ていけない。

なんの声？　これは誰が言ってるの？

クックックックッ。

その上にヨンジュの声が重なった。

「そこであたしが誰に会ったか、わかる？」

*

チ・ヨンヒョン？　あの子は死んださ。

生きているはずがない。俺が何度も確認したんだ。そのアマは、チ・ヨンヒョンじゃない。チ・ヨンヒョンにくっついて歩いてたチビすけさ。名前は何て言ったかな。ジョンスクだったか。マルスクだったか。そう、あのチビだ。哀れな奴ら。いいや、哀れじゃないな。誰ひとり、哀れじゃない。世の中にどうしてそんなことがって思うだろうが、生きていくっていうのは元来、そういうもんだ。常に予想のつかないことでいっぱいなんだ。この村だって、やっぱりそうだった。一緒に還暦祝いをして、代わりに船に乗って海に出て、子どもの誕生祝いに餅を配って、助け合いながら暮らしてたのに、全部、一瞬でブッ壊れた。違うな。もともと俺らはこのザマだったんだろう。単に、一緒に暮らさざるを得ないから、一緒に暮らしてたってだけで。いつでも縁を切る準備はできてたんだ。おい、お嬢さん。マルクスって誰か、知ってるか？　俺も知らん。知らねえヤツだ。ところが、その顔も知らない毛唐が、だ。この村をひっくり返した。すごいと思わないか？　一度も顔を合わせたことのない人間が、自分の住んでる世の中を変えちまうってのがさ。

ああ。俺もわかっている。うちの兄貴にはあくどいところがあった。あれが原理原則だったと言い張るつもりはない。傲慢なヤツだったんだ。それでうちが、羽振りのいい暮らしをしてたかって？　正直、それは違うな。お嬢さんは子どもだったから知らんだろうが、俺らは世界がひっくり返り続けるのを、ずっと見てきたんだ。俺らだって、やりたい放題されてきたってわけだ。日本の奴らが俺たちを人間扱いしたと思うか？　だが村の人間は、俺らがさんざん賄賂をもらってると思ってたんだろう。まあな。他人の暮らしってのは、ひどく楽そうに見えるもんだ。だろ？

俺らのことを一番軽蔑していたのがアイツだ。チ・ヨンヒョンの親。ああ、ずいぶんと小賢しいヤツらだったよ。はじめからそうだったわけじゃない。チ・ヨンヒョンの爺さんは、そりゃあ貧しい漁師だった。それでも長男を仁川に出して勉強させた。やがて、聞いたところによればその息子は、仁川のえらく立派な職場に勤めるようになったらしい。海運会社だか何だか。ところが、そいつは突然会社を辞めて、月尾島に戻って来た。頭ん中を、あのマルクスだかなんだかでいっぱいにしてな。自分と似たような女と一緒に帰ってきた。あの連中は何て言ってたかな？　世の中のすべての人間は平等、といったかな。勉強しなければならない、だったか？　雑魚めが。

ついこないだまで、兄貴と目も合わせられなかったくせして、うちの家族にぺこぺこして、よろしくおはからいをって言ってたくせして、ちょっと勉強して真っ赤になったら、すっかり周りが見えなくなってるみたいだった。波止場の労働者の生活が不当だ？　大体、労働って何だ？　その意味をまともにわかってんのか？　みんなそうやって生きてんだ。ずっと生きてきた。生活は、ただそうやってずっと生きていくもんだ。ところがヤツらは、ずっとそんなふうに生きてちゃダメだと言い出した。それでうちの兄貴を標的にしたんだ。横暴とか言い始めた。いや、あれが横暴か？　なんであれが横暴なんだ？　警察の役目を果たしながら適当に人の面倒を見てやって、礼をしたいっていう気持ちを突っぱねられずにいくらか受け取って、だから、また次も助けてやって、そうやって生きていたのが、横暴？　少なくともうちの兄貴は、人が食っていくってことに敏感だった。みんなが一生懸命働いて、腹いっぱい食べなきゃいかんって思ってた。だが、チの野郎はそんなことに何の関心もなかった。横暴だ不当だなんだとほざいているだけで、当の、人がおまんまを食って眠ってってことには何の関心もなかったんだ。単に、都会で学を積んだことを自慢したいだけだったんだ。自分がどれほど賢いヤツか、認めてほしかったんだろう。

それで、だ。

ずいぶんとこまっしゃくれた末娘が生まれた。それがチ・ヨンヒョンさ。

大したやつだったよ。

だからなんだ。

死んだのに。

生きてたら、かなりの大物になったかもな。

だが、死んだ。

死んじまったんだ。

ところで、笑える話を一つ聞かせてやろうか。村の国民学校（韓国では一九九五年まで、小学校の名称は「国民学校」だった）に、チ・ヨンヒョンをなめるように可愛がってた教師が一人いた。だが、その女がなぜ、それほどチ・ヨンヒョンをひいきしていたか、わかるか？　チの野郎がカネを渡してたのさ。いやあ、平等がどうのこうのと言いながら、テメエのガキにはよくしてやってほしいと、教師にカネをつかませてたわけだ。さあな、別途英語も教えてやってくれとか言ってたらしいが。あの毛唐らの言葉のことだよ。チ・ヨンヒヨンはそういうえげつない真似を、自分が出来がよくて賢いから、特別に課外授業をしてくれているんだと思っていた。だから後で本当のことを知って、派手にひと悶着起こした。村の真ん中で、自分の親に何て抜かしたと思う？

「残忍だし、不埒《ふらち》です」

こうきたもんだ。まったく、こまっしゃくれたことを。そういう口の利き方をする子どもだった。本当に、賢かった。

だから、その日本人教師もやりにくいところはあったらしい。あるいは何も思ってなかったかもしれない。実際のところ、それは大したことじゃない。あの女が、チ・ヨンヒョンの脇にジョンスクをくっつけたってことが重要なんだ。あっ、マルスクだったかな。あの子のことは、まったく……思い出せない。俺は、村の連中の族譜《チョッポ》（父系血縁集団を中心とした詳細な家系図）は全部諳《そら》んじているが、あの娘っ子は本当に印象が薄い。顔もはっきり覚えていない。あまりにもチ・ヨンヒョンとくっつき回ってたからか、チ・ヨンヒョンと同じにも思える。

ともかく、誰もあの娘っ子には関心がなかった。あそこの家が、まあそういう感じだった。目立たなかった。だまって自分のすべきことをしているだけで手一杯の人たちだった。実際、そういう人たちこそが本当の生活をしてるんだ。違うか？　ただ一日一日、自分のすべきことをして、おとなしく暮らしている人間。若いうちは、そういう生活が馬鹿らしく見えるだろう。退屈に思えるだろうな。おそらくジョンスクもそうだった。自分の親が嫌いだったんだろう。チ・ヨンヒョンが羨ましかったんだと思う。

俺から見たって、チ・ヨンヒョンの親は、どうかしてるってくらい娘に愛情を注いで育てていたからな。自分たちが食うのを我慢して、そのカネでチ・ヨンヒョンに新しい服は着せてやるわ、コメのめしを食べさせてやるわ。おそらく、都会に出して勉強させるつもりだったんだろう。ところがどっこい、解放になった。さらにもっと大変なことになった……。

わかんねえな。

解放後は、たくさんのことがメチャクチャになった。法もないし、秩序もなかった。毎日毎日、何かがひっくり返った。そう。あの夏の後で、実にたくさんのことが変わった。一緒に酒を飲んだり、互いの仕事を手伝いあうって姿は見かけなくなった。俺たちは互いを、疑ってたからな。左翼かもしれない。右翼かもしれない。ただの頭のおかしいヤツかもしれない。とにかく、こっちに危害を加えるかもしれない……俺らは互いに憎みあった。同じ村で、はだかんぼうで一緒に育ったのに、憎むことのほうに慣れっこになった。だがあの頃、ちょこまかしたあの子たちが大きくなっていくのを眺めるのは、結構楽しかったな。

俺は、賢い娘っ子が賢い言葉を使ってるっていうのが、まんざらでもなくてね。

一度、何があったのやら、ガキが泣きながら港をほっつき回ってた。だから、なんで泣いているんだって訊いたら、目を剝いてこう言いやがる。自分は泣いてない、って。それがずいぶんとかわいかったね。何かに挑みかかるような、そんな顔が。あの時こう思った。コイツ、コイツはもうちょっと違う生き方をするのかもしれない。だから小遣いをやったら、なんとまあ、カネを、むんずとつかみなさる。店にタッタカタッタカ入っていって、飴を買い食いしてたんだ。

まさにそのガキの親が、俺の兄貴を殺した。トラックに青年団のヤツらを一杯に乗せて、兄貴の家に攻め込んだんだ。そのカミさん？　あの女は、アカにメシを食わせて、アイツらの服を直してやってたのさ。婦人会を作って、村の女たちをさんざん引きずり回して。世の中は変わらなきゃいけないって大騒ぎしていたが、結局は仲間内のお遊びだった。誰かがいい生活をして、誰かが食うに困る、それが毎回変わるだけのことだった。今回はコイツらが浮上して、その次はアイツらが浮上して。

つまりだ、天罰を食らったんだよ。わかるか？　爆撃は天罰だった。

なのになぜ、俺まで罰を受けなきゃいけない？　えっ？　なぜ俺の家族も、一緒に死ななきゃならなかったんだ？　いいや、お嬢さん、知ってたら教えてくれよ。あの日、俺は夢中で走り回った。アイツらを殺すため？　いいや、自分の家族を助けるためだ。崩れた家に向かって、声を限りに叫んだ。うちの子は、うちの子はどこだ。

すると、向こうで、遠くで、何かがもぞもぞ動いているのが見えた。俺はうちの家族じゃないと直感した。家からあまりに離れていたからな。だが……自分でもわからない。なぜ、そこまで走って行ったかは。

誰かを救うつもりはなかった。

自分を救いたかっただけだ。

そこに、あのガキどもがいた。チ・ヨンヒョンと、チビすけ。ジョンスクが。血まみれだった。誰が誰だかわからなかった。思えばそうだ。俺は、いつもあのガキどもの見分けがつかなかった。ジョンスクがチ・ヨンヒョンと一緒にいるようになってからは、ますますそうだった。あの娘っ子は、チ・ヨンヒョンに言葉を習い始めた。こまっしゃくれてハッキリものを言う娘っ子が、一人から二人になったわけだ。あいつらは村のあちこちを練り歩きながら、難しい言葉を使って、大きな声で笑って……

だが、あの日、あのガキどもは、だ。

一人が、別のもう一人の首を絞めていた。

何をそんなに驚く。

お嬢さん、やっぱり若いな。

俺は二人を無理やり引き離した。だがとっくに手遅れだった。地面に横になっているガキは死んでいた。俺がずっと「ガキ」って言っている理由はだな……誰が誰か、わからなかったからだ。チ・ヨンヒョンとジョンスク。はっきりしてるのは、二人のうちのどちらかってことだけだった。生き残ったほうのガキが言った。仕方なかったって。鳥肌が立ったな。何が仕方ないだ、って怒鳴ると、こうきた。とっくに建物の下敷きになってて、希望はなかったって。

希望？

それをどうしてお前が決めるのかと言った。そのガキの肩をつかんで、さんざん揺さぶった。ガキは涙ひとつ流さなかった。そしてこう言うんだ。

「この子が望んだんです。ずっと、こんなふうに生きてはいたくない、って言ったんです。もしこんなふうに生き残ったら、怨恨ばかりを抱えることになるって言ってました」

「怨恨？」

「はい。怨恨です。ものすごく腹が立って、怒りがわいて、誰かを傷つけずにはいられない気持ちになることです」

「だから、殺したと？」

「いいえ。頼まれたんです。中断してくれって言われました」

俺は震えながら訊いた。本当に、体が震えていた。

「何を、だ？」

「生きてることを、です。この人生を中断してちょうだい、って言いました」

俺は血まみれになったガキを怒鳴りつけた。そんなのは、お前らが決めることじゃない。お前らが選択することじゃない。その瞬間、爆音がして空を見上げた。あの時理解できたよ。天が崩れる、っていう言葉がな*。空が暗い雲に覆われて、あっという間に頭上に落ちてきた。俺は身をすくめた。同時に、死んだ子どもの死体が建物の瓦礫に埋もれていくのを見た。そのガキがチ・ヨンヒョンだったか、ジョンスクだったか。俺にはわからなかった。俺はただ……目を閉じてその言葉を繰り返してた。生きてることを、中断する。中断する。中断する。ああ、中断させてください。恨みを抱えなくてすむようにしてください。

目を開けた時、前には誰もいなかった。建物の墓ばかりが見えた。

そして数日後、うちの前をこそこそ這いつくばってるあの娘っ子を見るまで、俺は二人のどちらが死んだのか、わからなかった。

恨みを抱えたくない、だ？

そんなふうに生きたくない、だ？

それは選べるものじゃない。

どうせ恨みはやってくる。

恨みが、こっちを選ぶんだ。

四つん這いになっているあの娘っ子を見た瞬間、わかった。あの子はチ・ヨンヒョンじゃなかった。俺にはわかる。俺は、あのちょこまかちょこまかしたのが大きくなっていくあいだ、全部見守ってたんだからな。なんでこの話をこんなに長々としてるかというと、あの子がチ・ヨンヒョンだったら、あの子と出くわしていたら、俺は、絶対に生かしておかなかったはずなんだ。あの子がいくら賢くて、不思議な言葉を使って、つまり、あの子にこの上なく多くの可能性があるとわかっていて、コイツは少し違う人生を生きるのかもしれないと思っていたとしても、俺は、絶対にあのアカの娘を生かして

＊「天が崩れても這い出る穴がある」ということわざのこと。「捨てる神あれば拾う神あり」に近く、どんな苦境も切り抜ける手はある、の意。

おかなかったはずなんだ。

俺は、選ばれたんだから。

そしてそれが、正義なんだから。

違うか？

教えてくれよ、お嬢さん。


こういうのが正義じゃなくて、いったい何が正義なんだ？

＊

あたしは何の説明もできなかった。彼の話が正しければ、あたしはチ・ヨンヒョンではなかった。身分を盗んだ人間だった。そして彼の話が間違いなら、あたしはアカの子どもになるはずだった。どっちを選んでも、あたしはこの土地で生き続ける資格のない人間になった。そして、ヨンジュはあたしを見逃すつもりはなさそうだった。彼女はあたしをまっすぐ見て言った。

「さあ、そろそろ言ってみてよ。あんたは誰なの？」

何の言葉も浮かんでこなかった。ヨンジュが笑った。いや、ルェ・イハンが笑ったのか？　みんな、あたしを見て笑っていた。ああ、これがあたしの生き方だった。人生だった。あたしは大声を張り上げた。

「真実を歪曲しないで！　それって最低の真似だよ！」

ヨンジュが立ち上がった。同時にルェ・イハンが部屋のドアを開けた。彼女があたしに高圧的な口調で言った。どうでもいい、と。あたしの真実を聞くことには、何の意味もないと。

「出ていって。ここから永遠に消えて」

さらに付け加えた。

「でもね、これだけはハッキリしてる。あの時、爆撃で死ぬべきだったのは、あんたのほうよ」

あたしは、涙をこらえながらゆっくりとドアの向こうへ進んだ。どうしたって、そんな言葉を聞かされなければいけないんだろう。なんで、こんな扱いをされなければいけないんだろう。あたしは最善を尽くして生きていた。限りなく心を捧げた。なのに、なんで、どうして？

隣の部屋のドアが開いてシャーリイが出てきた。浮腫んだ顔であたしを見つめた。一言もなかったが、何を考えているかはわかった。彼女は、ルェ・イハンとヨンジュ、二人と同じ表情を浮かべていたから。ああ、この人たちはいつも同じ顔をしてるな。かれらがあたしを追い出したがっているという事実が、この上なく憎らしかった。なんで？　なんでよりによってあたしなの？　カッと怒りがこみあげた。あたしがいったい何の過ちを犯したというのか？　あたしがあたしであることが過ちなのか？　あたしがあたしとして生きてきたことが問題なのか？　世間が変わっただけで、あたしはそのままだった。それがなぜ問題なのか。恨み骨髄というのがどんなものか、わかる気がした。

シャーリイ、あんた言ってたよね。あの姉妹について。恨みを晴らすまでひたすら守令たちを殺していた、あの怒りについて。だったら、殺された守令たちはどうなるわけ？　姉妹の物語じゃない。誰かの恨みのために殺され続けた、数十人の人間たちの物語だ。無実の罪で死んだ魂が取り憑いた、不埒な屋敷に関しての物語だよ！　あたしは、この屋敷に取り憑いた無数の恨み、そして、人生で味わった激しい恨みが、自分の内側でおぞましく膨れ上がるのを感じた。

こんなふうにあたしが出ていくと思う？　絶対にそんな真似をするわけにいかない。なんであたしが？　なんだってあたしが、そんなふうにすごすご出ていかなくちゃいけないのさ？　あんたらを困らせてやる。あたしの恨みを、そのまま見せつけてやる。あたしが何を残せるかを見せてやる。あんたたちは三人で、あたしは一人だ。ヨンジュ、ここを出られないって言ったよね？　そう。永遠に出られなくしてあげる。あんたたちは、あたしの恨みに埋もれるんだろうよ。クックックックッ。あたしは笑った。いや、笑い声が聞こえた。また笑った。クックックックッ。これってなんの音だろう？　誰の声だろう？　なぜ突然、こんな声が聞こえるんだろう？　あたしにだけ聞こえる声なのか？　もしかしてエミリー・ブロンテ、あなたですか？　途端にいい気分になった。そうだ！　本当にうれしかった。ついにあたしは、安心できる方法を見つけたんだ。

あたしは、ここで死ぬ。

恨みに、なろう。そのために人生を中断しよう。あたしの首の骨を折ってしまおう。そうすれば、あんたたちは罪悪感から永遠に逃れられないはず。ヨンジュ、あんたも一度されてみればいい。あたしをつきとばしたと疑いをかけられる人間に、一度なってみな。シャーリイ、あなたが自分の家に帰るのは難しくなるでしょうね。そしてルェ・イハン、誰があんたの言うことを信じると思う？　誰もかれも、あんたがこの地から消えることを望んでるってのにさ。そうだ。結局、ここに永遠にとどまる人間は、あたしになるはず。あたしは永遠に、果てしなく、復讐を続ける。あんたたち、あんたたちの子どもの代まで、みんな、一人残らず、亡き者にしてやる。

あたしが、エミリー・ブロンテになってやる。

そうして階段の欄干に走り寄った。飛び下りた。悲鳴に包まれた。あたしは笑った。ああ、こんなに幸せだったことはない。これこそまさに、あたしが望んでいたことだった。

安心。

その単語をかみしめた。あたしは床に落下した。落下して、さらに落下した。

安心。

建物がひっくり返った気がした。

安心。

あたしは上にいて、同時に下にいた。逆立ちしていた。

とうとう、あたしはここの霊になったんだ。麗しい。本当に麗しい。

あたしは目を開けた。隣に顔を向けた。

首の骨が折れたヨンジュが、隣に横たわっていた。

あたしは飛び起きた。自分の顔に触れた。熱かった。ああ、あたしは生きていた。笑いが押し寄せた。クックックックッ。記憶も一緒に押し寄せた。欄干から落ちる瞬間、ヨンジュがあたしの手をつかんだ。放さなかった。あたしはそのまま床に落下した。先に床にぶつかったのはヨンジュのほうだった。あたしは彼女の上に落ちた。床とあたしの体の間で、ヨンジュの体は押し潰された。

「ヨンジュ……?」

あたしは彼女を呼んだ。そして顔を上げた。階段の上で、ルェ・イハンとシャーリイが、ショックを受けたような顔で立ち尽くしていた。やがて……シャーリイが叫び声を上げ、ルェ・イハンが大慌てで階段を駆け下りてきた。あたしは走った。走り去った。違う。こんなのは、あたしが望んでいたことじゃない。したかったことじゃない。あたしが本当に望んでいたことじゃない。

そう?

本当に、そう?

*

夜風があたしを包んでいた。海の香りが体の中へと染みこんだ。あたしは息が切れるくらい走った。

どこかわからなかったし、どこに向かっているかもわからなかった。あたしは生きていた。そして、あたしは死んでいた。そう。あたしは生きながらに死んでいた。永遠にこの道を走る幽霊になった。なんでだろう？　なんで、こんなふうに走ってるんだろう？　あたしは誰？　波が岩に砕ける音がした。あたしは立ち止まった。その音の真ん中に、長い間佇んでいた。

とうとうあたしは、一人だった。

第三部

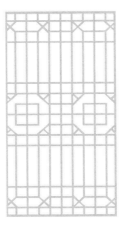

悪をもって、悪に報いたと言うのが正しかろう
——『薔花紅蓮伝』

I am the captain of my fate.
Laughter is possible laughter is possible
laughter is possible.
——Shirley Jackson

私は私の運命の船長だ。
笑える、笑える、
笑うことができる。
——シャーリイ・ジャクスン

1

それからどうなったのかという私の質問に、パク・ジウンは水を一口飲むと、何事もなかった、と答えた。警察がチ・ヨンヒョンを見つけて逮捕して、シャーリイ・ジャクスンはアメリカに帰った。しばらくして、チ・ヨンヒョンは獄中で亡くなった。それで終わりかと訊くと、パク・ジウンは答えた。

「そう。それで全部だ」

隣でジンがプッと吹き出して、こう言った。

「ばあちゃん、この前は、チ・ヨンヒョンがコ・ヨンジュの死体を、階段の下に隠したって言ってたよね」

パク・ジウンは聞こえないフリでもう一口水を飲んだ。ジンがまた指摘した。

「死体のにおいのせいで、中華楼に来る客が完全にいなくなったとも言ってたよ。チャオが直接上がってきて、コ・ヨンジュの死体を見つけたんだよね」

するとパク・ジウンはほほえんだ。そんなことは言った覚えがない、という意味らしかった。ジンがもどかしげにまた口を開いた。

「そのせいで、じいちゃんが捕まったとも言ってたじゃないか」

パク・ジウンはもう一度聞こえないフリをした。私がいるせいで居心地が悪いんだろうか？　だから正直な話ができないんだろうか？　それとも、単に新しい嘘を並べてごまかしているのだろうか。そもそもこの人はなぜ、こんなに突拍子もない話をえんえんと並べ立てているのだろう。そう思う一方で、私はパク・ジウンの答えを待っていた。思わず前のめりになっていた。知りたかった。シャーリイ・ジャクスンが韓国に来たというのは本当なのか、コ・ヨンジュとチ・ヨンヒョンはどうなったのか、何より、ルェ・イハンの運命はどんな方向に流れていったのか。あまりにも先を知りたかった。たとえこの話すべてがインチキでも、作り話だとしても。なぜなら、私にとってこの物語は、本物のように胸に迫るものだから。私は、もう少しその本物を感じていたかった。すると、パク・ジウンが私を真っすぐ見据えて訊いてきた。

「お前さんは、そんなに他人の話が好きなのか？」

そしてジンのほうを見て、苛立った声を出した。

「どっからこんな性悪を連れてきて……」

ジンの顔が真っ赤になった。私も同じだった。ある種の羞恥心が、強烈な恥ずかしさが、心の奥底からこみ上げてくるのを感じた。パク・ジウンは冷たい表情でジンと私をじろりと眺めると、そっぽを向いた。さんざんしゃべり散らしていた時とはまるで違う姿だった。もはや私たちが煩わしいようだった。私は、無残に崩れ落ちた大仏ホテルの跡地を思い浮かべた。物語の登場人物の中で、最後まで大仏ホテルにとどまった人は一人もいなかった。おまけに、そのうちの誰も生きていなかった。ひょっとしたら、これ以上知りたがる必要のない物語かもしれなかった。とっくに結末は決まっていた。

たとえこの話が嘘でも同じことだった。かれらの誰が生き残っているだろう。誰もいない。誰も。

あっ、たった一人。

パク・ジウンを除いては。

その時、後ろから聞き覚えのある声がした。

「ずいぶんと上品な言葉づかいねえ」

ボエおばさんがドアのそばに立っていた。私は苦笑いを浮かべつつ、席から立ち上がろうと中腰になった。部屋に入って来たおばさんは、そのまま座ってて、という手振りをした。パク・ジウンはボエおばさんの言葉に反応しなかった。二人はチラッと目が合うと、どちらも気まずそうに慌てて顔を背けただけだ。

ボエおばさんがタンスの扉を開けた。布団を引っ張り出した。ジンが自然に立ち上がっておばさんの後ろに回り、布団を受け取って敷いた。そこでようやく、パク・ジウンがボエおばさんに言った。

「お前さん、何してるんだよ。なんで布団を出すんだ?」

おばさんは淡々とした声で答えた。

「寝てください。お昼寝の時間でしょ」

するとパク・ジウンが怒りだした。

「昼寝? あたしゃ昼寝なんかしないよ!」

パク・ジウンはボエおばさんが広げた布団をパッとつかむと、思いきり放り投げた。だが力がなかったせいか、布団は彼女の膝のあたりでみじめにくしゃくしゃになった。パク・ジウンは、プライドが傷ついたといわんばかりに唇をぎゅっと噛んで布団を睨みつけていた。その時、おばさんが私の肩をやさしくぽんぽん、と叩いて目で合図をよこした。部屋から出よう、という意味だった。私は、パク・ジウンに中途半端な挨拶をして立ち上がった。そしてジンと目が合った。彼は、強張った表情で私の視線を避けた。怒っているように見えた。

声が、押し寄せてきた。

ほら、見たろ？　もはやオマエは、彼を失うんだ。

そもそも、来るべきじゃなかった。来なかったら、彼があんな思いをすることもなかったろうに。恥じていることがわからないのか？

性悪め。すべて、オマエのせいだ。

おばさんがリビングにリンゴと紅茶を運んできた。私たちはお互い何も言わなかった。おばさんのリンゴを剝く音だけが、サクサクと響きわたった。やがて数分もしないうちに、部屋から鼾《いびき》が聞こえてきた。私は笑顔どころか、形だけのほほえみさえ浮かばなかった。私にリンゴを一切れ差し出しながら、おばさんが言った。

「でも、面白かったでしょ？」

「はい？」

おばさんがウインクした。

「嘘っぱちだとしてもよ。うちの母さんの話、面白いでしょ?」

私は苦笑いした。こちらの気分をなだめるための言葉だと、わからないわけではなかった。やりきれなかった。本来、やさしい言葉をかけられるべきはおばさんのはずなのに。おばさんは、あたしはさんざん聞かされてうんざり、と軽口を叩いた。そして付け加えた。

「聞くたびに、話が変わっている気がするのよね」

そこにジンが口を挟んだ。

「最近はますますひどくなったっぽいね。もうばあちゃんは、自分が何を話したか、ちゃんと覚えてられないんだろ」

ボエおばさんが低い溜息をついた。そしてつぶやいた。一度、検査を受けさせないと。私は驚いた。おばさんの発言にではなかった。ジンの口調や声に、だった。ここ数年で、ジンがこんな言い方をしたことはなかった。つまり、冷たく冷笑的な口ぶりで、何か指示でも出すみたいに、煩わしさや苛立ちを含んだ心をそのままさらけ出して。彼が見知らぬ人のように思えた。そして見覚えがあった。彼からも感じていたのだ。愛せない家族を持つ人からだけ立ちのぼる、落胆やあきらめを。

おばさんがジンに訊いた。

「今回のバージョンはどうだった? この前の話と、ずいぶん違ってたの?」

ジンがやはり皮肉っぽく答えた。

「チ・ヨンヒョンは逃げた後に捕まって、コ・ヨンジュは死んで、って感じかな」

「あの話は出なかった?」

おばさんが尋ねた。

「何の話?」

ジンが訊き返した。おばさんは紅茶を一口飲んでから言った。

「チ・ヨンヒョンが捕まるとき、コ・ヨンジュのジャケットを着てたって話」

「ジャケットを着て? うーん。そんな話はなかったな」

「そう? どうしてだろう?」

「なんで?」

「毎回話が違っても、そこは変わらなかったのよ」

ジンが考え込んだ。どうやら彼には耳慣れない話のようだった。パク・ジウンは、ボエおばさんにだけジャケットの話をしていたらしかった。やっぱりわけがわからなかった。頭の中が騒がしくなり始めた。パク・ジウンの話について、その背景、登場人物への抑えがたい好奇心や興味が、またむくむくとわいてきた。私は心の中でつぶやいた。何も台無しにしてない。まだ、何も台無しにしてないってば。だから、まだ誰のことも失ってなんかいないんだ! 私はおそるおそるおばさんの顔を見た。

そしてゆっくりと口を開いた。

「おばさん」

「ん?」

「おばあさんのお話なんですけど。どこまでが本当のことなんでしょうか?」

おばさんはさらに一口紅茶を飲んだ。私もつられて飲んだ。紅茶はほとんど冷めかかっていた。おばさんが言った。

「さあねえ」

もう一度訊いた。

「じゃあ、いつからああいうお話をされるようになったんですか?」

おばさんはもう紅茶を飲まなかった。ほんの一瞬、記憶をたどるみたいに目をつむってから、短く答えた。

「あたしがとても小さい頃から」

その時、ジンが口を挟んだ。

「ルェ・イハンじいさんが亡くなったあたりから?」

ボエおばさんがジンを見つめた。「じいさん」という呼称に、あえて名前を付けて呼ぶ自分の息子のことを。彼女が答えた。

「うん」

そしてそれ以上何も言わなかった。私も押し黙った。ジンもやはり静かだった。どれほどそうしていただろうか。ボエおばさんがまたティーカップを持ち上げた。すっかり冷めた紅茶をずずずっと啜りながら、彼女が言った。

「子どもの頃は、あの話を全部、信じてたの」

*

とりあえず、面白いでしょう? 誰かが誰かを疑って、憎んで、そのうちに死なせて、逃げて……

誰かを傷つけたい気持ちって、どうしてそんなに共感しやすいんだろう。そう。話を信じたっていうよりは理解したってほうが、より正確な言い方な気がする。

そして、パク・ジウンのことも理解した。そうだったんだろうと思った。

小さい頃から、いつもそう思ってたの。うちの母さんは、ものすごく可哀想な人なんだ。たまたま出会う男を間違って、こんなふうになったんだ。ひょっとしてパク・ジウン、「運」の話をしてなかった？　運が良ければ畑仕事を一度も言いつけない男に出会えるだろうけど、そうでなければ正反対だ、って話。あたしはそれを、パク・ジウンの話だと思った。理解したわよ。そういうことだったんでしょ。たぶん話の中で、パク・ジウンは米屋の娘として登場したと思う。でも実際のパク・ジウンは戦争孤児で、親戚の家に居候してたんだって。あらあら、コ・ヨンジュにも似てるし、チ・ヨンヒョンにも似てるわねえ。でも話の中で、その女性二人はルェ・イハンに特に関心を持たない。これって本当に面白いと思わない？　当のパク・ジウンは、ルェ・イハンに関心を持ってたでしょ。だから結婚したのよね。たまたま、運がそんなふうになったってことよね。

何の話をしようか。あまりにたくさん、話があるのよ。

そう。あたしの記憶の中で、うちの家族が不幸だったってことは一度もないの。

こんな思い出がある。とってもオンボロの家でね。壁には、あたしが描いた絵がいっぱいに貼ってある。母と父が、競争でもするみたいにあたしの絵を貼っておくの。貼りながら、さんざん笑いあってた。そして、どの絵がより上手か、大真面目に話してた。文字通り討論だった。あれは、記憶違いだったんだろうか。

ある日、あたしはごはんを食べている。口の中はご飯粒で一杯よ。でも、あたしは噛もうとしない。

そんなあたしを見て母が笑う。そして、父に言う。

「ほら、見て。あなたがキムチを口に入れてくれるのを待って、ご飯粒を噛もうとしないんだから」

するとと父が、こりゃ大変だ、とか大騒ぎして、箸でキムチを細かく裂く。そして、キムチをつまんだ箸を空中に持ち上げる。あたしは父の手につられて顔を上げる。父が、シュッシュッポッポって汽車の音をさせながら、あたしの口に箸を運ぶの。あたしは口を大きく開ける。父が言う。

「おかず駅に到着しましたよ、お嬢さん」

口の中にキムチの味が広がる。おいしい。とってもおいしい。上機嫌になる。楽しい。あれはいつだったんだろう。九歳より後じゃないわね。その頃、父はこの世にいなかったから。だったら八歳？　七歳？　六歳？　どう思う？　子どもの頃のことって、鮮明に覚えていられるものなんだろうか？　これって、本当の記憶なのかな？　あたしが作り出した記憶じゃないのかね？　父が恋しくって。いつだったか一度考えこんじゃって、結局母に訊いたことがある。彼女は言った。

「知ったことか。お前さんがそう思うんならそうなんだろ。勝手におし」

勝手におし、って。それってどういう意味だろう。勝手に記憶してろ？　でなかったら、思う存分父親を恋しがれ？　でも母は、父の話を嫌っていた。だから、あたしは彼女にそれ以上求めなかった。勝手にしたってわけ。それは自分の記憶だって信じることにした。でもずっと疑ってはいた。我が家にそんな団らんの瞬間があったことが、母が父を憎く思っていなかったってことが、あまりにしっくりこなくてね。だから、新しい父さんが亡くなった後で調べてみたのよ。当時、中華楼で父と一緒に仕事をしていた店員さんが、生きていることがわかって。その人のところに行ってあれこれ聞いてみた。

えっ？

なんでその前に調べなかったのかって？　それは……なんとなく新しい父さんに、申し訳が立たない気がしたのよね。

そう。ルェ・イハンが逮捕されたのは事実だった。それは実際にあったことなんだって。でもね、殺人事件に巻きこまれたわけじゃない。殺人じゃなく、詐欺事件だったんだって。

さあ、今から、パク・ジウンがしたのとはまったく別の物語を聞かせてあげる。

よーく聞きなさい。

＊

一九五四年、チャオは中華楼を引き継ぐと、二階と三階のすべてを月極めの貸間にした。不動産業はそれなりに回った。だが、物語の登場人物は訪れていなかった。つまり、シャーリイ・ジャクスンも、コ・ヨンジュも。ただ、三年後の一九五七年九月二日。緑のジャケットを着た一人の女性がやってきた。清楚な顔立ちにぼってりした唇の、若い女性だった。二十歳だと言った。名前はチ・ヨンヒョンだった。彼女は、ちょっと前まで親戚のおばのもとに身を寄せていたが、事情があってその家を出てきたと言った。そして、部屋代は一か月後に払うから、ひとまず置いてもらえないかと言った。チャオは悩んだ。その時、ルェ・イハンが口をはさんだ。普段他人のことに全く関心を持たなかった男が、だ。ルェ・イハンは、チ・ヨンヒョンが気の毒だと言った。行くところもなさそうだし、生活も大変そうだから、ひとまず置いてやったらどうかと。

「見てわかりませんか？　そのおばさんに追い出されたんですよ」

チャオはルェ・イハンをしげしげと見つめた。呆れていた。心の中で皮肉った。おまえも若い男だから、ちょっと綺麗な女を見てほろりと来たか？　同時に好奇心がわいた。ルェ・イハンがそんなふうに女に関心を見せるのは初めてのことだった。ずっと陰気な顔をして、この世の悲劇という悲劇を背負っているかのようだったヤツが、突然女？　チャオはルェ・イハンに視線を据えて、さんざん焦らしたあげくに答えた。

「わかった。いていいと言ってやれ。カネはそのうちよこすだろう」

おかげでチ・ヨンヒョンは中華楼に転がりこむことができた。だが、チャオがチ・ヨンヒョンの「入居」を許したのは、必ずしもルェ・イハンを気にかけたからではなかった。チャオは単に、もともとそういう人間だったのだ。それが彼の限界だった。強く出られない人間。実際、最初の年を除いて彼の不動産業はひどいありさまだった。部屋代を出し渋る人。少なくしかよこさない人。逃げる人。強情な人。まったく、大変な騒ぎだった。チャオは、カネをよこせとしつこく取り立てる抜け目のなさに欠けていた。さらには、自分のアメリカ移民さえ決めきれずにいた。

「行くさ。ここを離れるべきだ」

いつも口でそう言っているだけで、ずっとここに留まり続けていた。朝鮮が独立し、南北に分かれ、韓国政府が樹立し、戦争が勃発する、そのすべての歴史をくぐりぬけて生きてきた。中華楼から離れられずにいた。

やがて彼は、自分がルェ・イハンを誤解していたことを知った。ルェ・イハンはチ・ヨンヒョンに何の関心もなかったのだ。後でわかったことだが、ルェ・イハンには別の女がいた。

これだから、若い連中は！

ルェ・イハンにチ・ヨンヒョンを紹介した、まさにその女。ヨンヒョンの身の上が気の毒だから、少し力になってもらえないかと頼んだ女。ヨンヒョンをあの建物に置けないかと切り出した女。

かなり後になってから、ルェ・イハンの娘にも同じ話を聞かせることになる口の軽い店員が、チャオにその女の名前を伝えた。

パク・ジウン。

彼女は、チ・ヨンヒョンのおばの知人の家で下働きをし、針仕事の内職もしていた。生活力にあふれた、がむしゃらな女だった。かなりの世話好きで、あちこちに知り合いも多くて、チ・ヨンヒョンともずいぶんと親しかった。だから、チ・ヨンヒョンがおばの家を追い出された日、パク・ジウンは、中華楼の針仕事の品を届けに時折自分のもとを訪れていたルェ・イハンを思い出したのだ。事はそんなふうに進んだ。

すべてを聞いてチャオは確信した。「あいつら、デキてるな」。なぜなら、ルェ・イハンはそんなふうに誰かの頼み事を快く聞き入れるタイプではなかった。おまけに他人におせっかいをやく女なんて。そんな女の言う通りになってやるなんて。ルェ・イハンの若さを実感した。そう、そんな気持ちやときめきを抱く年頃だろう。何かを始めて、欲を出して、多くの可能性を想いえがく年頃だろう。そうだろう。しかし、実はチャオの確信は憶測だった。当時、ルェ・イハンとパク・ジウンは特別な仲ではなかった。かれらはただ、互いを理解しあっていただけだ。頼る人もなく、寂しく、だから、数えきれないくらい死を思いながら一日一日を迎えるというのがどういうことか、理解していただけだ。そうだったから、パク・ジウンは自分に似た境遇のチ・ヨンヒョンのことも理解したのだ。そしてルエ・イハンは、チ・ヨンヒョンを理解するパク・ジウンのことを理解したはずで。もちろん定かではない。こういうのだってやっぱり、誰かによって伝えられ、伝わってきた話だから。

それでも。

もう少し、時間が与えられていたらよかったのに。歴史に仮定など無意味だというけれど、それでもその若者たちのことを思うと、こう考えずにはいられない。

機会が、与えられていたなら。

弁明するわずかな時間が、あったなら。

そうだったなら。

秋が終わる頃、チ・ヨンヒョンのおばがチャオのもとを訪ねてきた。折り入って話したいことがあると言った。

「チ・ヨンヒョン、あの子は本当にタチが悪いんです。関わりを持っちゃいけませんよ」

彼女は言った。

ここに住んでいるチ・ヨンヒョンは、チ・ヨンヒョンじゃないんです。うちの人の本物の姪のチ・ヨンヒョンの一家が、大田《テジョン》に避難しにいく途中で出会った娘です。チ・ヨンヒョンは、その子と仲良くしていましたから。でなけりゃ、あの子がうちの家族の歴史に、あれほどまで詳しいはずがありませんから。でも、ご存じでしょ。避難の途中、大田に向かう道に爆弾が落ちました。チ・ヨンヒョンとその家族は、みんな亡くなりました。ところが、生き残ったあの子が、チ・ヨンヒョンの人生を自分のものにしたんです。そうして、図々しくあたしを訪ねてきたんですよ。

あの子のおじ、つまりあたしの夫はだいぶ前にあの世に行ってるし、他の親戚だって、ずいぶん小さい頃以外、チ・ヨンヒョンに会ったことはありませんでした。だからあたしは、その女の子が自分はチ・ヨンヒョンだと言い張るのを、普通に信じたんです。一緒に暮らしました。だけど、あの子が大きくなればなるほど、なんとなく別人という感じを拭い去れなくなりました。夫に感じていたあの人懐っこさ、あの人の家族にしみついていた粘り強さ、そういう性格が表に顔を出すときに、よく浮かんでいた独特の表情。そんなすべてが、あの子には見当たりませんでした。あたしがおかしいとお思いですか？　いいえ。女にはわかるんです。あたしは、あの人の妻でした。あたしだけが感じて、理解できることがあるんです。どういうわけか、とんでもない黒髪の獣《けもの》を養ってるっていう感じを打ち消すことができませんでした。あたしが冷酷だとお思いですか？　違います。考えてもみてください。そうです。あたしは、よその人を連れて来て一緒に暮らすことだってできますよ。もしあの子が、チ・ヨンヒョンの友達だって最初から正直に言ってたら、いっそ平気だったのかもしれません。でも、うちの姪のフリをするなんて。他人の身分を、平気で自分のものだと言う人間なんて。そんな人間と自分の子どもを一緒に置いておくわけにはいきませんでした。あたしは疑って、なんとかしてそのことを確認するべきだと思いました。毎日その考えに取り憑かれていました。万が一あたしが死んだら？　いいや、殺されたら？　大げさだとお思いですか？　ちっとも大げさじゃないっておわかりでしょ。あたしたちが生きてきた時間を思い出してくださいよ。

何だって起きるんです。この地ではね。

そういう所でしょうが。

不安で、心がいっぱいでした。すべてが怪しく思えました。もしあの子がうちの子に危害を加えたら？　いいえ、あたしたち全員に危害を加えたら？　そうして、あたしたちのうちの誰かの名前を奪っていったら？　最初からそのつもりで、あたしたちを訪ねてきてたんなら？　あたしは誰を信じればいいんです？　誰があたしたちを助けてくれるんです？　そんなある日、ひょっこりこんなことを思い出したんです。本物のチ・ヨンヒョン、あの子は、家族みんなの誕生日を正確に暗記してたってことをです。ところが、うちに住んでいるチ・ヨンヒョンは、一度だって死んだ家族の誕生日の話をしたことがありませんでした。ただもう、爆撃された日の、その日の祭祀《チェサ》（故人の命日に執り行う儀式）ばっかりを一生懸命やってただけです。あたしはすぐにチ・ヨンヒョンのところに行って、あんたの父さんの誕生日はいつだって訊きました。なんとまあ。あの子はね、こっちの顔色を伺うんですよ。思い出せなかったんです。

とんでもない話でしょう？

あたしは、騙されてたんです。あたしの疑いは、すべて正しかったんです。そうしたら、あの子は大慌てで叫びました。

「思い出せ……ません。でも、母さんの誕生日は七月十六日です！」

あたしはその時、あの悪どい女の頬を張り倒してやりました。なんとまあ。どこに、母親の誕生日だけ覚えて暮らす娘がいますか。我慢なりませんでした。あの女は、今まであたしを騙してきたんです。すべて下心があったんです。どうしてあんなにすっかり信じてしまったか。騙されたもんか。あれほどの戦争を経験しても人を信じるなんて、自分にすっかり愛想が尽きました。なのにチ・ヨンヒョンは、いいや、チ・ヨンヒョンになりすましたあの子は、歯向かってきたんですよ。

それを全部覚えていないと、家族じゃないのかって。そしてこうも言いました。

「あたしはチ・ヨンヒョンに違いありません」

信じませんでした。これ以上、信じる理由がありませんでした。だからチ・ヨンヒョンを家から追い出したんです。いい気はしませんでしたよ。でも心を入れ替えたんです。あたしは自分の子どもたちを育てなけりゃいけません。なのに、家族でもない人間と七年も一緒に暮らしたんです。これ以上はできませんでした。ところが……あの子が家を出て行って数日後に、気づいたんです。貯めていたお金の二万五千ファンがなくなってるって。

そこまで聞いて、チャオが尋ねた。

「つまり……チ・ヨンヒョンがそのカネを持ち出したと、おっしゃりたいんですか」

「あの子じゃなきゃ、誰だっていうんです」

チャオはまた訊いた。じゃあ、なぜ今ごろ訪ねてきたのかと。そしてなぜ自分にその話をするのかと。するとおばは姿勢を正した。固い表情になった。まるで、侮辱されたというような顔つきだった。

彼女は高圧的な態度で言った。

「あの子とは話が通じませんのでね。だから社長さんに、もらったお金を返していただきたいんです」

ああ。

チャオはようやくわかった。この御婦人は、チ・ヨンヒョンが盗んだカネから部屋代を払ったと思っているのだ。彼はフッと笑って首を横に振った。

「お金は一銭も受け取れませんでしたよ」

おばは信じなかった。あげくの果てに彼女は、チャオをおかしな人間だと考えたようだった。なぜ、カネももらわずに人を住まわせるのか。この世の中で。こんな世の中で。


おばが帰ってから、チャオは午後じゅう物思いにふけった。どうせチ・ヨンヒョンは追い出さざるを得ない人間だった。いい口実ができたというわけだ。だが彼は考え続けた。あの子は、本当にカネを盗んだのだろうか。そうだったら、むしろ部屋代を払ったのではないだろうか。あるいは、もっと遠くへ逃げるか。彼はさらに考えた。そういう話を口実に人を追い出すことは、正しいのだろうか。だが、それと何の関係がある。

この世の中で。こんな世の中で。

とはいえ、チャオが本当に悩んでいたのは、チ・ヨンヒョンや彼女のおばについてではなかった。自分について悩んでいた。つまり、なぜここまで未練がましいのか、ためらうのか、わからなかった。自分はなぜここを離れられないのだろう。誰かを追い出すこともできないんだろう。疑うことさえためらうんだろう。いや、いったい何のために、自分はここにずっと住んでいるのだろう。他の親戚たちはみなアメリカへ渡った。もはや残っているのはチャオの家族と、我が子のようにそばに置いている姪っ子一人きりだった。

これが、他でもない俺の人生なのか。

俺は、果たして何を求めているのか。

翌朝、彼はチ・ヨンヒョンのところへ行った。特に何かを要求するつもりはなかった。チ・ヨンヒョンの話を聴いてみたかっただけだ。ところが……チ・ヨンヒョンは一晩中泣いていたのか、ぱんぱんに浮腫んだ顔で彼を迎えた。そして、体を震わせながら言った。

「変なんです。ここは変です。ここにいるのは、私だけじゃありません。いろんな音がします。それと、誰かがいます。その人たち、女の人たちがいるんです。あの人たちは、ここに棲みついています。私をここに、永遠に閉じ込めたがっています。私は、出られないんです。そんなことをしようとしたら、ここから永遠に出られなくなるからです。残らないと出られないんです。万が一無理に出て行ったら、私は本当に、ここに閉じ込められてしまいます。助けてください。どうか、助けてください」

そうしてチ・ヨンヒョンは突然チャオに向かって手を伸ばした。指先がチャオの手の甲に触れた。冷たかった。彼は驚きのあまりビクッとした。体が凍りつきそうだったからだ。その冷たさが彼の身体に乗りうつって、振り払うことができなかった。寒気に体が震えた。かなり後になってから、彼は姪っ子と一緒にアニメを見ていて、当時の記憶をよみがえらせることになる。汽車に乗って宇宙の果てまで巡る、背の高い女と不細工な少年が出てくるアニメだった。ある回で、二人は氷の体になった女と出会う。彼女は、人間だった頃に好きだったラーメンを恋しがる。今はラーメンを食べられないからだ。彼女が箸を持ってラーメンを近づけると、食べ物はあっという間に凍りつく。彼女はただの一口もラーメンを食べることができない。周りの人々も同じだ。彼女に触れた瞬間、凍りついてしまう。だから彼女はいつまでも一人だ。

彼はチ・ヨンヒョンから後ずさった。怖くなったのだ。彼女が言っていることも妙だったし、手の冷たい感触も薄気味悪かった。チャオはしどろもどろになりながらチ・ヨンヒョンに言った。早く、この建物から出て行ってくれと。今夜直ちに、すべての荷物をまとめて出て行けと。そして振り返りもせずに階下へ降りた。部屋に引きこもって一日中ガタガタ震えていた。寒かった。

その日の夜、チ・ヨンヒョンは階段の欄干から身を投げた。彼女は二階の欄干に腰を打ちつけてから一階へと真っ逆さまに落ちた。首の骨が折れた。

その死体を、ルェ・イハンが発見した。

＊

話を聞き終わって、私は呆然とした。畳みこまれていた物語が、再びパーッと広がったからだ。だったら、ルェ・イハンがかかわったっていう詐欺事件は何？　ボエおばさんはそんな私を見て、愉快そうにウインクをした。

「続きを聴きなさいな」

チ・ヨンヒョンの死後、おばが警察に通報した。「中国野郎どもがあたしのカネを奪ったんだ！」死体の発見者がルェ・イハンだったために、彼が容疑者にされてしまった。ああ、あまりにもたやすかった。誰かに疑いをかけることは。広場に立たせることは。責任をとれと口にすることは。警察はルェ・イハンを署に連行して座らせ、じわじわと追いこんだ。

「お前だな？　お前が間に入って、カネをすっかりかっさらったんだろ？」

ルェ・イハンは違うと答えた。絶対にそんなことはしていないと言った。彼は一晩中取り調べを受けた。大騒ぎになった。警察は中華楼をくまなく捜索した。ルェ・イハンの部屋をめちゃくちゃにした。人々が押しかけてきて、中華楼に石を投げつけた。

出ていけ！

ここからみんな出ていけ！

カネの行方はわからなかった。数日後、ルェ・イハンは証拠不十分で釈放された。だが、警察の取り調べの後、さまざまなことがやりづらくなった。そもそも人は中国人をよく思ってはいなかった。ましてや、詐欺の疑いで取り調べを受けたことがある中国人なんて！　弱り目にたたり目で、中国人の間にも噂が立った。あの父親の息子だ、チンピラのルェ・ジンチュの息子が、結局は同じ真似をしやがった。ルェ・イハンと一緒に働きたがる者はいなくなった。彼を信じてはいても、要らぬ誤解を受けそうだからと避ける者もいた。韓国でも、中国人のコミュニティの中でも、彼は独りぼっちだった。どんどん、そうなっていった。しばらくしてチャオが中華楼の経営から手を引くと、最終的に彼は、その時々で金になる仕事を転々としながら暮らすようになった。それが彼の人生になった。運命になった。

話をすべて聞き終えたジンが、ボエおばさんに訊いた。

「じゃあ……ばあさんはそれを知ってて、じいさんとつきあったわけ？」

おばさんは遠く、窓の向こうに目をやった。記憶をたどっているようだった。そして再び話を始めた。

ルェ・イハンが警察署から出てきた日、彼の前に現れたのがパク・ジウンだった。その時ルェ・イハンは、苦しんだ人間が自分一人ではなかったことに気がついた。パク・ジウンは罪悪感を抱いていた。うっかり人を一人紹介したばっかりに、そのせいで、誰かを困らせたということに。

パク・ジウンが言った。

「ごめんなさい。本当にごめんなさい。私は本当に……」

「大丈夫です」

ルェ・イハンは答えた。答えながら受け入れた。この女は、この女だけは、自分を信じているという事実を。人は本当に愚かだ。どうしたらそんなふうに、一時の感情にすべてを投げ出すのだろう。取るに足らないことにはあれほど悩みながら、なぜ誰かを愛して憎むことには、それほど簡単に巻き込まれるのだろう。

かれらはその年に結婚した。ボエおばさんが言った。

「たぶん、母さんと父さんは結婚した直後に気づいたのよね。ああ、これは違う。自分たち二人は、あまり合わない人間だ」

今度もジンが訊き返した。彼は少し気落ちしているように見えた。

「なんで?」

「父さんは……貧乏人だったから。それに……中国人だったでしょ。華僑よ。したいことをさせてもらえない人だった。あんたのおばあさん見なさい。それに我慢できる人だと思う?」

ふと、よくわからなくなった。だったら別れるべきだったんじゃないか。すぐに何かに気がついたなら。どうせ、婚姻届の手続きだって面倒だったろうし、住む場所を準備するのも大変だっただろうし、誰かの理解を得るのも難しかっただろう。いや、そもそもお互いの気持ちがすれ違っていたなら、その時点で決断することはできなかったのだろうか。やっぱり古い人だから仕方なかったんだろうか。それとも他人事だから、今よりはるかに昔の人のことだから、結局私はその人たちに無関心だから、こんなふうに思うのだろうか。

ああ。

そんな思いつきは、頭の中だけにとどめておくべきだったのに。

私はボエおばさんに、質問を投げかけていた。

「だったら、お二人はなぜ、ずっと一緒に暮らしたんでしょうか……?」

その瞬間、ジンの表情が翳ったのがわかった。ボエおばさんが苦笑いを浮かべた。背筋がぞわりとした。やっと気がついた。自分が過ちを犯したということに。本当に大きな過ちを犯したことに。体の中にクックッという笑い声が押し寄せ始めた。ほらな。だと思った。オマエはそうなると思った。

ボエおばさんは母の友達だった。二人の生まれ年は同じだった。つまり、一九五七年の冬にルェ・

イハンとパク・ジウンが結婚した理由は、まさにボエおばさんを身ごもったからだった。

ほら。

こうなるって言ったでしょ。

だよね。

オマエごときが。

他でもないオマエが！

＊

地下鉄の駅の前まで、ジンが送ってくれた。歩いている間、ずっと彼は無言だった。私は彼の胸の内がわからなかった。私の無神経さに怒っているのだろうか。怒っているだろう。私と、もう会いたくないのだろうか。そうかもしれない。申し訳ないと思った。なのに、ごめん、という言葉が出てこなかった。その言葉を口にしたら、自分が本当に大きな過ちを犯したことを認めざるをえなくなりそうで、そうなったら、二度と彼と会えなくなりそうだった。ズルかった。私は本当にズルくて卑怯だった。でも、そんなふうにしかできなかった。

よく言うよ。

オマエは、せいぜいその程度を、自分のできる最善だと思ってるんだろ?

地下道へ降りる入口の前で、私たちは挨拶を交わした。ジンは「気を付けて」と言ってすぐに踵を返した。私は彼を呼び止めなかった。

一人地下鉄に揺られながら、ふと、生活史展示館に立ち寄れなかったことを思い出した。でも、そんなことのすべてに何の意味があるだろう。

以降、ジンからの連絡は途絶えた。

2

そうして一か月が経った。その間に私は、パク・ジウンの物語を整理して時間を過ごしていた。インターネットで昔の新聞を調べてみた。キーワードを変えながら検索を続けた。仁川、殺人事件。一九五〇年代、詐欺事件。大仏ホテル、殺人事件。中華楼、殺人事件。シャーリイ・ジャクスン。仁川……ついでに図書館に行って、一九五〇年代に発行された古い雑誌や新聞をあさった。何も出てこなかった。見つけられなかった。それから海外のサイトをあれこれ当たり、英語の文章をつかえつかえ読んだ。それでもやはり、仁川とシャーリイ・ジャクスンに関する物語は見つからなかった。私の能力不足なんだろうか。パク・ジウンの物語が嘘なんだろうか。一方で、彼女の物語をまとめるのをやめられなかった。その物語に刻まれたある種の感情を理解したいという欲求のせいもあるが、前にも書いた通り、パク・ジウンの物語をまとめ始めてから、妙な声が聞こえることが減っていたのだ。

ぐっすり眠る日も増えたし、何より、追いつめられたようにムキになってパソコンの前に座ることが減った。もちろん、おかげで「ニコラ幼稚園」は一行も書けなかった。ひょっとしたらずっと書けないままかもしれないと思った。だが、驚くことにまるで心配ではなかった。心安らかだった。そうなったらなったで仕方がないとも思った。

単に、そういう運命だってことだ。

そう。運命。

もちろん、ジンについてはまったくそうは思えなかった。彼のことを考えると、荒涼とした大仏ホテルの跡地が頭に浮かび……ただただ会いたかった。

だから、とうとうある週末、再び仁川へ出かけた。生活史展示館に行くためだった。言い訳だった。実はジンに会いたいだけだった。地下鉄で、私はずっと携帯電話をいじっていた。なんて切り出そうか。ふらっと一度来てみた、と言おうか。あの時行けなかった生活史展示館に行こうと思うんだけど、今何してる？　と訊いてみようか。それとも、パク・ジウンの話を全部まとめたんだけど、一度読んでみてよ、と言おうか。私は溜息をついた。どれも自然な感じがしなかった。おまけに確信も持てなかっていたはず。……

かった。怖かった。彼が私を拒んだら？　二度と会いたくないと言ったら？　十分ありえた。私たちはきょうだいでもなければ恋人でもなかった。親しい友人であることは間違いないけど……でもそれは、いつでも離れられる関係という意味でもあった。そして、私たちはいま、その曲がり角に差しかかっているようだった。

大仏ホテルの跡地は相変わらずだった。工事は少し進んでいたものの、これがどうやって新時代の大仏ホテルになるのか、まるで見当がつかなかった。生活史展示館に移る前に、もう一度大仏ホテルの跡地の鉄フェンスの中を覗き込んだ。誰もいなかった。

私は展示館に向かった。

いきなりかもしれないが、私は、試練が人を強くしてくれるという言葉を信じていない。試練は試練でしかないと思う。苦痛の後の頑丈になった心や、冷静な判断力といったものは、結果論的な話だと思う。そういうふうに考えられるだけの余裕が生まれた、という意味でしかないのだ。だったら、何が人に余裕をもたらすのだろう。人によって違うことはわかっている。物質的な安定かもしれないし、精神的な休息かもしれないし、新たに差し迫った、また別の苦難かもしれないし。だが、その余裕というのは、ある人にとっては、永遠に訪れない不可解な感覚かもしれない。永遠に続く恨み。傷つけたいと思う心。鎮まらない怒り。

こんな話を持ち出したのは、その展示館に足を踏み入れた瞬間、私には永遠に決してわかりえない、もしかしたら今も続いているかもしれない誰かの試練を、盗み見しているような気がしたからだ。なぜだったのだろうか。何だろう。全部昔の品だから、そうだったんだろうか。

過ぎ去った時間。過去。

でも、誰かには依然、生々しい現実として残っているかもしれない、明白な試練。展示品は、植民地時代から近現代までと、時代の範囲がかなり広かった。価値のありそうな品をすべて陳列しているせいか、特定の時期に偏った感じはなかった。大仏ホテルの物もあった。ホテルが盛況だった頃に使用されていた品々だった。コーヒーを淹れる道具、宿帳、蓄音機、時計、ティーカップ、そしてピアノ。

チ・ヨンヒョンとコ・ヨンジュの痕跡は見つからなかった。もしかしたらと三回ほど注意深く見て回ったが、パク・ジウンの話を連想させるどんな品も見つからなかった。結局あきらめた。そして展示館を出る途中、案内デスクにあったパンフレットを一冊、手に取った。チャイナタウンの歴史をざっくりまとめた内容だった。パンフレットを読んでいた私は、一瞬その場に立ち尽くした。次の一節のせいだった。

中華楼の金看板は、現在、チャイナタウンの覧清楼に保管されている。覧清楼の社長は、中華楼社長だったチャオの姪であり、現在、韓国で最も著名な料理家の一人のイ・チョンファである。

イ・チョンファ。

すぐに彼女の顔が頭に浮かんだ。なんてことだろう、あの人がチャオの姪だったなんて！　私は展示館の外に駆け出した。とうとう物語に近い人物を見つけたのだ。真実を知るかもしれない人物を見つけ出したのだ。心臓がどくんどくんと跳ねていた。私は、何かを突き止められるかもしれないという期待と希望に夢中になった。それが何かはわからなかった。だが、見つけたかった。そうするべきだった。私はしばらく携帯電話をいじっていた。ジンに連絡すべきだろうか。このことを伝えてあげるべきだろうか。でも何を？　パク・ジウンの物語に登場した、まさにあの中華楼の看板。物語の中でルエ・イハンが手に入れたがっていたあの看板が、いまここ、仁川にちゃんと残ってるって？　チャオの親戚がここに住んでるって？　その話をするために？　でもなぜ？　それが彼に、どんな意味があって？

私は全力で走った。一〇分とかからずに覧清楼に到着した。息を切らしながら、覧清楼の朱色の門と藍色の瓦を見上げた。華麗で美しい外観で有名なレストランだった。何より、清の時代のこじんまりした邸宅を移築したふうの外観で知られていた。門を開けて中に入れば奥にまた門があって、さらにその奥にも門があった。真夜中に外から見ると、ややうらさびしいという声もあった。内側から門が一つずつ閉ざされていく感じが、世界から順々に隔絶される印象を与えるというのだ。

私は最初の門をくぐった。息を整えて少し長い距離を歩いた。二番目の門から三番目の門までは、最初のときより短かった。覧清楼の建物が近づくにつれ、ますます心臓が早鐘を打った。

三番目の門を越えた。

建物の入り口の外に、列を作る人々が見えた。番号札を配る店員の姿もあった。私はかれらの視線を浴びながら建物の中へ駆け込んだ。レジの男性が戸惑った目でこちらを見た。私は叫ぶように言った。

「社長さんに会わせてください」

「はい？」

急いで言葉を続けた。

「会わなくちゃいけないんです。是非伺いたいことがあるんですよ」

彼が外にいる誰かに目配せをした。つまみ出せという意味らしかった。私は彼の前にあったメモ帳をひっつかんだ。ちょっと！　彼が大声を出した。だが、今そんなことは気にしていられなかった。私は、お願いだからちょっと待ってくれと懇願しながらメモを書いた。イ・チョンファ宛のメッセージだった。もちろん期待薄だった。イ・チョンファは有名人だ。目の前のこの人が、果たして彼女にこのメモを渡してくれるだろうか？　私の頼みを真剣に受け取るだろうか？　でも、当座思いつく方法はこれだけだった。万が一無駄に終わったら、次は店に予約を入れて、その時会えなければまた予約を入れて……とにかく、彼女に会えるなら何でもしなければならなかった。

私は彼にメモ帳を返しつつ言った。

「お願いします。これを必ず、社長さんに渡してください」

連絡先と共に記した内容はシンプルなものだった。ひとことだった。

「ルエ・イハン」

二日後、イ・チョンファから電話が入った。

＊

物語は、こうしてまた始まった。

＊

始まりはいつも美しい。すべてがそうだ。でも、すべてはいつでも壊れうる。わたしたちは常に、そんな危険の中で生きている。

＊

まず、わたくしの話がみんな真実とは言えないんです。それを念頭に置いて、聞いてくださいね。チャオおじは、わたくしの母方のおじです。もともと、おじ一家はアメリカに移民するつもりでした。つもり、という言い方には語弊がありますね。こう表現することに致しましょう。かれらはアメリカに行かなければなりませんでした。なぜなら、他の親戚たちはすでにアメリカに渡っていて、定着しつつありましたので。わたくしの両親もそうでした。ですがわたくしは、おじ家族と一緒に韓国にいました。う〜ん、戻って来た、と言うべきでしょうね。

ホームシックにかかったんです。驚きますでしょ？ ええ。そうです。韓国が恋しくて。いずれにせよ、わたくしはここで生まれ育ちましたのでね。ここが恋しくなるだなんて思ってもいなかったのに、アメリカに到着したその瞬間から、すべてのことに怖気づきました。話すこと、食べること、見えること。すべてになじめなくて、どれも嫌でした。本当に、驚きますでしょ。ここではさして好きでもなかったホットクが、あれほど恋しかったんですから。ええ。ホットクはアメリカでも作れます。でも、わたくしが恋しかったのは、仁川の波止場を歩きながら、ふーふー言って食べていた、まさにあの、ホットクでした。お砂糖がたっぷり入っていて、サクサクした小麦粉パン。それなしでは生きられない気がしたんです。実際、生きられませんでしたしね。

おそらく今なら、あの頃のわたくしの状態は「うつ病」って呼ぶんでしょう。家にこもりっぱなしで、外に出ませんでしたから。食べることも寝ることもせず、ただじーっとしていました。何の意欲もありませんでした。ですので、両親は窮余の一策として、わたくしをいったん韓国へ送り返すことにしたんです。チャオおじは準備が整い次第アメリカに来るはずだから、その時一緒に戻って来るように、と言いました。親元を離れて、それっきり、二度と戻りませんでした。わたくしがこんな話をする理由は……ええ、あなたのお顔にも書いてありますわね。人には、わたくしの事情が別なふうに知られてますでしょ。わたくしが中華料理の伝統を守りたくて韓国に残ったと。違うんです。それは、そうですね。その神話を、わたくしがわざわざ訂正して回る理由はございませんから。いかにもそれらしいじゃないですか。でも実際のわたくしは、あの時ホームシックにかかっていた十代の女の子で、さらにもっとはっきりしているのは、だからってわたくしが、それほどこの地を愛していたわけじゃなかったことなんです。わたくしはただ、なじんだものに囲まれて暮らしたかっただけです。仁川の波止場の周り、海のにおい、汚くて時代遅れの街並み。古びた建物。お砂糖がいっぱいのホットク。

わたくしを送り返すとき、両親は世間体を気にしていました。それで、チャオおじに嘘をついたんです。わたくしが中華料理を学びたがっているとね。実際はとんでもない。うちの家族はみんな飲食業をしていたのに、わざわざ韓国に戻ってその料理を学ぶだなんて。でも、それが功を奏しました。チャオおじは家族の中で一番実力がありましたし。こじつけみたいでしたけど、まんざらおかしい話でもありませんでした。つまり……わたくしが切実に料理を学びたがっていると理解せざるをえなかったんです。そのことが、チャオおじの心を揺さぶったのだと思います。幼いわたくしが、それも、女性のわたくしが、中華料理の伝統を受け継ぎたいと考えるなんて……優柔不断な彼にとって、わたくしは非常に覚悟をもった子どもに見えたのでしょう。

それが、いつだったかしら。ええ、一九六五年頃だったと思います。当時チャオおじは、韓国にこのまま住み着くかどうか、真剣に悩んでいたようです。そんなさなかに、おじの心に楔《くさび》を打つ事件が起きました。ええ、まさに、わたくしがあなたに連絡することになった理由です。

ルエ・イハン。

彼が、亡くなったんです。

いまから、そのお話をいたしましょう。心配しないでください。怖い話ではありませんから。

実は最初から、そうだったんです。

＊

ルェ・イハンは恋に落ちた。パク・ジウン。その女性と離れることができなかった。そのせいで、彼の運命は完全にひっくり返った。詐欺事件。身分上の問題。中国人コミュニティでの葛藤。孤独。そんなものが彼の運命を変えたのではない。愛が、彼の人生をひっくり返した。実のところ彼は、自分が味わっている不当な出来事にさして不満を持っていなかった。期待や未練がなかったからだ。彼はチャオと一緒に中華楼を処分して、アメリカに渡る手はずだった。宿命だった。実は頼《ライ》一族は、ルェ・イハンを見捨てていなかった。末っ子の彼に最後の宿題を与えていただけだ。中華楼の建物に関連する細々した問題を解決して、最後にアメリカへやって来ること。それが済んだら、ルェ・イハンはアメリカ人になる予定だった。それに、頼一族とチャオの一家は親しかった。両家はアメリカで力を合わせて中華料理店を始めており、かなり人手に窮している状態だった。チャオとルェ・イハンさえすぐにアメリカに渡れば、万事解決するはずだった。アメリカからはしょっちゅう連絡が入った。早く来い。いつ来るんだ。早くアメリカへ渡れ。いったいいつまで待たせるつもりだ。

実際、ルェ・イハンは去るべきだった。ここであんな理不尽な目に遭わされたのだから、韓国に残っている理由はなかった。この地に唾を吐いて立ち去ってしまうべきだった。だが、去らなかった。彼はパク・ジウンのそばに残ることを選んだ。彼にとって大仏ホテルは、恨みではなかった。

愛だった。

それからが試練だった。誰もが知る、あの過酷な人生。七年余りの疲弊した生活。誰からも声をかけられず、誰からも必要とされない人として生きるしかなかった人生。パク・ジウンは、たまにこんな冗談を言われた。

「ひょっとして、あんた纏足《てんそく》してるの？」

いや、あれは冗談ではなかった。誰も、冗談であんなことは言わない。パク・ジウンは泣かなかった。彼女はたくましかった。彼女は、夫が自分を選び、自分もまた夫を選んだことを覚えていた。それが結婚だった。彼女はその選択に、最善を尽くすつもりだった。

しかし、人生は揺さぶられ続けた。時代の狂気が光を放った。華僑たちの生業《なりわい》に、さまざまな許可条件が課されるようになった。この土地はよそ者を求めていなかった。国民の、国民による、国民のための国。

それで一九六五年、ついにチャオは、アメリカへの移民を決めた。心はずっと揺れていたが、やむを得ないと思った。もはや決断すべき時期だったのだ。チャオは手続きを済ませ、アメリカの親戚への連絡もすませた。一方、ルェ・イハンはあきらめていなかった。人々は相変わらず彼と長く働くことを嫌がったが、ルェ・イハンは理解していた。いや、ただ受け入れていた。彼はずっとそんなふうに、あちこちを転々として働いた。

チャオはルェ・イハンのことが気がかりだった。結局アイツだけ、ここを離れられないのか。これからどう生きるつもりでああしているんだ。そこで彼はルェ・イハンにカネを貸すことにした。当然ルェ・イハンは喜んだ。感謝した。そして言った。もしかしたらこれを元手に、ちゃんと始められるかもしれないと。チャオは、何を始めるつもりなのかと訊いた。ルェ・イハンが言った。

「中華楼の看板を取り戻すんです」

チャオは呆気にとられた。中華楼の看板だ？　少し前に自分が完全に売り払った建物の、あの古い看板のことか？　もどかしくなった。彼はルェ・イハンに言った。

「いいから、アメリカに一緒に行こう」

「行けません。妻と娘がここにいるじゃないですか」

「ひとまず、お前だけでも行くんだ。そして居場所を作れ。そうしたら、呼び寄せることもできるだろうが」

「それが難しいってこと、知ってますよね」

チャオは答えなかった。ルェ・イハンが続けた。

「韓国人が移民するのは、簡単なことじゃありません」

「……少なくともボエは連れて行けるだろ。ボエだって、ちゃんとした暮らしをするべきじゃないか」

すると、ルェ・イハンはしばらく押し黙った。やがて低い声で返した。

「兄さん、おれは、ちゃんとした暮らしをしてませんか？」

チャオは溜息をついた。お茶を口に運んだ。言葉がなかった。いや、言いたいことがあまりに多すぎた。お前はちゃんと暮らしてるさ。ちゃんとしすぎなくらいにな。お前みたいに暮らしていたら、それに見合うだけの正当な対価を得られるべきなんだ。だが、この世間はお前にやさしくない。お前の面倒を見るつもりがない。だとしても、お前の子どもにだけは、ほっとさせてやるべきだろうが。お前だが、チャオは最後まで一言もいわなかった。ただ方法を考えてみようと答えただけだった。ルェ・イハン一家が、みんなでアメリカに渡れる方法を。すると、ルェ・イハンはフッと笑って言った。

「大丈夫です。おれは、ここで生きていきますから」

チャオは呆れた。コイツ、まだ目を覚ましていないのか。若いもんが強がりばっかり言いやがって。いったい何のつもりでそんな虚勢を張る。若い頃がどれほど大切か、わからないのか。結局チャオは声を荒げた。

「どうしてそうなんだ。理由は何だ？　なぜそんなふうに人生にいいかげんでいられる。こんなところに、なぜずっといたいと思うんだよ！」

言っているうちにひどく腹が立ってきた。彼はさらに大声で叫んだ。

「いったいなぜそう意地を張る？　状況がわかってないのか？　なんでだよ、まったく！」

するとルェ・イハンが大きく息を吸いこんだ。何かを深く考えこんでいる様子だった。そして再び口を開いた。

「兄さん、おれは店がやりたいんです。ここで、です。この地で。おれは中国人だけど、中国生まれじゃないですよね。妙じゃないですか。おれの故郷は覧清となっているのに、そこへは一度も行ったことがないんですから。おれが生まれたのはここです。故郷の料理を食べて大きくなりました。その故郷の料理って、いったい何でしょうね。覧清の食べ物ですか？　仁川の食べ物ですか。いずれにしろおれは、それを食べ続けたいんです。そして、作りたいと思ってます。多分、これから自分が作るのは、おれみたいな人のための料理だと思います。ふるさとはないけど、ふるさとが恋しい人たち。ふるさとがないから、ふるさとを作りだす必要がある人たち。

兄さん、おれは最初からアメリカに行く気はありませんでした。家族には申し訳ないですけど。おれは、あまりにもここになじみすぎました。単にここの人間なんです。ここの人たちに嫌われているとしても、そのことは変わりません。おれはかれらの一部で、かれらだってやっぱり、おれの一部です。でも、情に流されてるわけじゃありません。おれはただ、パク・ジウンとおれの子どもに、自分で作った料理を食べさせて、自分で買った服を着せてやりたいんです。ずっと、そんなふうにして暮らしていきたいんです。兄さん、おれは幸せですよ。おれの望みは、この幸せがずっと続くことです。子どもが描いた絵を壁に貼りたい。それを見ながら、奥さんとどうでもいい話がしたい。子どもの口にごはんを運んでやりたい。それがキムチであれ、搾菜《ザーサイ》であれ、何でも。そしていつか、あの建物に戻りたいと思います。大仏ホテル。中華楼のことです。あそここそ、自分の本当のふるさとですから。あの看板をもう一度取り戻したいんです。中華楼を始めたいと思います。そして、おれの奥さんに、子どもに、ふるさとを作ってやりたいんです。それだけです。情けないと思ってもらってかまわないし、じれったいヤツだと思われてもかまいません。でも、これが本心です。必ずしも、ひとつの可能性だけを見て生きる必要はありませんよね。いつか後悔するのかもしれません。おそらく、最後まで叶わないかもしれません。でも、今は気力が残ってます。この力が残っている限り、ずっとこうしていたい。ふるさとを作りたいんです」

＊

しかし一週間後に、ルェ・イハンはこの世を去った。

＊

過労による死だった。

＊

その後、チャオは移民を取り止めた。ルェ・イハンの死でようやく気づいたのだ。自分がなぜ、あれほど長い間躊躇《ちゅうちょ》していたかを。実は、彼もまた生まれ育ったこの地を離れがたく感じていた。望んでいなかった。一度も見たことのない想像の母国をふるさとだと思っていたから、彼はどこであれ行くことができた。どこであれ暮らすことができた。だからこそ、常に去ることばかり考えていた。だがそれは、どこであれ自分の愛する場所に作りかえることができる、という意味でもあった。ルェ・イハンがそのことに気づかせてくれた。愛を選択できること。そして、自分が生まれ育った場所をいくらでも愛せること。その気持ちを教えてくれたルェ・イハンが愛していたのが、中華楼だった。あの古い建物から漂っていた、温かな鶏ガラスープのにおい。香菜《シャンツァイ》を炒めるかぐわしい香り。寒い日にお茶を淹れるとき、立ちのぼる湯気。愛する女性。

そして、宝愛《ボエ》。

それは、宝物のように愛するという意味。

3

私はジンに電話した。うまく説明はできなかった。ただ、今すぐ会うべきな気がする、とだけ言った。彼は何も言わなかった。私はずっとせがんでいた。利己的なふるまいだとわかっていたが、自分を止められなかった。絶対に伝えたいことがあった。ルェ・イハン。パク・ジウン。ボエ。そして中華楼。大仏ホテル……愛。そう。私は、愛という単語を口にしたかった。叫ぶように言った。早く会おう、会って話そう。これは、会って話すべきことなの。

本当は、ただジンと会いたかっただけなのに。

電話越しに彼が言った。

「わかった。ちょっと待ってて」

寒い日だった。今にも雪が降り出しそうだった。私は空を見上げて息を吐き出した。白い呼気が空気中に広がった。少し先の覧清楼の屋根が目に入った。なぜだか涙が出そうになった。温かいみかんの皮のお茶が飲みたかった。

やがて、彼の車が遠くからゆっくりとこちらへ近づいてくるのが見えた。また心臓がどきどきし始めた。ジンは少しやつれて見えた。私は、寒いからどこかに入って話そうと言った。彼は拒んだ。いま、ここで話してくれと言った。

「したかった話って?」

私は言いよどみながら話し始めた。

「あのね。私が口を出す話じゃないことは、よくわかってるの。でも……」

「でも?」

「ジンのおじいさんとおばあさんは、ものすごく愛し合ってたのよ」

ジンが宙を見つめて溜息をついた。そして冷たい口調で言った。

「やめろって」

やっぱり、何かが終わってしまったと思った。いつもやさしく、根気強く、私の話を聞いてくれていた人。何であれうまくいくと言ってくれていた人。もうその人はいなかった。ああ、私は結局彼を失ったんだ。これまでかろうじて抑え込んでいた声が、自分の内側からこみ上げてきた。私はうつむいた。その時、彼がややケンカ腰の声で言った。

「僕が、そのことを知らないとでも思う?」

そして彼は前へ歩き始めた。私は後を追った。彼の肩が震えているのがわかった。駆け寄って彼を引き留めた。顔をのぞきこんだ。彼は、かろうじて涙をこらえているように見えた。近くのベンチまで連れて行って座らせた。彼はしばらく何も言わなかった。寒かったが……寒くなかった。

「母さんはずっと、ばあちゃんがじいさんのことをひどく言うのを聞かされて暮らしてきた。しょっちゅう、こんなことを言ってたらしい。お前の父親のせいで、自分の階級が落ちた。時にはこうも言った。お前がいなけりゃ、お前の父親があんなふうに働きづめになることはなかった。ひどいと思う? じゃあこれはどうだろう。新しい父親が、お前の人生を救ってくれた。お前の運命を正してくれた。想像できないよね。そんな話をずっと聞かされて暮らすっていうのは。でも、そういうのはいつからだったと思う？　ルェ・イハンじいさんが亡くなってからさ。ばあちゃんは一人になってから、そうなった。それまで母さんにつらくあたることはなかったんだ。ばあちゃんはじいさんを失くしてから、そういう気難しくてどうしようもない人間になっちゃったんだよ。毎日妙な話をひっきりなしにして、娘に毒づいて、自分中心の物差しで動く人間に、なってしまった。僕だってわかるよ。ばあちゃんとじいさんが愛し合ってたってことはね。どうしてわからないはずがある。うちの家族の話なんだ。ずっとばあちゃんを見てきたし、母さんを見てきた。その二人を見てきたからわかる。でもばあちゃんは、母さんのことは愛してはいなかった。僕にはそっちの事実のほうがはるかに重要だ。顔を一度も拝んだことのない男が妻子を残して先立ったせいで、自分の母親が、生涯傷にまみれて暮らしてきたってことのほうが、ずっと大事なんだよ。理解できる？　そんな母親がいることが。母親が子どもに、そんな態度をとれるってことが」

私は返事をしなかった。ふと、母と母方の祖母のことが頭に浮かんだ。私は小さい頃、母が祖母を憎んでいるという事実が怖かった。なぜなら、私にも母が憎く感じられる瞬間があったから。母にそんな憎しみを抱くのは許されないことだと思っていたから。だから、母を憎むたびに良心が咎めていた。どうして私が母を、愛する母さんを、憎いと思ったりするのか。なのに母は、祖母を平気で憎んでいた。怖ろしかった。でも、後になって気づいた。そうしたっていいのだ。母親を恨めしく思うこともある。憎いこともある。悔しく感じることもある。いくらでもそうしたっていいのだ。そういうことはあるのだ。そういう人もいるのだ。誰もが母親を愛せるわけではないし、誰もが子どもを愛せるわけでもない。

私は答えた。

「うん、理解できる」

彼が驚いたように私を見た。信じられないという表情だった。私は続けた。

「それは、なんだろう、一度も行ったことのない場所を、自分のふるさとだって信じて生きるのと似てるよね」

彼が、拍子抜けしたみたいに力のない笑みを浮かべた。

「たまに、君の言っていることが、まるでわからない」

私もやっぱりそうだった。この気持ちを、この感覚を、どう伝えたらいいかわからなかった。でも、伝えたかった。イ・チョンファの話に私が抱いた感情を、これまでの物語をまとめながら気づいたことを、ジンと共有したかった。彼はコートのポケットに手を突っ込んでベンチに背中を預けた。笑いが消えていた。彼が言った。

「僕の周りにいる女の人たちは、みんな変わってる」

私は答えなかった。ジンが続けた。

「中でも一番の変わり者が君だ」

「どうして?」

「君は自分の話をしないよね。いつも他人の話ばっかりで」

「だから……性悪っぽいのかな?」

真面目に質問したのに、彼は再び吹き出した。少しプライドが傷ついた。私がパク・ジウンよりも変わり者とは。次の瞬間、彼が真剣な表情で私を見つめて言った。

「なんで、連絡をよこさなかった？」

そっちが怒ったかと思って。失望したかと思って。二度と私と会いたくないかと思って。やたらに連絡して、余計怒らせるんじゃないかと思って。もっとがっかりされるんじゃないかと思って。つまり、本当に二度と、私と会いたくなくなるんじゃないかと思って。そんなふうに怖くなって。つらくて。恐ろしくて。君を心から失いたくなくてそうだったの。数えきれないほど多くの言葉が頭に浮かんだが、そのどれも口にできなかった。ただ彼に聞き返しただけだ。

「じゃあ、あんたはなんでよこさなかったの？」

すると彼は即答した。

「君は、僕に関心がないじゃないか」

グッ、と心の中から何かが込み上げた。でも彼のほうが早かった。彼は、今日会ってすぐと同じように、少しくってかかるような調子で続けた。

「君はいつも何かを話しているけど、それはいつも僕らの話じゃないよね。君は自分を見せようとしない。いつも、君の小説の話だ。復讐に満ちたストーリー。恨みでいっぱいのストーリー。今だって僕にはわからない。君はなぜ、うちの家族に関心を持つ？　それがどうこうっていうんじゃないよ。ただ気になるだけだ。君にとって、物語って何？　これをどんな話にしたいの？　じいさんとばあちゃんのラブストーリー？　愛しあっていながら、どうにも心が行き違った人たちの話？　そういう話を作りたいのか？　コ・ヨンジュとチ・ヨンヒョンが哀れで？　ルエ・イハンがかわいそうで？　でも考えてごらんよ。君がしたがっているのは、実はかれらの話じゃない。これは僕らの話だ。

もう、これは言うべきだと思う。なんでいつもひるむんだ？　僕が怒ったと思った？　僕は怒ってなかったよ。あの日だってそうだ。ただ恥ずかしかっただけで。君の前でばあちゃんが母さんにつらく当たって、母さんが愚痴っぽくなるっていうのが恥ずかしかったし、気まずかっただけ。だからなんとなく言葉が出なかっただけだ。一か月間、ずっとそうだった。そしてその間じゅう、君が恋しかった。ひたすら、君が連絡をくれることを願ってた。家族の過去の生きざま、みたいな妙な話はなしにして、ただ僕に対する気持ちを聞かせてほしかった。でも、プライドが許さなかった。そう、バカげた希望だってことはわかってる。自分から連絡すればいいんだからね。それに怖かった。万が一君が、僕と同じ気持ちでなければ？　何より僕は、君が僕らよりも他人の話に関心があることをわかってるからね。今だって、うちの家族の話をしたがってる。その話の中に逃げこもうとしてるよね。今、君の目の前にいるのは僕なのに。あのさ、普通に訊いてくれないか？　僕が恥ずかしがっているか。怒っているのか。何が気になっているか。ただ想像するんじゃなくて、僕に訊いてもらえないか？　僕は今、君の隣にいる。だから、これは別の人たちのラブストーリーじゃない。僕と君の話だ。そうじゃなくちゃ。違う？」

そうして彼は手で顔を覆った。しばらくそのままだった。とても、長い間。

私は問いかけた。

「ずっとそうしてるつもり？」

「うん」

「どうして？」

「情けないから」

「何が情けないのよ」

「なんとなく……こうやって君にプレッシャーをかけたくなかった。こういう姿を見せたくなかった。ああ、母さんとおんなじだな」

「ううん」

「ばあちゃんとも変わらない」

「そんなことない」

「ルェ・イハンとも全く同じだ」

彼の声が湿っていた。なぜ顔から手を離さないか、わかった気がした。私は彼の肩をそっとさすった。

「そんなこと、言わないの」

彼は、相変わらず顔を覆ったままうなだれていた。彼と一緒に過ごした日々がよみがえった。私は彼に、多くのことを頼っていた。本音を吐いて、母の悪口を言って、遅々として進まない作品の話をした。そして恨みについて、自分の中で真っ黒に焼け焦げているその不純な感情について、ひたすら告白した。でも彼の言う通りだった。そういうのは私のことではなかった。私が話したい物語だっただけだ。私は彼に、自分の本当の姿を見せたくなかった。だから、彼と別れたあとで、よく羞恥心に襲われた。私もやっぱり、自分がみっともなかった。自分の恥部をさらしたかもしれないという不安、彼が私の本当の姿に気づいたかもしれないという思いに耐えられなかった。なのに、彼と会うことはやめられなかった。不安を甘んじて受け入れるほどに、彼を愛していたから。そう。私はこの人を愛していた。彼に言った。

「本当だってば。そんなこと言わないの」

その瞬間、私の内部に長い間澱んでいた声が、スーッと消えていくのを感じた。今私は、自分の声で彼に話していた。

「あたしにとってあんたが、どれほど大切な人か」

彼が顔から手を下ろした。そして私を見つめた。私は彼の涙を拭った。そして彼の頭をゆっくりと抱き寄せた。

「そう。これは私たちの話。私にとってとても大切で、ジンにとっても大切な人の話」

*

今から私が、その話をしてあげるね。

*

だから私たちは、いつも始めてしまう。それが何であれ。どうなろうと。実際、今後起きることなど、今にはさして重要ではない。そうじゃないだろうか。

*

悪意？　それしきのこと。

＊

ジンと私は覧清楼に向かった。イ・チョンファが待っていた。彼女は私たちを地下室へと案内した。ドアが開いた。看板は思っていたよりずっと大きかった。建物の中央に飾られていたくらいだから、それもそのはずだった。一方で、古ぼけてみすぼらしくもあった。色褪せた金のペンキがところどころに中途半端に残っていて、汚らしく見えた。看板の四隅が少しずつ欠けて、埃がいっぱいに積もっていた。歳月の痕跡が明らかだった。それでも、中華楼という漢字三文字だけは、くっきりと目に飛び込んできた。太く力強い書体で記されたその文字を見ていると、いっとき光を放っていたかつての光景が想像できた。多くの人々を呼び寄せ、楽しませ、望みのものを夢見させたはずの、三文字。ジンと私は並んで、その文字と向き合っていた。どのタイミングだっただろうか。彼が私の手を握った。その時、これからとても長い時間を彼と共にする予感がした。と同時に、たぶん私たちも、こんな言葉を言い合うようになるのかもしれないと思った。

君のせいで。

あなたのせいで。

どうなるだろう。私たちは、そんな言葉を吐かないために努力する人生を送るのだろうか、あるいは、その言葉を口にせずにはいられない人生を送るのだろうか。私はジンの横顔をチラッと見た。彼は、やや恍惚とした表情で看板を見つめていた。ああ、そうか。彼は、自分の物語の中に入り込んでいた。自分のルーツ、始まり、秘密、想像でしか埋められないあちらこちらにあいた穴。私は想像した。パク・ジウン。夫がいなくなってから、独りよがりで辛辣になってしまった彼女。そんな想像を通して、私は不意に理解した。彼女は、ルェ・イハンをあまりに深く愛しすぎていたんだ。それで、彼なしでも生きていけるよう、彼など愛していなかったというニセの心を作りだしたのだ。だから、彼女が抱いていたのは恨みではなかった。それは永遠の愛だ。どんな形であれ、ずっと記憶せざるを得ない愛。物語の中でルェ・イハンはずっと生きていた。彼女はシャーリイ・ジャクスンであり、コ・ヨンジュであり、チ・ヨンヒョンであり、チャオであり、たえずかれらの物語をのぞき見しているおしゃべりな中華楼の店員であり、大仏ホテルだ。彼女はパク・ジウンだ。去れない人々。去ることができない人々。

もはや再びパク・ジウンの元を訪れることはないだろう。これからは、自分がまとめた物語の中にいるパク・ジウンを見つめよう。そういうやり方で、彼女の話に耳を傾けてみよう。そんなふうに話を積み重ねていけば、本当の心がわかるはず。なぜそんなに知りたがるのかって？　なぜずっと書きたがるのかって？　なぜならそれは、結局、私の心だから。私が私を理解するやり方だから。私の物語だから。そうして私は、私の物語をさらに想像する。

まさに、あの夜。四人が、大仏ホテルのホールの窓辺に立っている。シャーリイ、チ・ヨンヒョン、コ・ヨンジュ、そしてルェ・イハン。人々が押しかけてきて石を投げつけ、窓を割り、この地から出ていけと叫んでいた、まさにあの夜。でも人々は退いて、もはやホテルには四人しか残っていない。

かれらはおなか一杯食べて、少し酔っている。窓の向こうに太陽が昇る。熱くて明るい。遠くで汽笛の音がする。海風の潮の香りが、かれらの口の中を湿らせる。かれらは思いきり風を吸い込んで、笑って、日差しを浴びる。誰かが言う。

ずっと、こうやって暮らせたらいいな。

すると誰かが答える。

うん、本当にそうなったらいいのに。

また、誰かが答える。

きっと、そうなるよ。

永遠に。

かれらの声がホテルに響き渡る。遠い昔、人であふれかえっていた大きなホール。熱い鶏ガラスープとかぐわしい香菜の香りが充満した、古い煉瓦造りの建物。かれらの声はピアノの音色のように、建物の中をいっぱいに満たす。そしてどこからかまた、別の声がする。過ぎ去った時間、歴史、そこを通過した人々の記憶として残り、建物そのものとなったすべての者たちの声。そして、その物語を想像する人々の声。かれらが幸せであることを、望みが叶うことを、そうなることで、恨みを愛に変化させる人生へと歩きだせることを、祈る人の声。その話を、ずっと紡ぎ続けていく人の物語。大仏ホテルの跡地を離れられず、えんえんとその建物に手を入れながら、残る人の物語。物語の中で四人は一緒に並んで立ち、昇る太陽を見つめている。かれらにはわかっている。いつ、どこにいようとも、光はこんなふうについてくるのだ。絶対に忘れたくない記憶。宝物のように愛らしい心。そんなふうに心を一つにして、かれらは静かに、長く、心を安らげる。

エピローグ

しばらくして私は、「ニコラ幼稚園」を完成させた。運命というのは本当にわからないものだ。書けないと思って結局あきらめたはずが、そう決定を下したとたんに、書けるようになったのだから。ひょっとしたらあの頃の経験が、何か特別なインスピレーションを与えてくれたのだろうか。私は何度か考えた。だが、そういうわけではなさそうだった。単に……その小説に対する私の心構えが、何かをもたらしてくれたのだろうと思う。私もやはりある種の恨みを抱えていたが、それは実のところ、肥大化した自意識の一部でもあった。自分はすごい何かを作り出している最中で、それを成し遂げなくてはならない、私だけがそれをできるという、特別な心のありようだ。もちろん、それなしに小説を書くことはできないだろう。だが、とはいえやはりそれがすべてでもない。小説を書けなくたって大丈夫、と念じた日、すごいものを生み出してやるという気持ち、つまり自分の像と対決してやるという怨恨が、自然にたたみこまれただけだ。代わりに、今の自分が書けるものを書こうと決心した。だから、それが必ずしも「ニコラ幼稚園」でなくてもかまわないと思った。すると物語がほどけ始め、毎日毎日、少しずつ前へ進むことができた。結局、物語を書くということは、生きていくことと似ているのだと思う。毎日毎日できることをしながら、ただ、暮らしを続けること。人生はそうやって続いていくという事実を、受け入れること。その人生を、かけがえのないものと思うこと。そんな心構えが、結果として再び文章を書けるようにしてくれたのだと信じている。

ただ、実は今でもたまに声が聞こえる。私を踏みつけたがっている衝動を感じる。それは私の衝動でもある。でも私は、その声をただ聞いている。そして忘れる。忘れる努力をする。それが今の私の生活だ。これからも、そんな人生を、ずっと生きていきたい。

だけど一つだけ、手つかずのままのエピソードがある。

冬の間じゅう「ニコラ幼稚園」を書いて過ごし、とうとう結末に入った。悩んでいた。ミヌの母親が下す選択についてだ。すべての真実を知った後で、彼女はどんな行動をとるだろう。幼稚園の外に逃げるだろうか。それとも、その場にそのままとどまるか。そんなとき、たまたま『ニューヨーカー』のサイトで、シャーリイ・ジャクスンに関する一篇のエッセイを読むことになった。新たに刊行されるシャーリイ・ジャクスンの伝記小説のレビューだった。私はお粗末な英語力を総動員して、たどたどしくその文章を読み進めていった。しかし、やはりラクではなかった。ハッキリ言ってそれほど面白くもなかった。だから読むのをやめようかと思ったが、ある箇所でピタリと目が止まった。「東洋のその姉妹たち the sisters in the Far East」、まさに、その箇所で。

一瞬、私はその文章にぐっと惹きつけられた。辞書を引き引き一生懸命読んだ。それは、シャーリイ・ジャクスンが普段よく語っていたという恐怖譚を紹介した部分だった。

東洋にある姉妹がいた。二人は継母の計略にはまって非業の死を遂げた。怨霊となった二人は、村に守令が赴任してくるたびに殺し続けた。数十人もの守令が殺された。無念の死が繰り返された。そんなある日、心臓が強い守令がやって来た。彼は姉妹の恨みを晴らしてやった。姉妹は感謝の意を伝えてこの世から去った。だが、残されたのは守令たちだった。姉妹によって無念の死を遂げた、数十人もの守令たちだ。誰かの恨みによって、また別の恨みとなった者たち。守令は、かれらの恨《ハン》は晴らすことはできなかった。かれらが恨んでいた姉妹はこの世から消えていたからだ。そこで、かれらは守令に腹いせをした。守令の家を支配した。幽霊屋敷にした。家は悪意、恨み、激しいやりきれなさ、消そうとしてもふくれあがるばかりの感情の塊となった。かれらは家の使用人たちを殺し、生まれたての赤ん坊を殺し、通りすがりの者を殺した。そんなふうに命を落とした者たちもまた、恨みの一部になった。全員が、夜ごと守令のもとに現れて彼の無能ぶりを嘲笑《あざわら》った。オマエには何の能力もない。自分が大した人間だと思っているのか？　オマエは何一つ解決できなかった。オマエは何者でもない。守令は黙っていた。すべての話をひたすら聞いた。そんなふうにして守令は生涯、かれらの話すべてに耳を傾けた。守令の職を辞してからは、その家の一間を借りて暮らし、夜通し話を聞いた。すると、ある時から怨霊たちはおとなしくなった。別の者を傷つけるかわりに、守令に取り憑いている時間が増えた。自分の話をするのに忙しかったのだ。怨霊の心は守令の心になり、守令の心は怨霊の心になった。

　ああ、かれらは、自分の話を聞いてくれる人を必要としていたのだ。

　月日が流れた。守令は腰の曲がった老人になった。彼はあまり外出しなくなった。人々が時折様子を見に来たが、守令はしばしば扉の前でかれらを追い返した。生者との縁を断ち切った。それでも、相変わらず彼のもとを訪れる者がわずかだがいた。ある日、守令に会おうと、遠方から知人がやってきた。かなり遠くからだったために、守令は彼を追い返せなかった。家に招き入れた。知人は驚いた。部屋の中が、すっかり片づいていたからだ。布団に座卓、木綿の服一着ですべてだった。そして何より、守令の顔色が病人のそれだった。知人が医者を呼ぼうとすると、守令は首を横に振った。その時知人は、守令の考えを悟った。知人は訊いた。本当に、それを望んでいるのか。守令は答えた。本当に、望んでいるのだよ。知人は守令の手をしかと握った。それが最後だった。やがて守令は家の中で息を引き取った。彼の魂はその家に残った。そんなふうにして、彼は亡者の中へ足を踏み入れた。今度は自分の話を語り始めた。怨霊たちは、いや、もはやどんな恨《ハン》も抱いていないその存在たちは、おとなしく彼の物語を聞き始めた。その家は、村で最も静かな場所になった。

　翌日、私はその文章をもう一度探した。驚くことに、そんな一節はなかった。雑誌社のサイトを隅から隅まで確かめることを繰り返した。sisters という単語を探した。なかった。まるで、その部分は最初から存在していなかったかのように。すべてが私の錯覚であるかのように。もしかしたら文章の一部が突然脱落したのではないかと思い、雑誌社にメールを送ろうか悩んだが、結局やめた。私の英語力はひどいものだから。それに、再び目に留まらないエピソードなら、必死に探す必要はない気がした。どれがより真実に近い理由か、その事実は私の心の中にだけあるのだろう。大事なことは、私がその話を記憶していて、おそらくこれからも忘れられないだろうという事実のはずだから。それと告白しよう。「ニコラ幼稚園」の滑稽な結末は、まさにこの体験から来ている。でも、本当に伝えたいのはこちらだ。サイトのページを何度か確かめて目的の単語を探している最中、私は、その前には目に入らなかった一つの文章を見つけた。こう書かれていた。シャーリイ・ジャクスンは、新しい人生を求めていたと。彼女は決して、人生をあきらめなかったと。そして当時の日記には、こんな一節が書かれていたという。「私は私の船の船長だ。笑うことができる　笑うことができる　笑うことができる。I am the captain of my fate. Laughter is possible laughter is possible laughter is possible.」

それで全部かと訊かれたら、

そうだ。全部だ。

夜が明けた。

そろそろ、散歩に行かなくては。

作家のことば

身分詐称という題材は、一九五〇年代に実際にあった「ニセ李康石《イ・ガンソク》事件」――カン・ソンビョンという人物が、李承晩《イ・スンマン》大統領が養子に迎え入れた息子、李康石になりすました事件――からモチーフを得ている。文鎔翁主《ムンヨンオンジュ》についてもまた別の、実際にあった事件がベースになっているが、作中の内容は大部分が創作である。月尾島《ウォルミド》の爆撃に関する記述は、一九五〇年九月十日に起きた事件に基づいている。ただし、村人たちのエピソードはすべて創作である。第一部に登場する高校、幼稚園は実在の組織をモデルにしているが、関連するエピソードはフィクションである。また、この小説に登場する中華楼の関係者は架空の人物である。人名は、頼《ライ》一族の姓を借りた以外すべて創作であり、その人生も実際の頼一族とは何の関係もない。シャーリイ・ジャクスンの物語も、小説として再創作したものである。その他、小説に登場する事件、人物はすべてフィクションであり、特定の事件とはいかなる関係もない。

この本を書くにあたって参考にした資料は、以下の通りである。

シャーリイ・ジャクスン『ヒルハウスの幽霊』（キム・シヒョン訳、エリクシール、二〇一四年）

Shirley Jackson, *The Haunting of Hill House*, 1959（邦訳：シャーリイ・ジャクスン『丘の屋敷』渡辺庸子訳、創元推理文庫、一九九九年）

エミリー・ブロンテ『嵐の丘』（キム・ジョンア訳、文学トンネ、二〇一一年）

Emily Jane Brontë, *Wuthering Heights*, 1847（邦訳：エミリー・ブロンテ『嵐が丘』小野寺健訳、光文社古典新訳文庫、二〇一〇年）

『薔花紅蓮伝《チャンファホンニョンジョン》』（作者不詳、現実文化、二〇〇七年）

スティーヴン・キング『死の舞踏』（チョ・ジェヒョン訳、黄金の枝、二〇一〇年）

Stephen King, *Danse Macabre*, 1981（邦訳：スティーヴン・キング『死の舞踏』安野玲訳、福武書店、一九九三年）

パク・チャンスン『村に行った朝鮮戦争』（トルベゲ、二〇一〇年）

ユ・ジュヒョン『皇女』全二巻（美しい日、二〇一〇年）

イ・ジョンヒ『韓半島華僑史』（東アジア、二〇一八年）

イ・ジョンヒ、ソン・スンソク『近代仁川華僑の社会と経済』（学古房、二〇一五年）

ワン・オンメイ『東アジア現代史のなかの韓国華僑』（ソン・スンソク訳、学古房、二〇一三年）／王恩美『東アジア現代史のなかの韓国華僑——冷戦体制と「祖国」意識』（三元社、二〇〇八年）

キム・チャンス「仁川大仏ホテル・中華楼の変遷史　資料研究」（『仁川学研究』一三巻、二〇一〇年）

ソン・ジャンウォン、チョ・ヒラ「大仏ホテルの建築史的考察」（『韓国デジタル建築インテリア学会論文集』一一巻三号、二〇一一年）

ユン・ジョンラン「朝鮮戦争と商売に乗り出した女性たちの生」（『女性と歴史』七号、二〇〇七年）

イ・イムハ「朝鮮戦争と女性の労働の拡大」（『韓国史学報』一四号、二〇〇三年）

イ・ジョンハク「開花期のホテル発展史に関する研究」（『観光レジャー研究』二五巻五号、二〇一三年）

キム・ウォニョン「文鎔翁主」（全北日報、二〇一六年九月十三日付）

Zoë Heller, *The Haunted Mind of Shirley Jackson*, New Yorker, 2016. 10. 17.

訳者あとがき

　この物語には、ふたつの時間が流れている。

　ひとつは現在。そこで作家は、ある種の覚悟をもって「ニコラ幼稚園」という短篇の執筆に取り組んでいる。だが、書こうとするたびに「声」が聞こえて、なかなか筆は進まない。「きっと書けないだろう」と不吉な予言をし、「そもそもオマエのすることなどすべて無意味」と作家の存在自体を嘲笑《あざわら》う、その声。一方的に聞かされるだけで弁明も反論もできないから、彼女は書くこと自体を恐れるようになる。精神科医の助言も薬も、役に立たない。葛藤の末に、彼女は決心する。

　だったら、いっそ作品で復讐してやろう。

　執筆中の、とはいってもまだ一行しか書けていない短篇小説「ニコラ幼稚園」を「残忍で、嫌な感情に満ち満ちた小説」にすることに決める。復讐とは、恨みを晴らすとはどんなことか、見せつけるような物語を書いてやるのだ。

　そう念じながら。やはり彼女は今日も書けない。書こうとするたび、声の力に組み伏せられてしまう。

　もう一つの時間は、一九五〇年代後半である。朝鮮半島では、ようやく日本の植民地支配から解放されたと思いきや、同じ民族同士が血で血を洗う朝鮮戦争が勃発する。戦火。無数の悲劇。そして停戦。そうした時代の荒波をくぐり抜けてきた朝鮮初の西洋式ホテル「大仏ホテル」に、二十代の若者三人が身を寄せている。外国人客の通訳をしながら単身アメリカ行きを目論むコ・ヨンジュ。アメリカ軍による無差別爆撃によって天涯孤独の身となったチ・ヨンヒョン。韓国人からのヘイトの対象とされている華僑のルェ・イハン。いずれにとっても、大仏ホテルは仮の宿だ。なにしろ、十九世紀に建てられたこのホテルには、霊が取り憑いているという噂さえあるのだから。

そんなある日、一人のアメリカ人作家がホテルにチェックインする。幽霊の物語を書いているというその作家の名は、シャーリイ・ジャクスン。大仏ホテルで、四人ははからずも人生の分岐点を迎える――。

舞台の大仏ホテルは実在する建築物だ。植民地化が進んでいた一八八八年、日本人の海運業者が、開国直後の朝鮮半島にやってくる西洋人を当て込んで建設した。宿泊業が斜陽になってからは中華料理店「中華楼」に看板をかけ替え、一九七八年の解体まで、そのまま建物は利用された。広いバルコニーと金看板が目を引く、三階建てレンガ造りの洋館。解体後に建物は復元され、物語にあるように、現在はかつての暮らしを伝える展示館になっている。

一九五〇年代にも、二十一世紀にも、港町であり韓国最大のチャイナタウンを擁する街・仁川《インチョン》にたたずみ続ける大仏ホテル。その実在のホテルを舞台にして、物語は大きなうねりを見せる。登場人物たちの人生は時代を越えて交錯し、やがて、思いがけない結末へとなだれこむ。

本作は、二〇二一年夏に韓国で刊行されたカン・ファギルの二作目の長篇小説である。もともとは一九年、同じタイトルでウェブサイト『文学3』に連載された短篇だった。大仏ホテルが舞台で額縁小説という点は同じだが、第二部が中心で、祖父母から聞いた話という語り口だった。連載終了後、その短篇を大幅に加筆したのが本作だ。作家によれば、「祖父」「祖母」としていた登場人物に「ルェ・イハン」「パク・ジウン」と名前を与え、細かい設定を加えてから、ぐんと物語が動き出したという。結果、第一部と第三部が生まれ、物語はより多層的な構造を手に入れた。

呪いの声、古い洋館、幽霊といったゴシックスリラーの要素に加えて、大仏ホテル以外にも実在の場所、作家、作品、伝説、民話、エピソードが、これでもかとばかりに登場する。なにしろシャーリイ・ジャクスンその人が、主要登場人物の一人なのである。シャーリイだけではない。エミリー・ブロンテとその作品『嵐が丘』、最後のロシア王朝の皇女をめぐる「アナスタシア伝説」や、朝鮮王朝最後の皇帝・高宗《コジョン》の隠し子とされる文鎔翁主《ムンヨンオンジュ》についての噂といった身分詐称譚、韓国に長く伝わる復讐の物語『薔花紅蓮伝《チャンファホンニョンジョン》』など、目白押しである。読みながら思わず「ええっ!」と声を上げたくなるかもしれない。

加えて、地方都市での単身女性の暮らし、少女同士の友情、母と娘の葛藤といった、カン・ファギル作品に頻繁に登場するモチーフが本作にも織り込まれている。彼女の作品を読み続けてきた読者には、作家の作品世界の奥行の深さが改めて感じられるはずだ。

つまり、物語を楽しむ仕掛けに満ちた小説なのである。そして読み終わると、さまざまな出来事の背後にある無数の「恨《ハン》」にも、思いが及ぶことになる。

*

刊行後、本作には「カン・ファギルの新境地」と評する声が多く上がった。それまで、一貫して女性の叙事、特に現代を生きる女性の叙事を題材にとり、女性が抱えざるを得ない不安や恐怖をミステリー仕立てで描いてきた著者が、歴史的な事件を題材に、思う存分空想の翼を広げた「楽しい」物語を発表したからだ。作家としての一つのこだわりと見られていた「開かれた結末」も、本作ではあえて取っていない。その点について、作家はこう語っている。

「この小説では、何かを選択する結末にしたいと思いました。語り手とジンも選択したし、ルェ・イハンとパク・ジウンも自分たちの選択を下す、ボエおばさんも、ヨンソも選択しましたから。私も、責任感を持ってこの物語の結末を選択しなければならないと思いました」（文芸誌『Littor』二〇二一年十／十一月32号）

作家の選択は、結末のありようだけではなかった。ひとつ目の時間、現代を生きる作家の設定もまた、カン・ファギルにとっては大きな選択、言い換えれば「覚悟」だったと訳者は思う。全羅北道《チョルラブクト》出身で、女性で、アンジンという架空の都市を好んで舞台にして、「ニコラ幼稚園」を執筆中。過去に長篇『別の人』、短篇「湖」を発表した作家。まさに、カン・ファギルその人のプロフィールと重なる部分だ。だからこれは、自分自身を囮《おとり》にするような設定だといえる。彼女に関心のある読者なら、まず最初に「これは自伝的作品か？メタフィクションなのか？」と好奇心に駆られるに違いない。

それがなぜ「選択」で「覚悟」なのか。そこには若干の補足が必要だろう。

これまで、作家カン・ファギルに向けられるまなざしは、作品よりも作家その人へ向かうものが少なくなかった。フェミニズムを体現する作品を書く女性への、悪辣なコメントやミソジニー的な評価。二〇一七年に発表し、同年のハンギョレ文学賞を受賞した長篇第一作の『別の人』は、そうした目線が集中した作品だった。同意なき性行為をテーマに、暴力が人の感情と記憶にどんな影響をもたらすかを描いたその作品を発表してから、作家は次のような質問を多く投げられるようになったという。

「あの物語は、あなたの体験か」

つまり、登場人物はあなたか。あなたも、ああいうことをされたのか、という問いだ。

暴力に「性」という言葉がついたとき、被害を受けた側に向けられる想像力の残酷さ。作品ではなく、三十代女性としての作家の日常が、私生活が注目されることへの違和感を、彼女はさまざまな場所で語ってきた。

だからこそ、自分を想起させるエピソードで登場人物に肉付けをするという本作での選択は、かなりの勇気と覚悟が必要だったのではないかと想像するのだ。好奇の目に対しての、作家の反撃のようにも読める。作品ではなく作家への関心からページをめくろうとするのなら、どうぞ。用意してあげる。そんなまなざしを持つあなたを、どんどん、違うところへと連れて行ってあげる、と。

注がれる視線を逆手に取るしたたかさと豪胆さは、たとえ解決されなくても、元に戻れなくても、ただ自分の思いを聞いてもらえるだけで無念さは目減りするかもしれないという第三部でのエピソードと呼応して、作家の到達点を実感させてくれる。

文芸評論家のシン・ヒョンチョルは本作について「いまカン・ファギルができるほぼすべてのことであり、ひょっとしたらカン・ファギルだけができること」と語っている。SNSでは、「カン・ファギル自身がすでに一つのジャンル」という読者の声が複数上がっていた。

*

前述したように、本作は仕掛け満載のゴシックスリラーである。先が気になる展開のネタバレを訳者が率先して行うわけにはいかないので、まずは直接、物語を味わっていただきたい。ただ、歴史的事実や実在のエピソードについては、補助線となる情報があることで、描かれた世界の重さをよりリアルに味わえるかと思う。そこで、訳注では書ききれなかったことを、ここにいくつかまとめておきたい。

■朝鮮戦争――市民に広がった恨みの連鎖

(…)一九五〇年六月、戦争が始まってすぐに、村には左翼の青年団ができた。父さんは、かれらを乗せるトラックを運転した。青年団が決心したことの手伝いをするためだった。かれらが最初にすべきと考えたこと。正義とされたこと。

かれらは、村の警察官を殺した。

(チ・ヨンヒョンの語り、一四九ページ)

よく知られているように、朝鮮戦争は戦線が激しく動き、戦況がめまぐるしく変わる戦争だった。北朝鮮側が優勢になったところでアメリカ軍を主力とする国連軍の支援が入り、韓国が巻き返す。すると今度は中国軍が参戦して北朝鮮側につき、再度北朝鮮が南下する、という具合にだ。六月二十五日の開戦からほんの二か月ほどで釜山近くまで南下した朝鮮人民軍が、約二週間後には、国連軍の仁川上陸作戦で劣勢に追い込まれ、さらにソウルを奪還されたことを考えれば、その慌ただしさがわかるだろう。

イデオロギーの異なる為政者が権力を握れば、社会システムはガラリと変わる。市民の生活は、たびたび揺さぶられた。

そもそも朝鮮半島では、日本の植民地支配によって、共同体に続いていた伝統的な階級や身分意識がすでに一度破壊されていた。特に農村では、朝鮮総督府に協力的な人物が共同体のリーダーに据えられ、発言権を強めていった。住民のあいだには、植民地時代からすでに葛藤構造が生まれていたわけだ。

それが日本の敗戦で「解放」となる。それまで日本に協力していた者は身の危険を感じ、辛酸をなめた者は捲土重来の機会と考えた。人々の間に、互いを推し量る空気が広がる。白か、黒か。左か、右か。持てる者か、持たざる者か。そうした、いつ引火してもおかしくない共同体内の不穏な空気に火を放ったのが、朝鮮戦争だったともいえるだろう。

一九五〇年六月二十八日に朝鮮人民軍はソウルを占領し、どんどん南へと進軍する。占領地には北朝鮮の行政システムが導入されていく。警察の代わりに警察組織に相当する内務署ができ、役所の代わりに地方人民委員会が行政を預かる。共産主義国家に戸籍など不要と戸籍書類はすべて焼き払われ、政府機関に関係した者や役人は「反動分子」として自首が求められる。市民には、身を隠す彼らを摘発する義務が課される。

引用部分は、チ・ヨンヒョンの独白である。人民軍がやってきたことで、村の左翼青年たちは勢いづく。それまで村で権力を握っていた警察を、武力で制圧しようとする。そんな彼らの「正義」に魅了されて、ヨンヒョンの父親はトラックを運転し、警察官の殺害に荷担した。

システムが引っ繰り返るのが一度きりだったなら、あるいは、再度の反転までにそれなりの時間があったなら、当事者はもしかしたら抗弁や弁明の機会を得られたのかもしれない。だが、前述したように、この戦争の戦況は目まぐるしく変化した。大仏ホテルが建つ仁川を朝鮮人民軍が占領したのは七月四日。これに対して国連軍は空襲や艦砲射撃を加え、九月十日には後述する月尾島《ウォルミド》の無差別爆撃も行われる。そして九月十五日の仁川上陸作戦で形勢が逆転。今度は朝鮮人民軍に協力した側が「賦逆者」とされ、容赦なく断罪される。

ほんの二か月あまりで社会の仕組みが二度激変し、処刑によって、爆撃によって、無辜の市民が命を奪われた。変化の犠牲にされた恨みは、やがて民間人同士の虐殺にまで発展する。チ・ヨンヒョンが出会った「斧おじさん」は、確かに存在した。

作者も参考文献にあげているパク・チャンスン『村に来た朝鮮戦争』（未邦訳）によれば、朝鮮戦争での南北合わせた死者数は、軍人が約四十四万人なのに対して民間人は約六十五万人である。国家権力、あるいは左翼・右翼の団体による民間人虐殺数の多さは世界をも震撼させた。ピカソは、朝鮮半島での民間人虐殺を主題にした作品『朝鮮の虐殺』（Massacre in Korea）を一九五一年に描いている。

■月尾島無差別爆撃――イデオロギーのはざまで

つまりだ、天罰を食らったんだ。わかるか？　爆撃は天罰だった。なのになぜ、俺まで罰を受けなきゃいけない？　えっ？　なぜ俺の家族も、一緒に死ななきゃならなかったんだ？

（斧を持つ男の語り　二一〇ページ）

月尾島は、仁川の沿岸部から一キロほど離れた場所に位置している。もとは小島だったが、植民地支配下の一九二〇年代に埋め立てられ、陸続きとなった。かつての済物浦港《チェムルポ》、作中でチ・ヨンヒョンが大仏ホテルへの客引きしていたあの港を入口に、多くの外国人が朝鮮半島に流入するようになったからである。朝鮮総督府は満鉄に委託して月尾島のリゾート開発に着手した。開発は成功し、月尾島は首都近郊の行楽地として高い人気を集めた。資料によれば、貸別荘や潮湯、海水プールなどが好評を博していたという。

その風光明媚な土地が、朝鮮戦争で朝鮮人民軍が進駐すると、最前線の戦場に変わった。朝鮮人民軍は、島のほぼ中央に位置する月見山《ウォルミサン》の中腹に駐屯し、山裾には民間人の村があった。当時、島には百二十世帯、約六百人が居住していた。

一九五〇年九月十日午前七時頃。アメリカ軍の航空母艦から飛び立った航空機は、朝鮮人民軍の駐屯地と民間人の居住地を区別することなく攻撃した。ナパーム弾九十五発を投下し、機銃掃射する。早朝だったこともあり、多くの人が逃げ遅れて焼死した。体一つで逃げ出して干潟へと走った人々も、無差別の機銃掃射に襲われた。犠牲者の多くは女性や子どもだった。

韓国では、盧武鉉《ノ・ムヒョン》政権時の二〇〇五年に「真実・和解のための過去事整理基本法」が成立。この法律をもとに、過去に起きたさまざまな民衆弾圧事件や人権蹂躙事件について、真実和解委員会が真相解明調査を行っている。月尾島での無差別爆撃事件についても、当時の住民の証言や韓国側の資料に加え、アメリカ軍に作戦実施の背景などを確認している。それによれば、マッカーサー率いる国連軍は仁川上陸作戦を決定すると、その事前準備として、人民軍の施設を視認しやすくなるよう、周囲の建築物全ての消失を目指したのだという。つまり、多くの民間人の犠牲は織り込み済みだった。

月尾島の住民が被った悲劇は、爆撃だけにとどまらなかった。アメリカ軍の軍事施設に利用するとして土地を徴用された島民は、朝鮮戦争停戦後も、自らの土地に戻ることを許されなかった。アメリカ軍が月尾島から完全撤退したのは一九七一年である。朝鮮戦争によって、多くの住民が二十年以上ふるさとを奪われたことになる。

■華僑排外政策——とどまろうとする者を追いつめるヘイト

(…)韓国人たちは建物に石を投げつけ、唾を吐きかけ、わめき散らした。
「中国野郎どもはここから出ていけ。この土地から出ていけ。失せろ。消えちまえ！」

(七九〜八〇ページ)

登場人物の一人、ルェ・イハンは、仁川で中華料理店を営む華僑一族のひとりだ。一族の他のメンバーはみんなアメリカに渡っている。韓国での商売に見切りをつけての渡米で、その背景にあったのが、時の政権による華僑排外政策だった。

朝鮮半島に華僑が移り住むようになったのは、韓国が鎖国を解き、済物浦港が開港した一八八三年頃である。当時の清国は仁川に租界地を獲得し、積極的に自国民の商業活動を後押しした。大仏ホテルが開業し、西洋人の宿泊客で活況を呈していた頃、朝鮮華僑もまた、仁川に活動基盤を作っていたわけだ。一方で朝鮮人のあいだには、職や富を不当に奪われているという被害意識、差別意識が広がっていった。

時代は巡る。一九四八年、大韓民国が樹立すると、韓国政府は国籍法を公布して、自国の国民の範囲を「朝鮮民族の血統」を受け継いでいる者と定めた。「朝鮮民族の血統」とは父親の血統だ。ルェ・イハンを父に持ったために、仁川っ子のボエおばさんも手続き上中国人となったのは、そうした事情による。ならばいっそ故国の国籍を捨てて「韓国人」になろうとしても、外国人の帰化には厳格な条件が付されていたから、容易なことではなかった。

そうしたルーツの問題に加えて経済的な打撃を加えたのが、朴正熙《パク・チョンヒ》政権の排外的な政策である。やはり作者が参考文献にあげている王恩美『東アジア現代史のなかの韓国華僑——冷戦体制と「祖国」意識』によれば、朴正熙政権は国家建設時の方針を踏襲するにとどまらず、一九六一年に制定した外国人土地法で外国人の土地の取得に制限を加え、地域によっては国家が外国人の土地取得を禁止できるとした。また、飲食業者には同じ場所での営業年数に比例して税金を加算する「重課税」の制度もあったという。居場所に制限を加え、事実上職業選択の自由を奪うという国の政策が後押しする格好になって、ますます華僑への差別意識はエスカレートした。

ルェ・イハンは「ふるさとはないけど、ふるさとが恋しい人たち。ふるさとがないから、ふるさとを作り出す必要がある人たち」のための料理を作りたいと語る。ルーツのない場所をふるさとにしようとする人々へのヘイトは、二十一世紀の日本においても、決して他人事とは言えないだろう。

■『文鎔翁主』『薔花紅蓮伝』――「自分」を認められないやりきれなさ

(…)他人の身分を、平気で自分のものだと言う人間なんて。

(チ・ヨンヒョンのおばの語り　二三六ページ)

本作に登場するさまざまなエピソードのうち、現実に韓国社会に息づいている二つの伝承についても触れておきたい。

第一部に登場するのは、朝鮮王朝最後の皇帝、高宗の皇女であると名乗った李文鎔《イ・ムンヨン》(一九〇〇-八七)の実在のエピソードである。朝鮮戦争後に国家保安法違反で収監された女性、李文鎔は、そこで初めて、自分の出自を明らかにする。自分は高宗の実子である、というのだ。幼い頃に女官だった母と宮中を追われ、以降、平民と身分を偽って中国や満洲を転々とし、植民地支配からの解放後に故国へ戻ったのだという。投獄の理由は、左翼活動をしていた義理の弟から生活の援助を受けていたことだった。

李文鎔が王の側室から生まれた王女、つまり翁主と認められることはなかった。皇女か、嘘つきか。真偽の論争が続くなか、李文鎔は「五尺のこの小さな体一つ横たえる場所さえないのか」と嘆いたという。最終的には、全羅北道と全州《チョンジュ》市が生活費を支援し、本作にも登場する慶基殿《キョンギジョン》で余生を送ることになった。

また、第三部で「シャーリイ・ジャクスンが普段よく語っていた」と紹介される恐怖譚は、韓国でよく知られている怪談『薔薇紅蓮伝』がベースになっている。

両班《ヤンバン》の役人の娘、薔花《チャンファ》と紅蓮《ホンニョン》は、父の後妻である継母にさんざんいじめられたあげく、計略にはまって命を落とす。継母に恨みを抱いた姉妹は、その地に新しい役人が赴任してくるたびに、幽霊に姿を変えて無念を訴える。だが、役人たちは姉妹の恨みを晴らすより先に、姉妹に驚いて亡くなってしまう。赴任するたびに役人が死ぬものだから、村は荒廃する。そんな中、勇気ある男性が志願して赴任し、姉妹の話を聞いて、継母を重い刑に処す。姉妹はようやく心安らかに眠ることができる、というストーリーである。作中での、姉妹の恨みによってまた別の恨みが生まれるというくだりは、作家カン・ファギルのオリジナルだ。

朝鮮王朝第十七代の孝宗《ヒョジョン》（一六一九-五九）の時代に、実際に起きた事件をもとに作品化され、十九世紀には古典的な怪談として定着したという。この怪談をベースにしたドラマ、映画も多く制作されている。韓国を代表する恨みの物語と言えるだろう。

他にも、日本映画の『リング』やアニメ『銀河鉄道999』を彷彿とさせるエピソードも登場する。いずれの登場人物にも共通しているのは、ありたい自分、あるべきだった自分ではいさせてもらえない、という点だと思う。それは先に記した歴史的な事件で、自分の暮らしを、人生を、奪われた無数の人々の声とも重なっている。

＊

『恨《ハン》』は朝鮮固有の思考様式とよく言われる。漢字表記のままにこの言葉を「うらみ」一辺倒で理解してしまうと、真意を見誤るおそれがあることを、社会学者の真鍋祐子が崔吉城《チェ・キルソン》『恨の人類学』の訳者あとがきで指摘している。少し長いが引用する。

「〈恨〉とは決して〝怨〟ではない、日本語に言う〝うらみ〟などでは決してない、すなわち両者は似て非なる概念なのだという事実である。〈恨〉は自分自身の内部に沈殿した情念であり、具体的な復讐の対象を持たない。やり場のない哀しみと果たされなかった夢への憧憬……かくなる人間の現実に〈恨〉としての巫俗は寄り添いこそすれ、決して復讐をとは言わないのである。〝怨〟や〝うらみ〟は何も生み出すことなく、憎悪と復讐を増幅させるばかりであるのに対し、〈恨〉の巫俗は人間をして千年王国を夢見させ、逆に新たな再生の力を与えるダイナミックな装置なのである」

翻訳中、この部分に触れたとき、物語の輪郭がくっきりと立ち上がる気がした。第一部で復讐を誓っていた作家が、第二部での大仏ホテルでの物語を経て、第三部でたどりつく境地。それこそが「恨」なのだと。

本作では、たとえ同じ空間、同じ時間にいても、登場人物たちの記憶はすれ違っている。誰の語りがいわゆるファクトなのか、判然としない。判然としないように、あえて書かれている。違う記憶をとどめていることそれ自体が、襲った悲劇の大きさを物語っているともいえるだろう。悲劇に襲われた時、自分のいた場所から見えた光景や、そうするしかなかった理由を語らせてもらえるのは、いつも一握りの人間だ。せめて誰かに自分の思いを聞いてもらうことで、「恨」の装置は働くのかもしれない。

＊

最後に、いくつか翻訳上のおことわりを。

前述したように、作中にはシャーリイ・ジャクスンの『丘の屋敷』、エミリー・ブロンテの『嵐が丘』のオマージュが多く登場している。翻訳にあたっては、以下の邦訳を参考にさせていただいた。

シャーリイ・ジャクスン『丘の屋敷』渡辺庸子訳、創元推理文庫
エミリー・ブロンテ『嵐が丘』小野寺健訳、光文社古典新訳文庫

本文中の記述は、訳者が韓国語から日本語に訳出し、第二部冒頭の『丘の屋敷』本文抜粋は、前掲書を引用している。

また年齢について。韓国では一般に数え年が使用されており、誕生日によっては最大二歳の差が生まれることがある。本書で登場人物たちは、自身の年齢に記憶や感情を深く刻んでいることから、原書のとおり数え年で訳出した。ご了承いただきたい。

訳者からの質問に、いつも誠実に、丁寧に答えて下さるカン・ファギルさん、『大丈夫な人』に続き編集を担当してくださった杉本貴美代さん、翻訳チェックをしていただいた白水社・堀田真さん、翻訳家のすんみさんに、この場を借りてお礼を申し上げたい。

なお、カン・ファギルの「ニコラ幼稚園」は『大丈夫な人』（拙訳、白水社、二〇二一年）に収録されている。本書を読まれた方には、そちらもご確認いただくことを強く、強く勧めたい。本作で作家の「私」は「ニコラ幼稚園」を「書いてきたものの中では最も明るくて、ユーモアのある作品」と語っているが、さて、あなたが感じる「ニコラ幼稚園」はどうだろうか。あの結末は、本当に滑稽だろうか？　それとも――。

二〇二三年十月

小山内園子

訳者略歴

一九六九年生まれ。東北大学教育学部卒業。NHK報道局ディレクターを経て、延世大学などで韓国語を学ぶ。訳書に、カン・ファギル『大丈夫な人』（白水社）、『別の人』（エトセトラブックス）、キム・ホンビ『多情所感』（白水社）、『女の答えはピッチにある——女子サッカーが私に教えてくれたこと』（白水社）でサッカー本大賞受賞、チョン・ソンテ『遠足』（クオン）、ク・ビョンモ『四隣人の食卓』（書肆侃侃房）、『破果』（岩波書店）など。共訳書に、イ・ミンギョン『私たちにはことばが必要だ』『失われた賃金を求めて』『脱コルセット：到来した想像』（タバブックス）、チョ・ナムジュ『彼女の名前は』『私たちが記したもの』（筑摩書房）などがある。

〈エクス・リブリス〉
大仏《だいぶつ》ホテルの幽霊

二〇二三年一一月一〇日 印刷
二〇二三年一二月 五 日 発行

著者 カン・ファギル
訳者 © 小《お》山《さ》内《ない》園《その》子《こ》
発行者 岩堀雅己
印刷所 株式会社三陽社
発行所 株式会社白水社

東京都千代田区神田小川町三の二四
電話 営業部〇三（三二九一）七八一一
編集部〇三（三二九一）七八二一
振替 〇〇一九〇‐五‐三三二二八
郵便番号 一〇一‐〇〇五二
www.hakusuisha.co.jp

乱丁・落丁本は、送料小社負担にて
お取り替えいたします。

誠製本株式会社

ISBN978-4-560-09089-3

Printed in Japan

エクス・リブリス
EXLIBRIS

大丈夫な人

カン・ファギル　小山内園子訳

人間に潜む悪意、暴力、卑下、虚栄心などを描き出し、現代社会の弱者の不安を自由自在に奏でる。欧米も注目する韓国の奇才による初の短篇小説集。

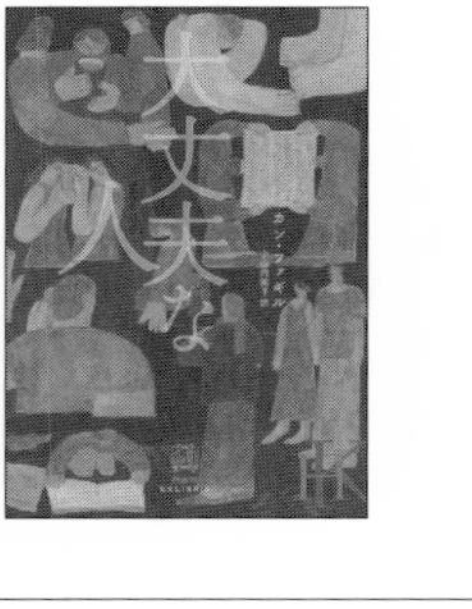

女の答えはピッチにある

女子サッカーが私に教えてくれたこと

◆キム・ホンビ　小山内園子訳

サッカー初心者の著者が地元の女子チームに入団し、男女の偏見を乗り越え、連帯する大切さを学び成長していく、抱腹絶倒の体験記。津村記久子氏推薦。サッカー本大賞2021受賞！

多情所感

やさしさが置き去りにされた時代に

◆キム・ホンビ　小山内園子訳

マウントや偏見など無意識の暴力がはびこる日常を、相手の立場で考える想像力＝やさしさを持って見つめ直した、コロナ後の韓国で話題沸騰のエッセイ！